おまえ、気に入ったから、特別に助けてやるよ

……化物の親玉の
おでましかよ!!

……スカーレットさま、大好き!!
こんなアリサとお友達でいてくれて、ありがとう。

108回殺された悪役令嬢

すべてを思い出したので、乙女はルビーでキセキします

108-times-murdered villainess

~The maiden remembered everything so she makes miracles with a shining ruby.~

BABY編

上

なまくら 著

鍋島テツヒロ 画

Contents

PROLOGUE

プロローグ

PROLOGUE

その夜のどしゃ降りの雨は、天の底が抜けたという例えがぴったりだった。容赦なく叩《たた》きつけられる水飛沫《みずしぶき》は、視界をふさぎ、口と鼻に飛び込み、呼吸さえ困難にした。水の匂《にお》いがぶわっと押し寄せる。雨の轟《とどろ》きが耳を聾《ろう》する。雨音が、夜の森のすべての音の上に、ぶ厚い絨《じゅう》毯《たん》のように重くのしかかっていた。

にもかかわらず、黒衣の人影は雨に濡《ぬ》れることもなく、悠然と夜空の闇《やみ》を見上げていた。

まるで頭上に透明な屋根でも張り巡らされているかのような奇妙な光景だった。

彼のアカデミックガウンが強風で旗のようにばたばたと音をたてる。冷たい色の銀髪がなびく。人が浮き上がるほどの暴風だ。だが、丈高い細身の体自体は微動だにしなかった。

稲光が蒼白《あおじろ》く走るたび、眼鏡のレンズが、巨蟲《きょちゅう》の輝く目のように闇に浮かびあがった。

彼がいるのは、呪われた場所と地元民に忌避される古代祭祀場《さいしじょう》跡だった。

青年は中央の崩れかけた塔の上に佇《たたず》み、人には決して見えぬはずの、分厚い雨雲と闇の向こうにある星の運行を目で追っていた。

「……ようやく二人の誕生ですか。ずいぶん待ちわびましたよ。……スカーレットとアリサ、運命の双子星……はたして時代はどちらの女性を選ぶのでしょうか。……ほう、今回のスカーレットは……今までと違う……？　……これは……！　分かたれし守護の星たちが、今再び導かれ、貴女のもとに……偽りの轍《わだち》を越え、歴史が再び回り出す……」

青年の眼鏡の縁がばちばちと放電し、ぶわっと黒衣が上に持ちあがる。

荒くれたちでもパニックに陥る落雷の前兆だが、まったく意に介さず彼の呟《つぶや》きは続く。

「……しかし、それでもなおアリサの優位は揺るがない。彼女は、ただの男好きな頭がお花畑の令嬢などではありませんよ。……アリサの擬態のおそろしさに気づかないようでは、どれだけ知恵と力を極めても、何度人生を繰り返そうとも同じこと。決してアリサを超えられない……ですが、あのルビーがあれば、あるいは……」

青年の口が三日月の形に吊《つ》りあがる。

「……さて、このソロモンはどちらの姫につきましょう。コインが表ならスカーレット。裏ならアリサ。……北斗の七ツ星よ、教えなさい。私の取るべき道を。……貪狼、巨門、禄存、文曲、廉貞、武曲、破軍。我に応えよ……」

彼は懐から取り出した高価な大型ロマリア金貨に、印を結んだ指先を押し当て、無造作に頭上に放り投げた。死に絶えた古代祭祀場が、仮初めの命を得たように一斉に鳴動する。

アークが小蛇のように地面を網状に走り抜け、怪奇な紋様が遺跡に浮かぶ。金貨はまるで矢のように鋭く上昇し、頂点でセントエルモの火をまとい、逆落としに戻って来た。

凄《すさ》まじい轟音《ごうおん》があたりを引き裂き、目もくらむ閃光《せんこう》が視界を焼く尽くした。狙い定めたかのような落雷が、落下中の金貨を直撃したのだ。原型を留《とど》めないほど溶け崩れ、煙をひいて落ちてきた金貨を平然とぱしりと摑《つか》みとり、彼は掌《たなごころ》を広げてにんまり嗤《わら》った。

「……なるほど、そう出ましたか。これは興味深い結果。では、参るとしましょう」

そして彼は黒衣の裾《すそ》を翻し、魔鳥のように外套《がいとう》を広げ、ふわりと高い塔から飛び下り、舞踏会場に赴く優雅な足取りで、雨の弾幕と風の渦巻く夜の彼方《かなた》に歩み去った。

CHAPTER I

第I章

記憶が蘇ってみると、
殺され続けて「一〇八回」!!
ループし続ける
悪役人生でした。

第I章

CHAPTER I

刺殺、七回。斬殺《ざんさつ》、十一回。斬首刑《ざんしゅ》、五回。絞首刑、三回。焼殺、七回。溺殺《できさつ》、八回。轢殺《れきさつ》、三回。射殺、十二回。毒殺、六回。絞殺、七回……その他、もろもろ……。

全部あわせて一〇八回!!

輝かしき経歴。これらはすべて私の死因の数々である。

私の名前は、スカーレット・ルビー・ノエル・ハイドランジア。

おっと、失礼。今はまだハイドランジアではなく、リンガードだったか。

公爵家令嬢であり、のちにこの国の女王に上り詰める女だ。だったというべきか。

そして、他人の手による非業の最期を、いつも必ず迎えてきた。

私は何度も、同じスカーレットとしての人生をループし続けていた。

悪役として、皆の憎しみを一身に受け、殺されるためだけの人生を……。

その回数が一〇八回、今の私の人生を含めると一〇九回目。

ただし一度死ねば記憶はリセットされるので、まさか自分がそんな堂々巡りを繰り返しているなど、思いも寄らなかった。

だが、一〇八回目の人生で、私はたまたま足を滑らし階段から転落。頭を強く打ちつけて死亡した。

他人がまったく関わらない死をはじめて迎えたことで、そのとき私の運命が狂った。

今まで何度も繰り返してきた悪役人生の記憶をすべて思い出した状態で、今回の人生はスタートすることになったのだ。

「……悪役令嬢や女王としての人生なんて、もうこりごり。これからは、おだやかな老後を過ごすことを目標に、ひっそりと生きていく」

私は首も据わらない赤子ボディで、天井を睨《にら》みつけながら、拳《こぶし》を握り締めてそう誓った。

その天井だって視界がぼやけてまともに見えやしない。

熱い誓いの言葉は、オアーという仔猫の鳴き声のように弱弱しかった。

や、やるせなさすぎッ！

もう領地から一歩も外に出るものか。これからはひきこもり人生をまっとうするのだ。権力闘争なんて、まっぴらごめんだ。社交界？　なにそれ、食べもの？

こうすれば、奴《やつ》らに関わることなく、寿命を迎えられるはずだ。

私の人生の終焉《しゅうえん》に必ず死を与えに現れる、あの五人の男たち。

通称「五人の勇士」。

暗殺者ブラッド。風読みのセラフィ。闇の狩人アーノルド。月影の貴公子ルディ。そして大学者ソロモン。繰り返した一〇八回の人生で体験した私の死、そのすべてが、奴ら五人の誰《だれ》かによるものだった。

私にとっては顔馴染《かおなじ》みの死神みたいなもんだ。例外は前回の階段落ちの自爆死だけだ。

「宣誓!!　私、スカーレットは、今度の人生において、自宅内警備員として、一生奴らと顔を合わせないことを誓います!!」

新生児の私は、ナアーと叫び、決意をあらたに気勢をあげた。

もう刺されたり、斬《き》られたり、焼かれたり、すり潰《つぶ》されるなどの体験は、ご免蒙《こうむ》りたい。

私は晩のおかずの食材ではないのだ。

……もちろん悪役令嬢たる私の運命が、そうも思い通りになるはずなどなかった。

それから五年もたたず、私は彼らと顔を合わせ、狼狽《ろうばい》する羽目に陥るのだった……。

そして、「五人の勇士」の後ろで糸をひいていた「彼女」とも。

そんな暗雲たちこめる未来が待ちかまえているとは露知らず、私は思い出した記憶をフル活用した新たな人生プランを練り上げるのに夢中になっていた。

今までのループ人生の記憶を、すべて引き継いだ今、膨大な知識が私の中にはよみがえった。

百回分以上の人生経験だ。これって結構すごいことじゃない!?

私は新生児用揺りかごの中で、拳をつきあげ、雄叫《おたけ》びをあげた。

「オアー、ヴアー、ヴイアー」

がっかりだ。私のチャームポイントのひとつ、美声がなんたる無惨なことに……。

かって各国の使節を魅了したミラクルボイスなのに。押し潰された蛙《かえる》か死にかけの仔猫みたいにかすれた声だ。まるで数百年ぶりに声を出した虜囚のようではないか。ま、まあ、未熟な赤子の喉《のど》では、いたしかたない。舌さえまわるようになれば、元の美声も取り戻せよう。

私は、公爵令嬢として胸をはれる教育を受けてきた。

他の大陸四大国の言語も、母国語同様に流暢《りゅうちょう》に喋《しゃべ》れる。

それを各国代表と渡り合う女王業務で鍛え上げたのだ。解釈ひとつ間違うと大変なことになる外交の緊張の中で叩《たた》き上げた刃《やいば》だ。発声器官さえまともに動けば、今すぐに通訳として身をたてられるレベルだった。

ダンスもピアノも絵画も刺繍《ししゅう》も馬術も、すべて家庭教師のお墨つきだ。

おむつがとれて、背丈と手足と指が伸びてからでないと、さすがに実行不可能だが。

うう、おむつ……女王まで務めた身としては、なんたる屈辱。

他人に下の世話をまかせきりにせざるをえないのだ。

私にできることは、「かゆい。股間《こかん》が不快だ」とオアーオアーと馬鹿みたいに泣いて、粗相《そそう》に気づいてもらうことだけなのだ。

おのれ、寝返りもままならぬ赤子ボディが恨めしい。

私は腹立ち紛れに、ゆらゆらと揺りかごを揺すった。渾身《こんしん》の力をこめても、赤子の力ではこの程度が関の山だ。ぜーはーぜーはー、つ、疲れた……

「揺りかごがやけにぐらぐらするわね。バランスが悪いのかしら」

やわらかい女性の声がして、足音の震動が近づいてくる。

私は巨人国に迷い込んだガリバーの気分を味わった。

ぐっぐっと私の愛すべき城《ゆりかご》が、ティーカップのようにまわされた。

大人の圧倒的な力は、私にはまるで巨人のそれのようだった。

「変ね。かごの底に、なにかはさまってるわけでもないみたいだし……」

「オー、アー、アー!!」

私は声高に安全な居住権を主張した。

今の私は、残念ながら身動きもままならず、遺憾の意を声で表明することしかできない。

早く二足歩行に進化せねば。

そうすれば、驚異の天才児の誕生である。

さぞかし家庭教師たちの度肝を抜くだろう。

記憶がよみがえった今、履修した教科以外のことに手が出せる。遠い文化圏の異国の言語を習得したり、護身術の類いを極めてみたり……思いを馳《は》せるだけで心が弾む。

とはいえ、結局、どれだけ優れた能力も、個人の域に過ぎない。

今の私の真の強みは、これから先のこの国の未来を知っているということ、知識チートだ。

私が人生の終焉を迎えるのは決まって二十八歳の誕生日前だった。だが、二十八年間のこの国の天気、災害、発掘された鉱山、新技術、情報は、すべて頭に叩き込まれている。

かっての人生で私は、女王独裁体制を敷き、歯向かうものには容赦しなかった。そうしないと生き残れなかった。だが、別に政事《まつりごと》そっちのけで遊び呆《ほう》けていたわけではない。手段こそ非道でも、まじめに富国強兵に取り組んでいたのだ。ワーカホリックとさえ言えた。顧みなかったのは家庭でなく、国民だったので、あとで反乱という手ひどいしっぺ返しをされたけど……。

でも、私生活では贅沢《ぜいたく》したりしてないんだから！　プライベートの部屋ではコットンのスカートによれたパンツよ!!　落城したあと、私のクローゼットの中身がスクープされていないことを切に願います。

その一〇八回の人生すべてに共通した、狂気じみた勤勉さが今、とてつもないリターンになって返ってきたのだ。自分で自分を褒めてやりたい。

これはとてつもなく大きなアドバンテージだ。個人の性能が点なら、これは面だ。国の命運を左右する情報であり、値千金に匹敵する最強の武器になる。

神の目を与えられたに等しい。

ひきこもりに必要な資金稼ぎにはもってこいの能力だ。

神の目を持つ女……スカーレット・ルビー・ノエル・リンガード!!

かっこいい!! いや、今は新生児アイだから、盲目に等しいんだけどさ。

「アーヴヴー」

私は感動で身を震わせた。新天地が目の前に開けている気がした。

ちょっと働けば、すぐにぐーたらライフが送れそうだ。

過酷な秒刻みの女王業に比べれば、多少の苦労など苦労のうちに入らない。

そして今度こそ気兼ねなくお洒落《しゃれ》な私服を買い漁《あさ》るのだ。

「あら、ぷるぷるしてる。おしっこかしら」

上方から声がする。

違う! 私はウーアーと抗議した。

さっきから喋っているのは、たぶん、乳母かナースメイドなのだろう。

たぶん、というのは、新生児の視界はゼロに近いからだ。

分厚い霧に覆われたように、すべてが薄らぼんやりしている。

きっとまだ目の焦点が合わせられないのだろう。

私はこれ以上の現状把握をとっとと諦《あきら》め、これからの未来に思いを馳せた。

「……奥様!? いけません、奥様!! まだ動かれては……!」

突然周囲が騒がしくなり、私の思考は中断された。

入り乱れる複数の足音。

さきほどの声の主の女性がひどくあわてている。

「……どうして女の子なの!? 私、世継ぎも産めない田舎女って、また無能扱いされる!! いつまでこの家にふさわしくない嫁って足蹴《あしげ》にされ続けるの!? もう限界よ!!」

新たに加わったのは、ヒステリックな金切り声だった。

「あんたが! あんたが女の子なんかに生まれてくるのが悪いのよ! 今度こそ……今度こそはお義父様、お義母様に認められると思ってたのに……!!」

え、私、この人に、むっちゃ責められてる?

新生児を責めたてるって、人としていかがなものか。しかも我を忘れて号泣してるよ……。

視界がオールホワイトのままだけど、会話の内容から察するに、乱入してきたのは、私を産んだあと、産後の肥立ちが悪くて、すぐ亡くなったっていうお母様か。

肖像画と当時を知る人々の話でしか知識はないが、そういえば、妊娠中と産後を通じて、ずっとマタニティーブルーだったって噂《うわさ》は耳にしたもんなあ。

噂は真実だったのか。線が細そうな人だったものなあ。

なるほど、原因はお世継ぎ待望のプレッシャーか。

このあと、落胆と失望で体調が悪化し、病を得て亡くなるパターンというところかな。

お母様は人生の荒波ととことん闘う気力のある女性ではなかったようだ。

同情は、する。

けれども、直接お母様と会話をした記憶のない私にとっては、赤の他人のような、かなり冷めた感覚だ。だから、「そんな泣き叫ばなくても、あと二年もすれば、新嫡子法案が議会を通過し、女の子でも家督を継げるようになるのに」とシニカルな感想しか抱けなかった。私の一〇八回の人生経験の中で、この法案が不採決になったことはない。確定した未来といっていい。

王位継承権の争い中、刃や毒の飛び交う修羅場を潜《くぐ》り抜けた私にとって、他人の陰口程度で取り乱すなど失笑ものでしかない。他人がなんと言おうが、「性別は神様の采配。文句があるなら、神様にどうぞ」とでも吐き捨て、堂々としていればいいのだ。産むのはこちらなんだもの。

私には妊娠経験がないので、マタニティーブルーにピンとこないのもある。

「……こんな娘、殺してやる!!」

馬耳東風《ばじとうふう》と余裕をもって聞き流していた私は、急展開にとびあがりそうになった。

ちょっ、ちょっと、お母様!? 落ち着きましょ。あなたの愛《いと》しい娘ですよ。

そんな不穏な発言やめて、愛のリリカルして抱き合いましょうよ！

がたがたがたっと、揺りかごが震動する。

「その娘をよこしなさい！　メアリー！」

「いけません！　奥様！」

「メイドの分際で！」

激しく言い争う声。どたんばたんと入り乱れる足音。

縦横に揺さぶられる私の揺りかご。

まるで嵐の中の小舟のようだ。私を殺そうと襲いかかってくるお母様と、メアリーというメイドが、私の入った揺りかごの争奪戦を繰り広げている。

どちらかに踏みつけられただけで、私のやわらかボディなんか一発アウトですよ!!

「ヴー、アー、ヴー」

私の悲鳴がまぬけに響く。

私、生まれ落ちた途端、いきなり満塁大ピンチ!?　こんな人生の船出ハードすぎる!!

「……おなかを痛めて産んだお子様ではありませんか!!　一時の気の迷いで、取り返しのつかないことをなさるおつもりですか!!」

私に危害を加えようとするお母様から、私を必死に守るメアリー。

主人に逆らってまで諫言《かんげん》するのは勇気のいることだろう。

このメアリーという人物、おっとりした声に似合わずなかなか気骨のある女性らしい。

女王時代の私なら、勲章でも与え、報いてやりたいところだ。

もっとも、今の私は、目もろくすっぽ開いていない新生児だ。与えられるものなど、なにひとつな

い。なので、とりあえず、心ばかりの声援を送ることにする。

「オー！　アー！」

私の輝かしいぐーたら生活のために！

騒ぎを聞きつけて、皆が駆けつけてくるまで、鉄壁守備で私を守り抜くのだ‼

「きゃあっ‼」

メアリーの悲鳴と、どがっという音が壁のほうで響いた。

……あれ？　私の声援、もしかして逆効果でした？

私の声援むなしく、メアリーはお母様に突き飛ばされてしまったらしい。

静かになったところから察するに、まさか失神した⁉

元悪逆女王の応援は、神様のお気に召さなかったのか⁉

ぐうっと乱暴に私の背中に手が差し入れられ、強引に私を揺りかごから引き離そうとした。

お母様だ‼

おくるみごと私の身体を無理やり持ち上げようとしている。

ちょっと、無茶しないでください！　私、まだ首も据わっていないんですから！

はあっはあっという荒い息遣いがし、髪の毛の感触が私の首筋にかかる。

獰猛《どうもう》な肉食獣が、あぎとを開いて背後であえいでいる気がした。

「あんたさえ……あんたさえ……いなければ……叩きつけてやる……！」

荒い吐息に交じり、呪詛《じゅそ》と殺意がしたたり落ちる。

この人、本気だ‼　私を床に放り投げて殺す気だ！

私は必死に揺りかごにしがみついて抵抗した。

力みすぎて顔はまっかになり、額の血管がぶちきれそうになる。

新生児といえど、母親にしがみつくためか、握力だけは結構ある。この握力だけが今の私の命綱だった。母に殺されようとしている私が、母に掴まるための能力にすがるとは、なんたる人生の皮肉よ。

「なんなの、この子ッ……‼」

とげ脚のカブトムシの如《ごと》く、揺りかごにかじりついている私は、ずるずると揺りかごごと、お母様に引きずられた。私を引き剥《は》がせないことに気づいて、お母様が歯の間からしぼりだすように驚きの呻《うめ》きを漏らす。

なんなの、この子と問われれば！　ただの一〇九回目の人生をはじめたばかりの悪役令嬢です‼

……ただし諦めの悪さは天下一品‼　女王級ですがッ‼

「……はなし、なさいっー‼」

いーやだあっ！　なんとしても離してなるものかあ～っ‼

私はこの試練に打ち勝って、ぐーたらライフを手に入れるんだあっ‼

かつて女王の座まで上り詰めたど根性なめるなあっ！

「アー‼　ヴーッ‼　フーッ‼」

そのときだ。我を忘れていきみすぎたせいで、私の腸が激しく収縮した。

ぶびっぽぽぉっー!!!

文字にするのも憚《はばか》られるような凄《すさ》まじい音が、私のお股《また》からひり出された。

私の小さな身体がびりびり震えた。大人のそれを凌駕《りょうが》する勢いだった。

新生児のおならは結構大きい。だが、それにしてもこれほど大きな放屁《ほうひ》の音をたてたことは、あとにも先にもこれっきりだった。私の名誉のために申し添えておく。

「なっ!?」

びっくりした拍子に、変な息の吸い込み方をしたらしく「……げほっ！　ごほっ！」とお母様が激しく咳《せ》き込んだ。

私にくいこむ指の力がゆるむ。

おおっ!!　お母様がたじろいでる!?

口を押さえたのか、私から手が離れた。私はガッツポーズをして歓喜した。

「オアッフォー!!」

まさかの逆転ホームラン!!　今だ！　メアリー！　敵は怯《ひる》んだ！　私を奪還するんだ。

……反応なし。

あれ、メアリーさん、まだ気絶していらっしゃる？　私、人生詰んでるピンチ続行中？

やばいやばいやばい!!

勝利に酔いしれる間もなく、私はまた必死に揺りかごにしがみついた。

「……あっはっはっはっ!!」

突然、はじけるような笑い声が響いた。男の子の声だった。たぶん。

視界がまだ開けない私は、音でしか物事を判断できない。その子が最初からここにいたのか、あとから入ってきたのかさえ、わからないのだ。

……あんた、誰よ⁉　私、目が開いてないんだから、ちゃんと名乗ってよね‼

気配もなく急に割って入ってきた新登場人物。私は呆気《あっけ》にとられていた。

「ぶーうっだって‼　揺りかごにしがみついたあげく、屁《へ》で大人に歯向いやがったよ‼　この屋敷に忍び込んでラッキーだった！　こんな笑える見世物久しぶりだ！」

男の子は、快活にげらげら笑い続ける。

「すげえでっけえ屁だったなっ！　おばさん、完全にびびってた！」

し、失礼な奴だな。私だってやむにやまれずだな……。

「こんな面白い赤ん坊、はじめて見た。ほんとは里の外のことに干渉するのは、父上に禁止されててさ。傍観する気だったけど……」

しいんと急に空気が冷えたようだった。男の子が、にいっと笑った気がした。

「おまえ、気に入ったから、特別に助けてやるよ」

私は背筋がぞわっとした。

声の響きは確かに変声期前の男の子だが、聞き慣れた凄《すご》みが加わった。女王として何度も耳にした。

これは、歴戦の兵士が、淡々と戦場を語る口調だ。人を殺す確かな経験に裏打ちされた声だ。それを生業《なりわい》にし、黙々と命を潰す「作業」に従事する者の語り口だ。

「いつの間にここに⁉　下がりなさい！　下郎《げろう》！　ここをどこだと‼　誰か‼」

お母様が悲鳴をあげた。

あ、この男の子、やっぱり先ほどまでいなかったんだ。

しかし、下郎って……そんな言葉、女王時代の私でも使わなかったぞ。

「……下郎じゃねえ」

男の子が憮然《ぶぜん》として呟《つぶや》いたあと、空気がごうっと鳴った。

「……っ⁉」

ぱあんっと乾いた音がして、さらに絶叫しようとしたお母様の声を断ち切った。

たぶんこの男の子が、お母様の懐に飛び込み、意識を一撃で刈り取ったのだ。どさっという砂袋を受け止めたような微《かす》かな音が、私の想像を証明づけた。きっと崩れ落ちたお母様が床に激突しないよう、その男の子が抱きとめたのだろう。

私はがたがた震えだした。目が見えないのに詳細に様子が想像できたのは、私が何度も「一〇八回」で同じ打撃音を耳にしたからだ。

あの独特の破裂するような響きは、忘れようとしても忘れられない。

私の女王親衛隊を幾度も蹴散《けち》らしたあいつ。

恐怖の名前が、記憶の底から、ごぼごぼとせり上がってきた。

「下郎じゃねえよ。オレにも、ブラッド・ストーカーって立派な名前がちゃんとあらあ」

ブラッド・ストーカーああっ‼!

「オアアアアアーッ!!」

私は声を限りに絶叫した。

なっ、なんでおまえがここにいる!?

押し寄せる恐怖は、お母様に襲われたときの比ではなかった。

刺殺！　斬殺！　絞殺！　毒殺！　その他もろもろ！　その数あわせて十七回！

こいつに惨殺されたすべての記憶がフラッシュバックした。

一〇八回繰り返した私の悪役令嬢人生。その中で、五人の勇士の一人として、私に十七回の死を与えた張本人が、私の目の前に立っていた。

前門の虎のお母様から助かったと思ったら、後門の狼のブラッドに捕まるなんて……。

なんで生まれかわってすぐ、こんな苦難にあわねばならぬのか。

よっぽど神様に嫌われてるとしか思えない。

私を殺した五人の勇士の黒幕だった〈救国の乙女〉には、神様は徹底的にエコヒイキしたくせに。

あの異常な強運の二十分の一でもあったら、私の女王体制は不動だったろう。

だいたい、ブラッド、あんたね！

大人になったら、もっと苦みばしった寡黙なキャラだったでしょうが！

「……死ね」とか「……甘い」とか、ぼそっとちぎったような物言いしかしなかったのに。

それが、「気に入ったから、特別に助けてやるよ」とか気障《きざ》ったらしい発言するわ、人の粗相のことをさんざん小馬鹿にするわ、全然キャラ違うじゃない！　あの寡黙キャラはどこに行った！

「おまえも母ちゃんに殺されかけるなんて不憫《ふびん》だなあ。公爵家に子供が生まれたって聞いたから、誕生祝いでもしてるかと思って、つまみ食いしようと忍び込んだのにさ。がらんっとしてるから変だなあ、と思ったんだよな」

愛犬などにやけにこと細かに語りかける人種がいるが、ブラッドもその仲間らしい。

おかげで、現在の我が家の状況もだいたい理解できた。

なんとなく予想していたので、別段驚きはしなかった。

一〇八回の人生記憶がよみがえったとはいえ、自我がうつろな幼少期の記憶はおぼろなままだ。

けれど、当時の父が妾宅《めかけ》に入り浸り、祖父も祖母も黙認していたことは、後聞でよく知っていた。

だから、跡継ぎ息子の生誕にすべてを賭《か》けていたお母様は、その思いが叶《かな》わず、乱心したのだ。

お母様の心痛を思うと、殺意を向けられたことに冷めた気持ちにはなっても、責めたり恨んだりする気にはなれなかった。夫しか世界がなかったとしたら、妻としての立場をまともに認められないことは耐え難い苦しみだったろう。

「まあ、偉い人ん家《ち》だからって、幸せとは限らないってことか。だけどさ。せっかく生まれたのに祝ってもらえないなんて、悔しいし悲しいよな」

すうっと私の頬《ほお》を、ブラッドの指が撫《な》でた。あたたかい感触が伝わる。

「……生まれてきて、おめでとうな」

確かな憐憫《れんびん》の情が感じられ、私は不覚にもほだされかけた。

まあ、十七回も殺されたことは遺憾だけど、暗殺者だけにブラッドの殺しは一瞬だった。苦痛を長引かせず意識を断つ見事な手際だった。何度も殺しそこなってなまじ苦痛を長引かせた他の四人の手際に比べると、まだトラウマは少ない。

ひょいっとブラッドが私を抱き上げた。私はびくりと身を強張《こわば》らせた。

目ざとく気づいたブラッドが笑う。

「心配すんなって、オレ、妹や弟で抱っこ慣れしてんだ」

その言葉で私は力を抜いた。

……いや、本音言うとまだ身体はすくむけどね。

でも、私の命を救ってくれたことと、その優しさに免じて、未来の美女を抱っこすることを許しましょう。ハイドランジアの至宝と各国の王や大使に賞賛される美貌《びぼう》なんだからね。どやっ！

「なんか妙に偉そうだな。でも、おまえみたいに根性ある赤ん坊ははじめて見たよ。公爵家で歓迎されないなら、オレのとこに来るか？　おまえなら里の一員として立派にやっていけそうだ」

「オアーッ!!?」

私は悲鳴をあげて暴れた。

前言撤回!!　今すぐ私を離しやがれ！　あんたの里って、〈治外の民〉の里でしょうが!!　あの暗殺集団の!!　あんなトンデモ人間の巣窟《そうくつ》に私を拉致《らち》する気か!!

「おっ、おまえも嬉《うれ》しいか？　オレ里の長《おさ》の息子なんだ。父上に話通してやるよ」

あほおおっ!!　全力で拒否ってるんだ！　察しろよ！

本人の意志を無視して、勝手に話を進めるんじゃない！

なにが妹や弟の世話をし慣れてるだ!!　コミュニケーション一からやり直せ!!

ハイドランジア王国には、広大な大森林が広がっている。

一応各領主たちや国の支配圏ではあるが、炭焼きや樵《きこり》たち、狩人も分け入らない、奥の奥がある。

そこにブラッド・ストーカーの里はあった。

なにものの統治も受けいれない、すなわち〈治外の民〉。

元をただせば、彼らは太古の我が国の剣術の流派のひとつだったらしい。その流派は強かったが、政争には疎かった。血管を集中的に狙《ねら》い、不意討ちを平然と行うその流派は、卑怯《ひきょう》のレッテルをはられ、はるか昔に都から追い出された。それだけ他流派にとって脅威だったというわけだ。

合理的で私好みの流派なのに。実にもったいない話だ。

で、森の奥に隠遁《いんとん》した彼らは、長い間、歴史の表舞台から姿を消していた。

それが「今から十五年後」くらいに、暗殺稼業を請け負い、急に我が国の暗部に関わってくるようになる。彼らは先祖の受けた屈辱を忘れず、祖先こそ最強であることを証明するため、暗い森の底で、延々と牙《きば》を磨き続けてきた。その武術はいつしか神域に到達していた。

そして個を極めた超人的な身体能力は、まさに殺し屋にうってつけだった……。

暗いよ!　こわいよ!　なんなのさ、その後ろ向きなポジティブさは!!

誰《だれ》だよ、こんなトンデモ集団、闇の底から引っ張り出したの!!　責任者出て来い（泣）!!

泣きたくもなろうというもの。

だって、彼らの、〈治外の民〉の最大の暗殺ターゲットは女王の私だったんだもの。

狙《ねら》われましたよ。何度も何度も。

自慢じゃないけど、他人の恨みなら山ほど買ってたから、きっと複数の雇い主から依頼があったのだろう。何回、命の危機にさらされ、煮え湯を飲まされたことか。

たまりかねて〈治外の民〉と和平交渉しようとしたけど、一度受けた仕事は絶対完遂するとか、変に職人気質で聞く耳もたないし……。

まさかその里に連れ去られそうになる日がこようとは、予想だにしていなかった。

私のひきこもり計画は、早くも頓挫《とんざ》の危機にさらされていた。

「オアアーッ!!」

誰かあっ、乙女が連れ去られようとしていますよっ!!

「お嬢様を離しなさい!!」

鋭い声がした。メアリーだ！　失神から覚めたのだ。助けて、メアリー!!

「……お嬢様だあ？　まさか」

いぶかしげな声とともにブラッドが、私のデリケートゾーンをいじりまわした。服の上からとはいえ、あまりに破廉恥な荒業だった。私は驚きで息をするのも忘れていた。

「……女だ」

呆然《ぼうぜん》としているブラッド。唖然《あぜん》とする私。

おまええ!!　今まで私を男だと思ってたのか!?　こんなかわいい男がいるか！

そして、純潔の乙女になんてことしてくれた！

「猿みたいなのに。信じられない」

信じられないのはこっちだ!!　そこになおれ！　手討ちにしてくれるわ！

「……な、なんて下品な子供なの！　お嬢様を離しなさーいっ!!」

メアリーが果敢に飛びかかる。たぶん……。

「そういう、あんただって、ガキじゃんか」

片手で私を抱えたまま、それを軽々とかわすブラッド。……だと思う。

「……きゃあっ!!」

ごちいいんと頭をぶつける音。

メアリーがしこたま額を壁にぶつけ、うずくまった。……んじゃないかな。

「お、おい、大丈夫か」

「ふふ、やりますね。私のタックルをかわし、なおかつ反撃、しかも敵を気遣う度量を見せるとは。もし、お嬢様に一目惚《ひとめぼ》れして、つい手を出してしまったというのなら、見逃してあげても……」

「いや、オレ、いろんな意味で手なんか出してねえし。あんたが勝手に足もつれさせて、すっ転んだだけだろ……ていうか、あんたが尻餅《しりもち》ついてるところ、いいのか？」

「!?　きゃあああっ!?　奥様!?　ごめんなさい!!」

ブラッドに気絶させられたお母様。その上に乗っかっていることに気づき、あわてふためくメアリー……であると予想する。

…………………

ふあああああああっ!!　フラストレーションが、たまるッ!!

しかもなんだあッ！　このべたべたな展開は!!

それと私の救い主のメイドのメアリーが、思ったより残念さんだったあっ!!

新生児であるために、開けていない私の視界。もうホント、一面まっしろけの闇!!

音を頼りに状況を脳内再生するしかない。

だから、こんなわけわからない、まどろっこしい表現になってしまう。

目が見えないってほんと不便！　私の素敵アイはまだ開かないのですか!?

ここからは、あとで私がブラッドやメアリーから教えてもらったそのときの様子、それを元に再構成し、再現ドラマ方式で話を進めていこう。

聴覚頼りのこのときの私じゃ、描写しきれない部分がありすぎだもの。

…………………

「あなた……奥様まで手にかけたのですか」

ブラッドを睨《にら》み唇を噛《か》み締めるメアリー。

いやいやメアリーさん。あなたがブラッドとやり合ってる間、お母様ずっと床に転がってましたけど……。ひょっとして夢中になりすぎると、周囲のことが見えなくなる、猪突猛進《ちょとつもうしん》な人ですか。まあ、そんな人だから、主人であるお母様に逆らって、私を守ってくれようとしたのだろうけど。

「人聞き悪いなあ。オレが助けに入ってなきゃ、このチビ、その奥様とやらに殺されてたぜ。子殺しなんか洒落になんないよ。のん気に伸びてたあんたに言われたかないね」

ため息をつくブラッド。

このチビとは私のことだ。だが、別段、本気で気を悪くしたふうでもない。

飄々《ひょうひょう》とした雰囲気に、メアリーも警戒心を少しゆるめる。

自分が気絶する直前のお母様との修羅場を思い出したのだろう。

「それは失礼しました。お嬢様を助けていただき、お礼を申し上げます」

丁寧に礼を述べるメアリー。この人、有能なんだか無能なんだか理解に苦しむ……。

「ですが、それはそれとして、奥様に狼藉《ろうぜき》を働いたことを見逃すわけには……」

「いや。オレがとめなきゃ、そのおばさんも死んでたよ」

ブラッドがあっさりと衝撃の事実を口にする。

「そのおばさん、心臓弱いだろ。興奮しすぎて心臓とまりかけてたよ。危ないから気絶させたんだ。救命措置だよ」

私は驚きに目を見開いた。……なんも見えないけど。

「オレさ。血液の流れが見えるんだ。ほんとだぜ」

悪戯《いたずら》っぽく目をくりくりさせるブラッド。

私は知っている。ブラッドは嘘《うそ》を言っていない。

〈治外の民〉は人間の血液の流れを熟知していて、血管を破裂させたりして相手を死に至らしめる。その暗殺の知識は医療にも応用可能なすぐれたものだった。

私はあることを悟り、息をのんだ。ぎゅうっと胸が締めつけられた気がした。今までの「一〇八回」で謎《なぞ》だったパズルのピースが組み合わさった。たぶんお母様は本来ここで死ぬ運命だった。ブラッドの言うとおり、私を殺そうとして、興奮しすぎて心不全を起こして……‼

一〇八回の私の人生すべてで、お母様は私の誕生直後に亡くなっていたが、その死因については、当時を知る人間はみな言葉を濁し、明言をさけた。お父様もそうだった。

産褥熱《さんじょくねつ》か失血死なら、そこまで隠す理由はない。だが、乱心して私を殺そうとした挙げ句、心臓の病で急死したのなら、彼らが一様に口を閉ざした理由も理解できる。娘の私にそんな悲惨な事実を伝えるのは、忍びなかったのだ。

けれど、今回の人生、私はされるがままの赤子ではなかった。

私が殺されまいと必死にあがいたことで、傍観者だったはずのブラッドが介入した。

それにより、娘の私を殺そうとしていた、死すべき運命だったお母様が生き延びた。

そして、そのブラッドは、私を何度も手にかけた暗殺者。

皮肉な運命が、ごとごとと音をたて、一〇八回も繰り返した私の人生の轍《わだち》を、ようやく脱して転がりはじめていた。しかし、その行き先が崖《がけ》っぷちなのか、希望の新天地なのかは、まだまったく予想がつかないのだった。

「……十年かかったのよ。私は心臓が弱いから、子供ができたのも奇跡みたいなものだって、そうお医者さんに言われたの。でも、やっと……やっと子供が生まれたのに。あの人は私のところに帰ってきてさえくれない……」

ベッドに寝かされ意識を取り戻したお母様は、意外にも憑《つ》き物が落ちたかのように、おとなしかった。自分を運んでくれたブラッドに礼を言い、子殺しの鬼にならずにすんだとメアリーに心から感謝し、罵詈雑言《ばりぞうごん》を浴びせかけ、突き飛ばしたことを泣いて詫《わ》びた。

てっきりまた私に襲いかかってくるかと思って身構えてたのに。

そして、私には……

「わかっていたの。生まれたあなたにはなんの罪もないのに。ごめんなさい。私は許されないことをしてしまった。なんで自分でもあんなことをしたかわからないの……」

私を抱きしめて、さめざめと泣いている。

いや、いいですよ。お気になさらず。人間一度くらい間違ったりするもんです。一回殺されそうになったくらい気にしませんって。それに私は一〇八回も悪役令嬢人生を駆け抜けた身。命を狙い狙われるなんて日常茶飯事。たいしたことありませんって。

「オアアアー」

私は勇気づけるようにぽんぽんとお母様を叩こうとした。短すぎて手がまわらぬ……。

「慰めてくれるの？　私はこんなひどい母親なのに。やさしい子なのね。ありがとう」

あとは声に出せず、泣き崩れてしまうお母様。はらはらと涙が私の頬に落ちてくる。

いやあ、そりゃ買いかぶりすぎでしょ。私、元悪逆女王ですよ。

私は狼狽《ろうばい》していた。

前の一〇八回の人生すべてでお母様と死に別れていた私にとって、母親に抱きしめられるのははじめての経験だった。なんというか妙に気恥ずかしいっていうか。……でも悪くはない。……うん、悪くはないけど、やっぱり、い、いたたまれない。

ちょっとブラッド。どうせにやにやしながら様子を眺めてるんでしょ！　なんとかしてよ！

「おばさんは、血の病に罹《かか》ってる。それに変な薬のにおいがする。これたぶん麻薬の類いだよ。乱心したのはそれが原因だな。今はオレが血の流れを整えたから、落ち着いたってわけさ」

「麻薬……」

「まさか……」

お母様とメアリーが絶句している。

ブラッドがとんでもないことをさらっと暴露しやがった。

だが、私は得心していた。ああ、妾さん宅の差し金か。

「さいわい中毒にまではなってないみたいだから、そっちはこれから食い物に気をつけりゃ、大丈夫。オレ、鼻がきくし見分けてやるよ。それに、おばさん、ほんとは相当美人だろ。今はやつれきってるけどさ。オレなら、血の病を治して、健康体にしてやれると思うけど……どうする？」

すごい！　やるじゃない、ブラッド！

手放しで喜びかけ、私はあれっと据わらぬ首をひねった。

これじゃこれチートしてんのブラッドで、私、ちっとも活躍してないじゃない!!

は、早く新生児から脱却したい!!　こんな赤子ボディじゃ、なんにもできないよ!!

憤懣《ふんまん》やるかたなしッ!!

◆

公爵邸の庭で少女が月を背に舞う。刺客の蹴《け》りを軽々とかわし、そのメイドの少女は、ふわりとその蹴り足の膝《ひざ》の上に飛び乗った。刺客の顔が驚愕《きょうがく》にゆがむ。少女は、男の膝を踏み台に跳びあがり、くんっと宙返りしながら、その顎《あご》を蹴りとばした。

「がッ!?」

のけぞる刺客の男。ぱあんっと独特の乾いた音が響く。

メイド少女はそのまま身体を縮めると、空中で独楽《こま》のように回転速度をあげ、摑みかかった他の刺客たちを水滴のように吹き飛ばした。スカートが花弁のように開く。

ぱぱぱんっと再び独特の打撃音が連続した。

「ぐッ!?」「ごッ!?」「ぐおッ!?」

驚きの呻《うめ》きをたて、どさっどさっと男たちが地に転がる。

〝……あのお、ちょっと質問したいんですが？〟

そのあと少女はふわりと地に降り立った。まるで体重を感じさせない。

十歳ぐらいにしか見えない少女が、壮漢の刺客四人を、一瞬で鎧袖一触《がいしゅういっしょく》にした。

空中舞踊の奇術を見ているようだった。少女を主役にした月光の下の影絵芝居だ。

彼我の技量の差がありすぎて現実離れし、夢の中の光景に思えた。

「……しばらく動かないほうがいいよ。これから、あんたたちの心臓、暴走するから」

そう男たちに警告を放った少女。メイド服のエプロンが、夜風にはためいた。

その顔に見覚えはない。しかし、その声に聞き覚えはあった。

〝……あのお、いろいろ突っ込みたいんですけど？〟

ショートカットの髪、頭にぐるりと巻いた大きめの赤いリボンが揺れる。

丸顔に不釣り合いなほど大きな目。どことなく夜の子猫を連想させる立ち姿はかわいらしい。

だが、その目の光は、姿とは不釣り合いに据わっていた。

獲物を狩ることを日常にしている目。男たちを叩きのめせて当然というふうの目だった。

〝……まさかと思うけど、あんたって？〟

少女の足元では、四人の黒尽くめの衣装の男たちが、胸を押さえてのたうちまわっている。

顔がまっかだ。おのれを襲っている事実が信じられず、目を白黒させていた。

自らの胸元を摑んだ指が、力をこめすぎてまっしろだった。

「……人間ってね。少し血液の流れを暴走させてあげるだけで、簡単に死ぬんだよ。結構きついでしょ、それ」

少女の物騒な言葉が終わるより早く、男たちは鼻血を噴き出した。目玉がまっかに充血し、ぼろぼろと涙があふれだしていた。突然暴走しだした胸の鼓動により、体内の血圧が異常上昇したのだ。彼らは恐怖で凍りついていた。私も凍りついていた。いろんな意味で。

私と共に身を潜めて様子を窺《うかが》っていたお母様とメアリーなど、完全にかたまっていた。

「あーあ、動かないほうがいいって言ったのに」

メイド服の少女は、苦悶《くもん》とおそろしさで身を震わす刺客たちを、道端の汚物でも見るかのように見下ろした。そして、冷たく微笑する。

「……これは警告。本気でやるときは、逆に心臓を停止させる。そうしたらどうなるか。わかるよね。ちょっとオレの質問に答えてくれるかな」

刺客の男たちは必死にうなずいた。少しでも少女の機嫌を損ねると、ほんとうに殺されると肌で実感したのだ。荒事に慣れたふてぶてしい面はもはや見る影もなかった。猫の前のネズミのように滑稽《こっけい》なほどすくみあがっていた。

こんな小さな少女に、体術でいいように翻弄されたうえ、得体の知れない技で、あっという間に戦闘不能に追い込まれたのだ。化物にしか見えまい。怯えるのは当然だった。

「あのさ。あんたたちの雇い主って、シャイロック商会？　ああ、口にして答えなくてもいいよ。オレ血液の流れで相手の考えがおおよそ読めるから……ん、ビンゴみたいだね。じゃ、その雇い主に伝言頼まれてくれるかな。いいかい？」

やはり黒幕は妾宅だった。どうりで妾宅のお父様への手紙が握り潰されるはずだ。

お母様がショックでがたがた震えだす。

少女はとっとと尋問を終わらせ、蒼白《そうはく》な刺客たちのかたわらにしゃがむと、彼らの額をつんつんと小突いた。蒼白《あおじろ》い三日月を背に、その月と同じ形に口元を吊り上げ、笑いかける。

「あんたたちの雇い主によーく言っておいて。これ以上ちょっかい出してくるなら、今度は逆にこちらからそちらにお邪魔しますっ、て。臭いにおいは元から絶たなきゃね。迎え撃つより、正直そのほうが得意だしさ。連日押しかけられて、こっちも、ちょっとイラついてるんだ」

男たちには、少女がメイド服の死神に思えただろう。

「もう動いても大丈夫だよ」

「……!!!」

動けるようになったとたん、刺客たちはほうほうの体《てい》で逃げ去った。

ほとんど四足走行のぶざまさだ。見逃してもらえるとわかって生存本能に火がついたらしい。こけつまろびつ、という表現がぴったりだった。怪物が後ろからついてきてないか確かめるかのように、何度も何度も首を捻《ね》じ曲げ、後ろを確認している。ひきつった顔を見れば、心が折れてしまっているのがわかった。しばらくは暗がりに行くのさえ恐怖を感じるだろう。彼らは自分が獲物にされる怖《おそ》れを知ってしまった。もう裏稼業廃業かもしれなかった。

メイド服の少女は、彼らが完全に立ち去るまでを油断なく確認し、それから、くるりとこちらを向いた。うってかわった人懐っこい笑顔で、にっと笑いかけてくる。

「このメイドの格好にも慣れてきた。スカートの中にいろいろ武器隠せるし、ちょっとすーすーするけど、これはこれで便利だ」

スカートをめくって、ぱたぱた煽《あお》いでいる。は、はしたない……。

そして今なんか金属っぽいの見えた。ほんとにスカートの下に武器しこんでるし！

あ、みなさん、もうお気づきですね。

この少女、ほんとは性別は男です。男の娘です。

あまりに見事な化けっぷりに呆れかえり、私は開いた口がふさがらなかった。

お母様に襲われ命拾いしてから一週間がたち、やっと目の焦点が合ったと喜んだら、いきなりこの修羅場と驚愕《きょうがく》展開ですか⁉

こらあっ‼　ブラッド・ストーカーあああっ‼

あんた、なんて格好してんのっ⁉　そして、なんで似合ってんのっ⁉

……前の一〇八回の悪役令嬢としての私の死に様は、すべて他殺によるものだ。そのうちの十七回は、寡黙な殺し屋、このブラッド・ストーカーによるものだった。

鋼のように鍛え上げた身体と意志。肉を削ぎ落とされた鋭い顔。鉄をねじり合わせた縄のように手《て》強《ごわ》い印象。その長身は周囲の口出しを許さない、孤独な威圧感を漂わせていた。

そ・れ・が！　あんた、子供の頃《ころ》、そんな美少女顔だったの⁉

あんたの人生、これから先、いったいなにがあったあっ‼　脱皮か⁉　脱皮でもやらかしたのか⁉

はーはーはー……！

興奮しすぎて息があがってしまった。

……いや、あれから毎夜、妾宅から刺客が送られてきて、ブラッドがそれを撃退してくれているのは知ってたよ。でも、まさかメイド服で女装して護衛してたなんて知らなかったよ。私、目が見えてなかったもの。

妾一家がイっちゃってるのは、前の人生で私はよく知ってたから、襲撃のほうは別段驚きはしなかった。ターゲットは私だ。妾からすれば、嫡出子が生まれては困るというわけだ。

公爵令嬢を公爵邸で暗殺しようとするなんて狂気の沙汰だが、お父様に出生を知られる前に殺しさえすれば、どうせ金の力でもみ消せるとタカをくってるんだろう。

ブラッドが看破したとおり、お母様の食事に混入されていたのは、やはり麻薬の一種だった。仕事人部屋に踏み込んだときには、厨房《ちゅうぼう》の一人が行方をくらましていたから、多分そいつの仕業だったんだろう。妾宅からの回し者だ。

おそろしいことに、それは裏市場では麻薬というより堕胎薬として知られている劇物だった。早産はその影響だ。大商家のあいつらなら入手可能だ。あわや私は生まれる前に、この世から抹殺されるところだったわけだ。

私は唇を噛み締めた……歯がない。成せぬ。

あいつら目的達成のためなら、相変わらずむちゃくちゃやりやがる。

きっと前の一〇八回の私の人生でも、同じ卑劣な手段をとっていたのだろう。どうりでお母様が決まって早死にする運命だったはずだ。あいつらが元凶だったのか。

本当に殺したかったのは公爵家の血をひく邪魔者の私。お母様はとばっちりだ。

そうとわかれば、前の人生で徹底的に報復してやったのに。

よく当時の私が生き延びたものだと思うが、「一〇八回」では、お母様の急死で大騒ぎになり、さすがのあいつらもこれ以上疑いを招く行動はとれなかったんだろう。いわばお母様は私の身代わりだったわけだ。

真相に気づいてみれば、あいつらが幼児の頃の私に向けた、小馬鹿にしきった笑みに、心あたりがありすぎる。母を毒殺されても、なにも知らない無邪気な私を陰で笑ってたんだろうな。

ごめんなさい、お母様。私のせいで……。

この落とし前は必ずつける。

一〇八回目も悪役令嬢プラス冷酷女王稼業をやった私をなめるなよ。

私の最初のターゲットはあんたらよ。

一〇八回分のお母様の無念もこめて、私を敵にまわしたことを、地獄で後悔させてやる。必ず、ね。

「……なあなあ、スカートってさ。「小のとき」はなんとかなるけど、「大のとき」は不便だよな。オレ、まくりあげて紐《ひも》でくくってんだけど、女の人ってどうしてんの？」

ブラッドの能天気な質問に、私はがくりと脱力して腰が砕けた。

ちょっとブラッド!!　今の私の数少ない見せ場を、横からかっさらわないで!!

……まったく、アリサみたいに空気読まない質問で雰囲気壊さないでよね!!

アリサことアリサ・ディアマンディ・ノエル・フォンティーヌ……。

私と同日同刻生まれの呪われたシンクロニシティのあの子は、徹底的に場を読まない子だった。

「一〇八回」の人生の中で、私が蒙った被害と心的ダメージははかりしれない。

私が孤独な悪役令嬢としたら、対のもてまくりヒロイン令嬢と呼ぶべき存在。

ぶっちゃけると、にこにこしているだけで、周囲の男たちが勝手に意図を斟酌《しんしゃく》して、なんでも面倒をみてくれる、スーパー他力本願なヒロイン……それが彼女だ。

金髪の巻き毛に碧眼《へきがん》のお人形みたいな美少女だけど、中身も人形みたいに空っぽだった。

「かわいそう……」と「えへっ」が口癖。かわいそうなのは、あんたに躍らされる男たちだ。それとあんたの頭の中身だ。

だって、あいつ、努力なんて何ひとつせず、涙と笑顔と愛想だけで、世間の荒波を悠然と乗り越えるんだもの。私が王位継承を巡って、しのぎを削りあった連中に比べれば、能力と覚悟の点で、月とすっぽんの違いがあった。頭の中はお花畑。感情優先でやることなすこと行き当たりばったり。社交界のルールなんか完全に無視。美貌だけは主役級だったけど。

とにかくぶっとんだエピソードに事欠かない令嬢だったんだ……。

たとえば、私が、サロンで社交界の顔役の婦人がたと、注目株の演奏家について歓談していると、

「スカーレットさま、見ぃーつけたっ!! アリサ、もう飽きた。ここ退屈ぅ!!」

って言って後ろから突然抱きつくなど日常茶飯事だった。

「みいんな、つまんない話ばっかり!! アリサ、お洒落とか男の子の話したいのに!! きっとここの人たちって人生の楽しみを知らないんだわ。かわいそう」

やめろおおっ! 紳士淑女がたが睨んでるじゃない!! なんて暴言吐いてるの!?

私があわてて口をふさごうとすると、するっと前にまわって、私の首に両手をまわして、

「……あーっ、スカーレットさま、もしかして困ってる？　アリサにキスしてくれたら、おとなしくしてるよ。アリサ、スカーレットさま大好きだもん。えへへ」

えへへ、じゃないよ!!　こわいよ！　なんなのよ！　この爆弾娘は!?

しかたなくアリサの額に軽くキスをしたあと、私は頭を抱えることになった。

アリサが「そこじゃなくて、唇だよ!!」と地団太踏んだからだ。周囲の視線が痛い。

なんで音楽と芸術と文学を格調高く語り合うこのサロンで、あほ娘と痴話喧嘩《げんか》と誤解されそうな会話を繰り広げなければならないのか。

まったく、あんたが泣いて頼み込むからしかたなく名高いこのサロンを紹介してあげたのに、こんなことされちゃ、私まで主催者に顔向けできないよ。

そのうえアリサときたら、私のドレスの襟元にずぼっと手を突っ込み、

「いいもん、口にキスしてくれないぶん、おっぱい揉《も》ませてもらうから!!　……あっ!!　かっこいい男の人きた!!　ちょっとお話ししてくるね!!　……えへへ、心配しないで、アリサの一番はスカーレットさまだから!!　今度、下着の見せっこしようね!!　じゃあねー!!」

ってまくし立てると、稲妻のようにぷいっと立ち去った。

あとに残される、しいんとした空気と皆の気まずさ……まさに嵐が通り過ぎたよう……。

「……スカーレットさん、あなたには同情しますが、金輪際あの方をこのサロンに連れてこないよう。そして友達はしっかり選びなさい」

もうっ‼　サロンの主催者に私が諭されちゃったじゃないの‼

あのあと、スカーレットは女好きって変な噂がたって大変だったのよ‼

ますます殿方には縁遠くなるわ、一部の令嬢や夫人には熱視線送られるわで……。

私だってアリサと付き合いなんかしたくないけど、あの子あんなんだから他の令嬢や夫人からは村八分状態だし、妙に私にまとわりつくから、しかたなく友達やっていた。

殿方の誰かが早くあの子と結婚して、私を自由にしてくれることを切に願いながら……。

そんな私の願いもむなしく、気まぐれなアリサは決まった相手を持たず、不特定多数の男性たちと浮名を流し続けた。過度なスキンシップを勘違いして、ころっと落ちちゃう男は多かったんだよなあ。

まあ、あいつ見た目だけは満点だったし。

天真爛漫《てんしんらんまん》⁉　素直⁉　あれは、なにも考えてないの‼

アリサの無茶苦茶さをよく知る私は、男たちのアリサ評に、そっとため息をついたものだ。

しかも男から男に渡り歩くくせに、羽根休めで私へのちょっかいはやめようとしない。

私はあんたの都合のいい止まり木じゃない‼　頼むから、お空の彼方《かなた》に羽ばたいて消えてください。

なお後日、サロンでの顚末《てんまつ》を知った、常識人の父親のフォンティーヌ卿が顔色変えてすっ飛んできたのは言うまでもない。地に頭を擦《こす》りつける勢いで平身低頭して謝罪してたけど、当のアリサ本人はぽかんとしたまま。

さすがの傍若無人のアリサも、この事件のあとしばらくは、社交界出入り禁止をくらっていた。

すぐ平然とした顔で舞い戻ってきたけど。……いっそ永遠に蟄居《ちっきょ》させといてほしかった。……まあ、私に懐いてるさまは、正直かわいいので、泣きつかれるとつい我儘《わがまま》聞いちゃうんだけどさ……。

王家への忠義と武勇で鳴らしたフォンティーヌ家から、なんであんな爆弾娘が生まれたのかが不思議でしかたなかったけど、私の認識はまだ甘かったのだ。

私の女王即位後は、いきなり〈救国の乙女〉として反スカーレット勢力の急先鋒《きゅうせんぽう》になるんだもの。

私を殺す五人の勇士たちの背後に、必ず見え隠れし、私を惨殺するまで追い詰めてくるんだ。

昨日まで好き好き言ってた相手に、普通そんなことする!?

あまたの令嬢や夫人、王位継承候補者たちとしのぎを削りあったが、私の生涯最大の強敵は、間違いなく、このアリサだった。なんでよりによって、こんな娘が……成仏できぬ……。

なんでよ!? 恩を着せたいわけじゃないけど、私、虐《いじ》められてたアリサをいつもかばってたよね!?

アリサも、私が閉口するくらいべたべた懐いてたのにこれだもの!!

それも思い出してみると、なんと一〇八回の人生すべてのパターンにおいてだったよ!!

一回だけでも、わけわかんなすぎて、憎いとか思う前に、とにかく怖いのに!!

その行動原理は私の理解の範疇《はんちゅう》を超えすぎ、宇宙人相手のように錯覚させられたものだ。

まあ、思惑なんか特になくって、なにも考えないで場当たり的に動いていたら、たまたまそうなったってだけなんだろうけど。……あのあほ娘は……。

まったく。反乱軍の連中も、あんな頭からっぽ娘を神輿《みこし》に担ぐ前に、ちょっとは海外事情も頭の中に詰めてほしかったよ。こっちだって、べつに好きで圧政やってたんじゃないよ。

四つの他の大国にのまれないよう、富国強兵に必死だったんだ。誰に憎まれようが、私なりにこの国を愛していた。あんたらみたいなお花畑がいなければ、私だって独裁なんかせずにすんだんだよ。誰が好き好んで重税なんてやるもんか。

国内の些細《ささい》な揚げ足取りだけに一喜一憂してたあんたたちには想像もつかなかったろうけど、外国は虎視眈々《こしたんたん》とこの国を侵略する機会を窺っていたんだ。

……私自身を餌《えさ》としてぶらさげてまで、あの手この手で時間稼ぎして、なんとかボロボロのハイドランジアを対抗できるまで立て直そうと奔走してたのに。……あと少しだったのに。

それを考えなしに内乱なんか起こし、自分たちの手で国を一気に弱体化させ、とどめをさすなんて。

……たぶん、私が殺されたあと、ハイドランジアは滅亡しているはずだ。

伝統ある町並みも文化も蹂躙《じゅうりん》され、クーデターを起こした連中も殺されたか、奴隷待遇になるかしただろう。ハイドランジアを狙ってた四大国の跡継ぎ王子たちは、占領した敵国民に平等に情け容赦なかったから。それはもう冷酷女王の私がドン引きするくらいに。だから、私は焦らざるをえなかった。

でも、あの娘は、アリサだけは平気だったかもしれない。

悪魔と取引したかのような危機回避能力持ちだったから、あっさり王子たちの懐にもぐりこんだかもしれない。空っぽな中身の分、美貌と国士無双級の豪運に全ステータス割り振りしてたもの。ある意味、ものすごく優秀な人間といえるかもね。

ま、私が死んだあとのことなんか、どうでもいい……私、ちょっとすねてます。

これは、スカーレットの「一〇八回」の人生のうち、七十二回目の終焉の記憶

私の早足の足音だけが、地下の暗闇《くらやみ》にもの哀《がな》しく響いた。

城につくられた隠し通路、いつの頃につくられたかも定かではない黴《かび》臭い石の暗渠《あんきょ》。

追い詰められた王族が逃げ延びるための、最後の頼みの綱。

城は今頃火に包まれているはずだ。

長い城の歴史の中で、何人の王族がここより都落ちをはかったのだろう。

私も今やその一人だった。

だが、私の心はまだ折れてはいない。泣いてやったりなどするものか。自分のやったことに後悔もない。供が一人もいなくなっても、たとえ国の誰からも認められなくなっても、私は自分が女王であるというプライドだけは捨てない。

通路の繋《つな》がる先は川のほとりだ。

出口はわずかに川面より低い位置にある。通路から出るには少しだけ川の水を潜《くぐ》り抜けなければならない。絶対に外からは通路の存在を悟られないための工夫だ。今が大雨の数日あとでよかった。窒息する前に外に浮上できるだろう。

増水した川の水が逆流した名残で、通路の床のあちこちに水溜《みずたま》りがある。

川藻の匂《にお》いがする。

通路をつくった当時に比べ、川底が沈殿物で上昇したのが原因だ。

こんなところで松明《たいまつ》を取り落とせば、一巻の終わりだ。足元は水浸しでむわっとした湿度が衣類に張り付く。再点火は容易ではあるまい。壁伝いに脱出できるかもしれないが、暗闇の中で襲い来るネズミと戦いながらの命がけの逃避行になる。

私は慎重に松明をかざして歩いた。

川の水の匂いが強くなる。出口が近い。

……ブラッドは、そこで私を待ち受けていた。

しゃがんでいた人影がゆっくりと立ち上がる。

私の手にした松明の炎が、ゆらゆらと私たち二人の影法師を照らしていた。

「ブラッド……さすがね。まさか、王族以外が隠し通路を知っているなんて、思わなかった」

私は苦笑した。

最強の殺し屋。一対一で私がかなう相手ではない。私の命運はつきた。

だが、不思議と穏やかな気持ちだった。

「〈治外の民〉はいろいろな獣道に通じているんでな。許可なく不法侵入した非礼は詫びる」

相変わらずの仏頂面で、ぼそっとそんなことを言う。

「ずいぶん礼儀正しいのね。敵の私に遠慮する必要なんかないのに」

私は思わずくすくす笑った。

何度も私を追い詰めたブラッドだが、仇敵《きゅうてき》というより好敵手という気持ちを抱いてしまうのは、彼のこういうところを気に入っているからだろう。

「ここには俺《おれ》一人で来た。他には誰もいない。通路のことも教えていない」

「そう……あなたらしいわね。ありがとう」

その意味を私は正しく理解し、感謝した。

若い女性が複数の兵士たちに捕まれば、待ち受けるのは恥辱にまみれる末路だ。

そういう目にだけはあわせないと暗に告げているのだ。

ブラッドは潔癖すぎる暗殺者だった。

皆が手の平を返した今、いつもと変わらない彼が嬉《うれ》しかった。

ならば私も最後まで悪の女王として堂々と振る舞おう。

「ねえ、一応たずねさせて。私に仕える気はない？　私ならこの窮地さえのりきれば、必ずまた逆転してみせるわ」

お互い主従の関係などありえないと百も承知だ。これは定例の挨拶《あいさつ》のようなものだ。だが、それも最後になる。だから、いつもは口にしないことまで言及した。

「……それとも他の四人の勇士と同じく、あなたもあの〈救国の乙女〉のアリサに心酔しているのかしら」

「よせ。勇士なんて呼び方、虫唾《むしず》が走る。俺はただの人殺しだ。あの胡散《うさん》臭い女も大嫌いだ。他の連中と一緒にしてくれるな。あの女の笑顔も涙もまやかしだ。裏に得体のしれない本性を隠している。あいつが悪の女王といわれるほうが、しっくりくる。あんたのほうがマシだ」

渋面で吐き捨てるブラッド。

私は驚きに目を見張り、にやりと笑った。

アリサへの痛快な酷評を久しぶりに耳にした。どうやら彼女にも従わせられない男があったようだ。

「ふふ、少し胸のつかえがとれた。あなたになら、殺されてもいい気がしてきた」

あなたにはその資格もあるしね。私は心の中でそっと呟いた。

私はあなたたち〈治外の民〉の里を焼き討ちしたものね。

思い起こすと胸がちくりと痛んだ。


ブラッド・ストーカーの故郷。〈治外の民〉の本拠地。

私は、彼らを数の暴力で殲滅《せんめつ》した。

私の敵対勢力に雇われた彼らは脅威だった。〈治外の民〉は寝室にまで忍び込んだ。

あらゆる手段で私の暗殺をはかった。放置しておけば、いずれ私は彼らの牙にかかっていたろう。

彼らと交渉しようとしたが梨のつぶてだった。

たまりかねた私は彼らの源を叩くことにした。そうする以外に道はなかった。

それでも最初は全滅させる気なんかなかった。軍で里を取り囲み、脅しての降伏が狙いだった。だけど、彼らは再三の降伏勧告を拒んだ。誰一人として投降者は出なかった。徹底抗戦の構えを崩さなかった。それどころか度重なる夜襲を敢行し、こちらの軍が甚大な被害を受けた。

やむをえず、指揮官は兵に里全体を包囲させ、里に火をかけさせた。そのうえで飛び道具の波状攻撃をかけた。獣のように強い彼らも、接近戦にもちこめなければ、手も足も出なかった。

そして〈治外の民〉の強さに戦慄《せんりつ》していた現場の兵たちに、手加減する心の余裕はなかった。

結果、里は玉砕した。女も子供も皆殺しだった。

その知らせを聞いたとき、私は耳を疑った。自分が立ち上がってしまっていることにも気づかず、何度も伝令を問い質《ただ》し、報告が間違いないと悟り、目の前がまっくらになった。立っていられなくなり、崩れるように玉座に坐《すわ》りこんだ。

そこまで悲惨な結末は予想していなかった。

戦場の狂気を私は正しく理解していなかった。

……私が冷酷無比の女王と呼ばれることになる、きっかけだ。

私にとっても苦い記憶だ。

ブラッド・ストーカーは、その里の唯一の生き残りだ。

里の長の息子にして、一族の最高傑作といわれた男だった。

焼き討ちのことをこの場でブラッドに謝りたかった。ずっとずっと謝りたかったのだ。

それをしてしまえば、私は楽になるだろう。だが、それは卑怯だ。

そんな曖昧《あいまい》な覚悟で殺されたなど、死者も納得がいくまい。

だから、この胸の痛みは秘めたまま、ずっと抱えたまま、私は死のうと思う。

反省もしない、最悪の女王として。

「……油断したわね、ブラッド。この短剣は刃を高速で飛ばす。あなたを殺して私は生き延びる」

私は仕掛けつきの短剣をブラッドに向けた。

なるべく驕慢《きょうまん》に見えるように笑い、柄を強く握り締めた。

内部のバネがはじけ刃が矢のように飛んだ。ブラッドは軽々とかわした。

当然だ。こんなものが彼に通用するわけがない。

懐に飛び込んできた彼の掌《てのひら》が、私の胸にあてられた。ぱあんと音がはじけた。

どくんっと私の心臓が硬直した。

相手の心臓を停止させてしまう〈治外の民〉の秘術だ。

身体がしびれる。力が抜ける。視界が暗くなっていく。

私の手から松明が滑り落ち、すべての明かりが消えた。

闇だけがあたりを包んだ。

終わった。すべて。

これでいい。この結末なら納得できる。

まっくらでよかった。私の顔は見えまい。

じゃあ、もう泣いてもいいよね。我慢しなくていいよね。誰も見てないものね。

ごめんなさい。ごめんなさい。

あなたの大切なものを、みんな奪ってしまった。

たくさんの命を、未来を、私が潰《つぶ》してしまった。

ごめんなさい。許してとは言いません。ただ、ごめんなさいと謝らせてください。

崩れ落ちる私の身体をブラッドが抱きとめた。

「……俺は血の流れで、相手の心がある程度読める。だから、あんたの胸のうちはわかっていた」

その言葉で私の涙があふれでた。私を支えるブラッドの体温が伝わってくる。

ねえ、どうしてそんな優しい言葉がかけられるの。

私はあなたの里のみんなを皆殺しにしたんだよ。

それなのに、あなたは私のことを理解してくれていたの？

じゃあ、じゃあ、黙っていようと思ってたあの言葉を、私、口に出してもいいの？

「……ごめん……なさい……！」

「〈治外の民〉の生き残りとして俺が許す。あんたの謝罪、たしかに受け取った」

そして、彼は幼子にするように、優しく私の頭を撫でた。

「今までよく一人で耐えたな。つらかったな……おやすみ」

……私、あなたの仇《かたき》だよ。なんでそんなこと言えるの。

でも、ごめんなさい。嬉しいの。私にそんな資格ないってわかってるのに。

理解してくれる人がいてくれて、私、嬉しいの。

こんな楽な気持ちで、私……死んでいってもいい……の？

あ　まだ　あいさつ　返してない……

意識を失っちゃ……だめだ……

「お……やすみな、さ……」

舌がもうまわらない……あと、ありがとうって伝えなきゃ……

そして、私は名状しがたい安らぎの中、意識を手放した。

◆

女王軍の最後の城は落ちた。城内には反乱軍が雪崩《なだ》れ込んだ。寄せ集めの彼らは統制が取れていない。目を血走らせた食い詰め者たちも交じっていた。勝利の興奮に狂い、無駄に火をつけてまわり、美しかった城は炎と黒煙をあちこちから噴き出していた。

「……いやあっ、アリサ、もう戦争なんて、こりごり!! 城が落ちてたくさんの人たちが逃げていくわ。みんな、みんな、かわいそう!! こんな悲劇、もうとても見てられない……!!」

豪奢《ごうしゃ》な金髪を揺らし、〈救国の乙女〉といわれるアリサ・ディアマンディ・ノエル・フォンティーヌは鼻にかかった甘い声で、哀しげに呟いた。さめざめと涙を流す。長い睫《まつ》毛《げ》に彩られたサファイアを思わせる憂いげな碧眼に、周りの男たちはうっとりと見入っていた。

反乱軍の指導者のはずの彼らは、任務そっちのけでアリサにまとわりつくのに血道をあげていた。

「……アリサ、ほんとは人が殺される戦争なんて大嫌い。涙が出る。だけど、悪の女王を倒さないと、この国に未来はない……どんなにつらくても私、みんなとやりとげなきゃ……誰もが笑って暮らせる、幸せな明日を摑《つか》むために……！」

アリサは両手で顔を覆い、心の痛みに耐えかねたかのように上体を折る。大きく開いた胸元が際どいまでに皆の目の前にあらわになった。そのきめ細かな白い肌から目を離せなくなり、指導者たちは身をのりだし、ごくりと生唾《なまつば》を飲み込んだ。

「……ああ、でもアリサの手は、もう血まみれなの。この戦いはアリサがはじめたこと。みんなと違って、幸せになる資格なんてない。だけど、もし、こんな私なんかを愛してくれる強くて優しい人がいるなら、戦いが終わったあと、私は残りの人生ぜんぶを、その人のために燃やしつくしたい……みんな、お願い。死なないでね……」

目に涙をため、頰を染めたアリサの言葉に、指導者たちは味方同士で睨《にら》み、視線で牽制《けんせい》しあう。競争心と雄としての本能を、アリサの言動で刺激されたのだ。アリサの懇願は自分にこそ向けられたものだと誰もが思い込んだ。

この戦いの趨勢《すうせい》はすでに決した。これからの敵は、壊滅した女王軍ではなく、むしろ味方たちだ。なるべく戦功をあげておかないと、戦後有利な立場になれない。そしてアリサを娶《めと》るためには無数のライバルを蹴落とさねばならない。はやる彼らは血相を変え、足早にお互いの持ち場に散っていた。

瞬く間にアリサの周りはがらんとなった。兵士たちがちらちら好色そうな視線を送ってくるが、声をかける者はいない。顔役たちの怒りを買うのが怖いからだ。それに城での略奪は早い者勝ちだ。モラルにうるさい五人の勇士たちは先陣きって奥に攻め込み、今ここにはいない。下劣な欲を満たす絶好の機会だ。兵士たちは、アリサの白い肢体を思うままに屈曲させる妄想から覚め、目の前の餌《えさ》を漁るのに夢中になった。

だから、そこから先のアリサの言葉を聞いた者はいなかった。

涙を拭《ぬぐ》うハンカチのかげで、アリサの口角がぞっとする形にゆがめられた。

「……あなたたちの命をすり潰しても、たいして愉《たの》しめなさそうねえ。あははっ、それに比べて……スカーレットさまの人生の切なく美しいこと!!　名君だったのに、理不尽に女王さまの椅子《いす》から引きずりおろされ、あのじめじめした洞窟《どうくつ》で、ひとりぼっちで死んじゃったのね!!　……ふふっ、死体はきっとネズミの餌ね。でもお、ブラッド関連はあんまり面白くない結末ばかりね。もっと残酷で派手なのがいいなあ。次はセラフィあたりでいってみようかなあ」

アリサの目には、地下通路で寂しく死んでいった一人の女王の末路が映っていた。

誰も見ていないのを確認し、アリサはひとしきり笑い転げたあと、えへらと嗤《わら》った。

どこか一本ネジのはずれたぽわんとした雰囲気が、凄みを帯びたものに一変した。

蛇のように舌なめずりをする今のアリサには、落城の炎と煙と阿鼻叫喚《あびきょうかん》が、誰よりもよく似合った。

あさましい略奪行為に没頭する周囲の暴徒たちは、彼女のおぞましい変化と呟きに気づかずにすんだ。

「……ふふっ、かわいそうなスカーレットだこと。ブラッドとの本当の関係も知らないで……だいぶ悲劇の悪の女王役が板についてきたじゃない。貴女の人生は、どの宝石よりも私をそそる……あなたを恋い慕う友達を演じるときは心が躍るわ。でもね、あなたと殺し合いをするときのほうが、その数百倍も心がときめくの。さあ!!　またループを始めましょう。もっともっと絶望した顔と生き様を私に見せてちょうだい。私は全身全霊で、あなたの魂すべてを感じたいの。私のありったけの憎しみと、愛《いと》おしさを、たっぷりと貴女の人生に注ぎこんであげる……」

◆

……あ、寝落ちしてた。

新生児の身体はすぐ眠くなる。

また前の一〇八回の人生の記憶を思い出してたよ。

それもブラッドに殺されたやつだ。

一〇八回の人生を思い出したっていっても、だいたいが記憶だけで、そのときの感情の機微までは覚えてないんだけど、死を迎えるときの恐怖だけは鮮明に残ってるんだよね。難儀だ。

まあ、でも今日の夢見はよかった。

〈治外の民〉の秘術で心臓とめられるやつで、一番楽な死に方だからだろう。

ブラッドは超一流の殺し屋だった。

無駄な苦痛を与えず標的を屠《ほふ》る技術は芸術的でさえあった。余計なもの一切を切り捨てた男の生き様は、鍛え上げた戦場刀のように見事だった。機能美を極めた美しさがあった。

「……これさあ。胸にばあんと詰め物したほうが、女っぽく見えんじゃね？」

おい、ゴラあ⁉　こっちのブラッドはなにやってんの⁉　女装を極めてどうすんのよ⁉

だいたい、あんたの年でそんな巨乳なんて不自然でしょうが！

余計なもので、ごてごて飾り立てるンじゃないッ!!　お洒落は引き算よ!!

「おおっ、これ面白いなっ」

ああっ、もう!!　スカートの広がり確認するのに、くるくる回るのやめぃ!!

それ完全に女の子の遊びだから!!


甘い匂いが鼻腔《びこう》をくすぐる。

その豊かな胸のふくらみを掌全体で押すと、ずっしりした手ごたえが返ってきた。

メアリーがくすりと笑い、メイド服の前をはだける。

あらわになったのは、幼い容姿を裏切るアンバランスな巨乳だった。

たわわな重みを、私はしばし愉しんだ。

メアリーのぴぃんと張りつめた肌を、絶え間なく薄白い甘露の筋《すじ》が伝う。

匂い通りのほのかな甘さ。舌触りはさらさらだった。

私は、我を忘れて、ごくごくと喉を鳴らして、あさましくそれを貪り飲んだ……。

やましいことはなんらない!!

だって私、新生児スカーレットは、ただいま授乳タイムの真っ最中なのだから!!

「お嬢様はほんとにおいしそうに、おっぱいを飲んでくれますね」

メアリーは嬉しそうに私を優しく揺さぶりながら、お乳を含ませてくれた。

最初はびっくりした。まさか、彼女がメイドではなく、乳母だったなんて。

そして、目が開いてから、ひとつは納得、ひとつは驚愕。

メアリーさん、ばりばりにメイド服を着込んでいました。たやすく前開きする特別仕様のメイド服です。彼女はナニー兼メイドさんでした。掃除も洗濯もがんがんこなします。

働きながらで、お乳出るの⁉　いいの、それ⁉

こちらの心配をよそに、本人曰《いわ》く動いていないと落ち着かないそうな。

あふれるお乳もなんのその。当て布を胸に押し込んでがんばって家事もこなしてくれる。

おかげでただでさえ巨乳なのに、胸がすごいふくらみになっている。

どうりでブラッドが胸に詰め物したがるはずだ。あれはメアリーを参照にしたのか。

そしてメアリー、まさかの十六歳。なのに経産婦でした。

顔立ちが幼いので、十代前半といっても通用するだろう。巨乳だけど……。

ブラッドが子供と誤認したのも、むべなるかな。

赤ちゃん生むの早いよ！

ちなみに私、前の一〇八回の人生で妊娠経験ありません。そして貧乳……。

そりゃね、赤ちゃん欲しいと思わないことはなかったよ。

私、これでもあったかい家庭に憧《あこが》れてたし。

だけど、享年二十八歳、私の人生、悪役令嬢を務めあげるのに手いっぱいだった。

だから、今回の人生では恋もしてみたい。もちろん入り婿希望です。私、ひきこもり予定なんで。

そのためには早く大きくならなきゃね。いろいろ知識チート生かして準備しておくためにも。

だから今、お乳を一生懸命吸っているわけなのです。

最初は思ったより薄味で驚いたけど、母乳も慣れれば美味《おい》しいものだ。やっぱり新生児の身体に合ってるんだろうな。それに、たぶんメアリー、体調管理や食べ物にも気を遣ってくれている。感謝感謝、ごくごく……もう一杯‼

あ、ちなみにお母様はお乳が出ません。

体調不良と精神的なもの、それと毒物飲まされてた影響って、ブラッドは言っている。

彼は護衛兼お母様の治療にあたってくれている。それもあって女装をしているらしい。

確かにいくら子供でも、男の子が頻繁に婦人の部屋に出入りするのは風聞悪いものね。

スカート穿《は》いて回転してからしゃがむ花遊びなんかしてたから、てっきり女装が気に入ってるだけかと勘違いしてたよ。あれもあとで聞いたら、スカート状態での稼動域を確認していたらしい。

能天気なようでいろいろ気を配ってくれている。

そういうさりげない配慮は、前の人生の記憶の大人のブラッドと共通してる。

大人の彼は寡黙だったけど、たぶん女の人にはもてたんだろう。

〈治外の民〉の仇の私を追いかけまわすので、人生棒に振っちゃってたけど。

一〇八回の人生ほとんど、命を狙われた報復で、私が〈治外の民〉の里を壊滅させるパターンなんだよな。思い出すのは記憶だけで、当時の感情はほとんどよみがえってこないけど、きっと眉《まゆ》一つ動かさず、殲滅《せんめつ》命令をくだしてたんだろう。自分の冷酷さに落ち込んでどん引く。悪の女王の面目躍如《めんもくやくじょ》だ。そりゃブラッドも怒って、人生かけて私を殺そうとするよね。

……ごめんなさい。

それさえなきゃ、きっと配偶者を得て、いい家庭を築いていたろうに。

黙っていても、わかる女には、きっとその優しさは伝わるもの。

現に警戒心の強いお母様も、メアリーも、ブラッドにはいつの間にか気を許している。

お母様はずいぶん血色がよくなった。

〈治外の民〉の長の子供のブラッドの腕はたしかだ。

体調がよくなったことで、心にも余裕ができたのか、お母様はよく笑うようになった。ガラス容器の埃《ほこり》を拭い去ったかのように、雰囲気も明るくなった。屋敷の古くからの使用人たちは、嫁入り当時の美しい奥様が戻ってきたと驚愕しているらしい。

メアリーが嬉しそうに、私をあやしながら教えてくれた。

ブラッド、ほんといろいろチート。でも、私の影がかすむから、ほどほどで勘弁してね。

お母様は、最近はブラッドの話の影響を受けすぎて、お乳が出るようになったら、是非私に授乳するんだとはりきっている。「私の仕事がなくなります」とメアリーがあわてている。

お母様、それは平民や外国の「普通」です。

この国の「貴族の普通」は子供に授乳などしません……乳母まかせです。

もともと箱入り娘のお嬢様だけに、型破りのブラッドの影響でとんでもないことにならないか心配だ。頼むからお母様をトンデモ人間集団の〈治外の民〉化してくれるなよ……。

お母様がそのうち木から木に飛び移って移動をはじめないか心配だ。

ブラッドの暴走を食い止めるためにも、早く私も大きくならねば。

そのために呑《の》むッ。ひたすら呑むッ！　……デブにならないよね……。

「お嬢様の見事な飲みっぷり、私も飲ませ甲斐《がい》があります」

メアリーが目を細める。

優しい彼女は、授乳時にいつも私に語りかけてくる。

きっと彼女のお子さんにも、いつもそうしてあげていたんだろう。

「私の、息子もそうだったんですよ。お嬢様みたいに、とても元気で……」

メアリーの表情が不意に強張《こわば》った。

私を抱く腕に力がこめられた。笑った形のまま唇が震えていた。

「……なのに……どうして……あんなに、急に……！」

見開いた目から、ぽろぽろと涙がこぼれ落ちた。

それは陽気な彼女がふだんは決して表に出さない哀しみだった。

「……私の……ヨシュア……！」

あとは言葉にならなかった。私をかき抱くようにして、メアリーは懸命に嗚咽《おえつ》をのみこんでいた。

こらえきれず、ああああっと悲痛な声が漏れた。歯を食いしばって抑えつける。身を震わせて耐える。

……メアリーは生まれたばかりの息子さんを亡くしていた。

そして、お父様の口ききで、ここの乳母になったんだ。

メアリーは、私が殺されそうになったとき、身を挺《てい》してかばおうとした。取り返しのつかないことをしてはいけないと必死に叫んだ。あれは愛する子を失った彼女の心からの言動だったのだ。

私はそっとメアリーの頬に指先を伸ばした。

いいよ。メアリー。無理に涙をこらえなくても。

メアリーは驚いたように私を見つめ、そして大きな声をあげて泣き出した。

大声に驚いたブラッドが部屋に飛び込んできたが、様子を察し、そっと扉を閉めて出て行った。

……ありがとう、ブラッド。

ねえ、メアリー。少しでも気が楽になるなら、私を息子さんと思って、今は抱きしめて。

そして泣いて。あなたの人生はまだまだこれからなんだから。

私もできる限り力になるから。

みんなみんな、いろいろなつらいことを抱えて、きっと今を生きてるんだ。

……あ、ごめんなさい。

やっぱり、そろそろ胸から離してください。

私、頭から母乳まみれになっています。ミルク煮の元悪役令嬢の出来上がりです。

母乳が目に入って痛いです……。

これはスカーレットの「一〇八回」
生きた人生のうちの一つ。
その裏で起きた彼女の知らなかった悲劇

冬の街の石畳は冷たく、吐く息が白く曇り、顔のまわりにまとわりつく。

粉雪さえちらついていたが、公爵邸の迎えを待つメアリーの心はあたたかだった。

〝もうすぐお嬢様に会える！〟

そう思うだけで笑みがこぼれてくる。

公爵家の新しい執事は、メアリーが懇意にしていた人物で、その口ききで今回の再会が実現した。

辻馬車の順番待ちをする人たちの列から一歩離れたところで、メアリーはその時を今か今かと心待ちにしていた。

〝お嬢様もさぞ大きくおなりでしょう。あれから五年もたつもの〟

思い出しているのは、一年間自分が乳母として育てた、リンガード家の一人娘、スカーレットのこと。

別れてからもう五年もたつ。

そのスカーレットがメアリーに会いたがっている、なんとか都合がつかないかという打診の手紙をもらったとき、喜びに胸が高鳴った。小躍りしたあと、手紙を抱きしめ、感動の余韻にひたった。

よく懐いてくれた子だった。

母親を亡くしたぶん、職を超えた愛情を注いだつもりではいた。

産後すぐに公爵夫人は乱心し、娘のスカーレットを殺そうとした。そして心臓発作で急死した。メアリーは公爵夫人を制止しようとし、二人は激しくもみあっていた。本当ならメアリーはあらぬ疑いをかけられ、罪に問われるところだった。

それがそうならず、逆に信用をかちとり乳母役を続行させてもらえたのは、複数の使用人たちが目撃者になって証言してくれたからだ。彼らは一様に「早く子供部屋に行かないと、公爵の子供が殺されるよ」という声だけの男の子の警告を耳にし、室内に駆け込んできたのだ。

不思議な話だった。

きっと息子のヨシュアの霊が守ってくれたのだと、メアリーは感謝した。

実母に殺されそうになったスカーレットが哀《あわ》れだった。

だから、せめてそのぶんの愛情を肩代わりせねばと思ったのだ。

見返りを期待していたわけではなかった。

なのに契約期限がきれ、公爵邸を辞すとき、しがみつかれ大泣きされた。

メアリーから引き剝がされまいと、胸元の服をぎゅっと握り込み離そうとはしなかった。

利発な子だった。滅多に泣き喚《わめ》いたりしなかった。

それが火がついたように「ママ……！　バイバイ、ダメ！　ママ……!!」

と覚えたばかりの言葉で泣き叫んだのだ。

胸をナイフで引き裂かれる思いがした。

こんなにも、このお嬢様は、自分を母のように慕ってくれていたのだ。

相手にまごころが通じていた、嬉しさが抑えきれなかった。

お嬢様がこんな取り乱すほどに泣いているのに、使用人がこんな感情を抱くのは不謹慎とはわかっていた。けれど、愛おしさがこみあげて止まらない。

ずっと抱きしめていたかった。いっそさらって逃げようかと思ったほどだった。

身をきられるほど別離がつらかった。

実子のヨシュアを失った哀《かな》しみを、どれだけスカーレットの存在が埋めてくれたことか。

彼女に乳を与え、寝息を聞き、泣き声におろおろし、共に笑う。そんな日常の繰り返しが、いつしか心の傷を癒やしてくれていた。共に歩んだ日々の数だけ、愛情は深くなった。

そしてヨシュアの代わりとしてではなく、スカーレット自身を我が子のように感じるようになっていた。

……周囲が言葉をつくし、なだめすかしても、スカーレットはメアリーにしがみついて離れようとしなかった。だから、泣き疲れて眠ったすきに、メアリーはスカーレットの額に軽くキスをし、彼女に無言の別れを告げた。

公爵邸をあとにし、我が家に帰る途上、二人の思い出が次々によみがえって、乗合馬車の座席に突っ伏して声をあげて号泣した。馬車の外を流れる木々の緑が、木漏れ日が、すべてのことがきっかけになって胸の奥の思い出を刺激した。他の乗客に迷惑だし、自重せねば、とはわかっていたが、こらえることはできなかった。

そして、スカーレットの人生に幸多きことを神に祈った。


…………………


もうすぐ、そのスカーレットに再会できる。

そう思うだけで寒空の下でも心が浮き立った。

〝きっとかわいく利発に成長されているわ〟

メアリーは六歳になったスカーレットを脳裏に思い描いていた。

あの見事な紅色《くれないいろ》の髪を今はどうしているだろう。

自分に編みこませてもらえたらどんなに嬉しいだろう。

そして、鞄《かばん》の中から、手製の小さな人形を取り出し、何度目かの検品をした。

スカーレットの土産にと持参したものだ。

色とりどりの鮮やかな衣装をまとった人形の髪の色は赤だった。

スカーレットの遊び相手になるようにと、メアリーが心をこめて縫製した人形だ。

今は縫製の仕事で身をたてているメアリーの腕前はたしかで、出来栄えは見事だった。

「……お嬢様が、この子を受け取ってくれると嬉しいのだけれど」

メアリーの生家の地方では、子供の安全を祈願し、母親が手作りの人形をプレゼントする風習がある。守り人形だ。もちろん、そんなことを伝えられはしない。公爵令嬢に対して出すぎた真似《まね》になる。

だが、そっと想うことぐらいは許されてもいいだろう。

「……どうか、うちの子が誰よりも幸せになりますよう。誰からも愛されますよう。人生が喜びと希望にあふれますよう」

伝わるまじないの言葉を口にし、目を閉じて思いをこめ、人形に頬ずりした。

「……ねえ、ずいぶんかわいいお人形ね。それ、私にも、ちょうだい」

突然、声をかけられ、はっと顔をあげると、金髪の巻き毛の愛らしい女の子が、じいっとこちらを見上げていた。蒼《あお》い目が人形を追っている。上質のまっしろなコートを着ていた。その女の子そのものが高価なビスク・ドールのように思えるほど整った顔立ちをしていた。あたりに親らしき人間はいない。迷い子だろうか。

「ちょうだい」

戸惑うメアリーに、ぐいっと女の子は広げた片手を突き出してきた。

「ごめんなさい。これは私の大事な人への贈り物なの。あげられないのよ」

メアリーが謝ると、女の子はふうんと言って手を引っ込めた。

後ろ手に手を組み、なにやら思案しているようだったが、今度は両手を広げにっこりする。

「じゃあ、ぎゅってして」

「え……」

メアリーはためらった。物騒なご時勢だ。誘拐犯と間違われてはたまらない。

「あなた、迷子なの？　お父様やお母様は？」

「ここで待ち合わせてるの。パパはもうすぐ、ここに来るよ。ママはね。お星様になったんだって」

無邪気に答える女の子に、メアリーは、つと胸を打たれた。

聞いてはいけないことを聞いてしまった。罪悪感で胸がいっぱいになる。

「でも、わたしね、さびしいんだ。おねえさん、ママに似ているの。わたし、ほんとは、ママとさよならしたくなかったんだ。ねえ、ぎゅって抱っこダメ？」

ママ、バイバイ、ダメ……！

そう泣き叫んでいたスカーレットの声をメアリーは思い出した。

スカーレットと同じ年格好であろうこの子の姿が、スカーレットと重なる。

公爵邸の迎えももう間もなく来るだろう。この子の親が来るまで、この場所から動かないのなら、あらぬ誤解を受ける心配もあるまい。

「いいですよ。一緒にパパを待ちましょう」

メアリーはにっこりと笑い身を屈《かが》め、その女の子を抱き上げようと手を伸ばした。

「ありがとう!!」

金髪の女の子は嬉しそうに背伸びし、メアリーの首の後ろに両手をまわした。

……ちくりと鋭い痛みが、メアリーのうなじの中央、盆の窪《くぼ》あたりを刺した。

「……？」

この厳寒に虫だろうか。疑問に思う間もなく、ぐにゃりと視界がゆがむ。

身体を支えていられず、路面に手をついてしまう。

「ちょっ……ちょっと待っててね……貧血……？」

ひどく酩酊《めいてい》したようだ。意識がぐらぐらと揺れ動く。

気持ちが悪い。吐き気がする。意識がまとまらない。

「抱っこ」

女の子が笑い声をたてる。

再び両手でメアリーの頭を抱き寄せる。崩れそうな身を支えるのに必死で、メアリーは自分がなにをされているのかさえ気づかなかった。

また、ちくりとうなじに痛みが走り抜けた。

メアリーは薄雪の積もった路面に膝をついてしまった。

肩から鞄のかけ紐《ひも》がずれ落ち、鞄が石畳にぶつかって、中身をぶちまけた。

「……あ……人形……」

のろのろと手探りで石畳をまさぐるが、メアリーの目はもう見えていなかった。

音も聞こえていなかった。

すべての感覚がうつろだった。だから金髪の女の子が、小さな毒針を投げ捨てたことも、それがちゃりんと小さな音をたてて石のつなぎ目に消えたこともわからなかった。

「ごめんね。でも、あなたと、あなたのおなかの中の子はね。どうやってもスカーレットの味方をやめないの。だから、早く退場してね」

女の子はくすくす含み笑いをしながら、奇跡的に人形に向けて伸ばされていたメアリーの指先から、人形をひったくった。

「あなた、妊娠してるのよ。初期すぎて自分では気づかなかったでしょ。でも、もうあなたもおなかの中の子もおしまい。延髄に猛毒を二回も刺してあげたんだもの。……アリサの邪魔をする者は許さない。……ふふっ、死にゆくあなたにお餞別《せんべつ》をあげなくちゃね。おなかの子の名前はフローラっていうのよ。スカーレットが名付け親になるはずだったの・・・・・・・・・・・・・・・・・・・・」

そしてアリサと名乗った金髪の女の子は、人形をぶら下げたまま、くるりと踵《きびす》を返した。

なにごともなかったかのように、その場をあとにする。

二度と後ろは振り返らなかった。

ハミングしながらとことこ歩む女の子の愛らしさに、すれ違う通行人たちが相好を崩す。

白いぶかぶかのコートを着込み、金髪を揺らす後ろ姿は天使を思わせた。

「娘への守り人形か。たしかクロウカシス地方の風習だったかしらねぇ」

そして女の子は歩きながら、ひとりごち、メアリーから奪った人形を、そっと頬に押し当てた。

さくらんぼのように可憐な唇が言葉をつむぐ。

「……どうか、スカーレットが誰よりも不幸せになりますよう。誰からも憎まれますよう。人生が悲しみと絶望にあふれますよう」

ぽいっと無造作に放り投げた人形が、行きかう馬車の車輪に踏みしだかれ、ずたずたに引きちぎられる。

「あはははっ!!　みんな！　みんな！　かわいそう!!」

女の子は哄笑《こうしょう》し、暗い歓びの残り香を愉しむかのように、えへらと口端をゆがめた。

……………………

メアリーは身を丸くして地面に倒れていた。

心配して声をかける人々の声も、野次馬のざわめきも、もう認識することはできなかった。

皮膜がかかったように目の光は曇り、瞳孔《どうこう》になにも映してはいなかった。

だが、彼女の唇は幸せそうな笑みを浮かべていた。

スカーレットと過ごした初夏の木漏れ日を思い出していた。

鼻先にとまったテントウ虫に不思議そうな顔をしているスカーレット。

そのきょとんとしている顔がおかしくって笑ってしまった自分。

……ねえ、お嬢様。はじめて、げっぷを出させた日、這《は》い這いした日、摑まり立ちをした日、みんなみんな憶《おぼ》えていますよ。全部かけがえのない私の宝物です。

想像の中で、メアリーはスカーレットに再会を果たしていた。

二人で額を突き合わせるように思い出話に花を咲かせていた。

渡された人形を嬉しそうに胸に抱きしめ、スカーレットははにかみながら、耳元でそっと囁《ささや》いてくれるのだ。

「……ねえ。みんなには内緒で、お母さんって呼んでもいい?」

……………………

粉雪が頬にかかるなか、メアリーはほほえんだ。

ゆっくり閉じられたそのまなじりから涙がひとすじ流れ落ちた。

「……スカーレット……わたし……の……むす……め……」

そしてメアリーは呼吸をやめた。

…………………

公爵邸では幼いスカーレットが、来るはずのない待ち人をずっと待ち続けていた。

唇を引き結び、目にいっぱい涙を浮かべたまま。いつまでも。

◆

「ありゃあ、一緒に寝ちまってるよ。風邪ひくぜ」

部屋にすうっと入ってきたブラッドが苦笑した。

赤ん坊のスカーレットを寝かしつけようとしたのだろう。

揺れる籐《とう》椅子に腰掛けたまま、メアリーも一緒に眠りこけていた。

スカーレットはもとより、メアリーまで疲れきっているのか、口の端から揃《そろ》いも揃ってみっともなく涎《よだれ》を垂らしていた。

「ははっ、おんなじ寝顔してら」

幸せそうに眠りこけている二人を起こさないよう、そおっと毛布をかけると、ブラッドは部屋の安全を確認し、足音を殺したまま、部屋から出て行った。

窓からの木漏れ日が、やすらかな寝息をたてるスカーレットとメアリーを、優しく包み込んでいた。

公爵邸のがらんとした庭の片隅、一日中お日様が照らすことのない、薄暗いねじくれた誰も訪れぬ暗い灌木《かんぼく》の茂み。そこにぽっかりあいた広場。

そこで四人の亡霊たちがひそひそ話にうち興じている。

「いやあ、あの〈治外の民〉の若サマの強いことといったら！　あっという間に妾宅の連中、追い詰められたなア。痛快だア」とのっぽの幽霊は上機嫌だ。

「ひひひひっ、女の子の格好してるくせにね。ありゃあ、成長したら、苦みばしったいい男になるよ。あたしにはわかるんだ」と痩《や》せた女の幽霊が笑う。

「ええ〜！　オイラかわいいままでいてくれたほうが嬉しいな」とでぶの幽霊が残念そうに言う。

「生者の時間はとめられん。成長する。変化する。だからこそ一瞬が、かけがえのない思い出になる」と武人の幽霊が重々しく口を開く。

「その価値がわからん不粋なものだけが、軽い気持ちで人の命を奪おうとする」

空を仰ぎ、目を細める。

「妾宅の連中まだ諦めてはおらん。大きな嵐が来る。若狼といえど、一人きりで支えられるかどうか」

痩せた女の幽霊がくっくっくっくっと笑う。

「一人きり？　なんだい、あんたともあろうものが気づかなかったのかい。やっぱり女同士じゃないと通じないものがあるんだねぇ。この中で勘づいていたのは、あたしだけか。男どもはぼんくらだねぇ」

けげんそうに顔を向ける亡霊たちに、女幽霊が誇らしげに胸を張る。

「この屋敷には、もう一人頼りになる人間がいるさね」

武人の幽霊が眉をひそめる。

「あの嬰児《みどりご》のことか？　たしかに強い力は感じるが、今回の襲撃には幼すぎて戦力になるまい」

痩せた女幽霊はにやりとし「知ってるよ。他に気づいたことは？　だから、あんたたちは鈍感ってんだ」

そして彼女は公爵邸のほうを見やり、微笑した。

「……ひひっ、やっと本当の自分を取り戻したかい。あの男の子に感謝だね。それでいい。それがあんたの価値だ。自分を抑えるな。社交界？　礼儀？　女の務め？　そんなものは豚にくわせておやり。失った十年間を取り戻せ。女は泣きながらでも闘えるぐらい強いんだ。その意地を、強さを、驕る邪《おごよこしま》なバカどもに叩き込むんだ」

言葉の内容は激しいが、口ぶりは妹を気遣うように優しかった。

普段辛らつな女幽霊らしからぬ口調に、亡霊たちが顔を見合わせる。

弦の鳴る音が空気を引き裂いた。

風にのって流れてきた音につられるように耳を動かし、でぶの幽霊が驚きの声をあげる。

「ほへぇ～!?　なんであの人が弓なんか!?」

そして発射音と命中音が連続した。

瞑目《めいもく》していた武人の幽霊が片目を開け唸《うな》る。

「……一騎当千。そういうことか。見事な腕だ。我が不明を詫びよう」

女幽霊は満足そうにうなずいた。得意げに鼻をぴくつかせる。そして彼方を見て呟いた。

「ひひひっ、あたしはあんたの強さに気づいてたよ。あんたがこの屋敷に来たときから、ずっとさ。あんたは『彼女』に瓜《うり》二つだもの」

とにやりと笑う。

「女は守られてるだけの存在かい？　違うだろ？　この屋敷を、子供を守るのは、あんたの務めだ。きっちり晴れ舞台をこなしてみせな。それで、あんたらは、やっとほんとの親子になれる。あたしの期待を裏切るんじゃないよ。ひひひっ」

◆

カッ！　キュンッ！　ボッ！　カッ！　キュンッ！　ボッ！　カッ！　キュン！　ボッ！

リズミカルに弓の木と柄の木がぶつかる音が連続する。

次々に矢をつがえる速度が速すぎるんだ。

弦が鳴る響き、そして的に命中した音が続いた。

メアリーに抱っこされて我が家の庭園を散策中、文字通り矢継ぎ早に聞こえてきた音に、私は伸び上がるようにして耳をそばだてた。私たちは池のほとりを歩いていた。池をはさんだ建物の壁の向こうで誰かが弓を射っている。音は連続しているが、一定のリズムを正確に刻んでいる。つまり射手は一人。それもかなりの熟練者だ。だが、建物のかげになって姿は見えない。

この公爵邸にこんな優秀な手練《てだ》れが!?

てっきり老人たち……失礼、元壮年の勇士たちばかりと思っていたのに。

私は目を輝かせ、メアリーに必死に向こうに様子を見に行こうとうながした。

「アーウーアー」

ぱすぱすと顎を叩く。

これは期待できる……!!

妾宅が形振《なりふ》り構わず刺客を送り込む暴挙に出た今、頼もしい味方は一人でも多く必要だ。

ブラッドはたしかに強いが一人しかいない。

複数が同時に襲われた場合、対応しきれない可能性がある。

「わかってますよ。お嬢様」

メアリーはにっこり笑いかけてくれた。

おおっ！　私の心が伝わった！　これぞ以心伝心！

さすが私の乳母。私の身体の半分はメアリーのお乳でできています。

あとの半分はひきこもりを目指すエナジーです。

「この音を鳴らしている啄木鳥《きつつき》が見たいのですね。メアリーと一緒に探しましょう」

赤い頭の鳥を懸命に探しだす愛すべき乳母に、私はがっくりとうなだれた。

あかん、この人、天然だ……。

これは啄木鳥が幹を突《つつ》いている音じゃないです……。

ちなみにもう一度注意をひこうと顔に手を伸ばしたら、

ささっとあたりを見回したあと、

「ああっ、もうっ！　私もお嬢様が大好きですっ」

と頬ずりされました。

どうもありがとうございます。

大人の記憶持ちとしては複雑です。うう、気恥ずかしい。耳まで赤くなる。

「あら、お嬢様、お顔まっか。おしっこかしら」

違うよ!!　ああっ、においかがないで!!

「まだみたいですね。では、少しだけここで池を見てから帰りましょうか」

上機嫌のメアリーは弓音を聞きながら、鼻歌つきで私をあやしだした。

諦《あきら》めた私は、庭園の池面を眺めながら考えにふけった。

弓を射ってる人、見たかったんだけどな……。

池は暗く沈んだ色をたたえていた。見とおしは極めてよくない。濁っているのもあるが、この池には蔦《つた》のような水草が大量に繁茂している。シーズンになると食べられる実がなる。

採取用の小船が、粗末な船着場に係留され、寂しげに浮かんでいる。

む、岸に誰かタオルを置き忘れている。ゴミはきっちり持ち帰りましょう。

そういえば、前の人生で子供の頃、さんざん園丁のおじいさんに脅されたものだ。

…………………

「お嬢さまあ、ここの池の水草は性質《たち》悪いでな。足に絡むから、絶対池の中入っちゃあきません。むかあし、大きな犬がここで溺《おぼ》れたことがありましてな……出るんですわ、それ以来。たまに夜になると」

そして、おじいさんは言葉を切って、じいっと私を見て、

「死んだ犬が、ぐわあっと!!!　池の中から、新しい犠牲者をひきこもうと!!!」

「ひゃあっ!?」

…………………

……ふふっ、あのときは、思わず大きな悲鳴をあげてしまったっけ。

しばらく池の端に寄るのに、随分ビクビクしたものだ。

今にして思えば、私が池に入らないよう、おじいさんが考えた創作怪談だったのだろう。

ふっ、見た目は赤ん坊でも、今の私はそんな脅しではびびらないのだ。

私は落ち着き払った笑みを浮かべて胸を張った。

「お嬢様、なにを、にまにましてるんですか」

メアリーが不思議そうに私を見る。

ふふんっ、だいたい幽霊なんて気軽にそのへん、うろついてるわけがない。

いるなら私の前に姿を現してごらんなさいな。元悪の女王の私の前に跪《ひざまず》くがよい。

ペットとして飼ってあげてもよくってよ。おーほっほっほっ。

「アーアッアッアッ」

ああッ！　赤子ボディでは思うように高笑いできないッ！

憤懣やるかたなしッ。

憤慨する私の目の前で、ぽこっぽこっと、池面が泡立った。

「……？」

そして、ぐわあっ！と突然、水面が黒く盛り上がった。

なにかが叫びながら、池の中から、せりあがってくる。

「オアアーッ!!?」

余裕ぶっこいてた私は、腰を抜かして絶叫した。

幽霊でたあっ!?　ごめんなさい!!　やっぱ、跪かないでいいです!!

どうかお怒りをお鎮めになり、池にお帰りくださいい!!　うちはペット禁止なんですっ!!

「やべっ！　この池、やべっ！　ごほっごほっ！」

咳き込みながらもがいていたのはブラッドだった。

なにやってんの!?　あんた！　水浴びでもしてたの!?

脅かさないでよ！　心臓とまるかと思ったじゃない！

……オムツしててよかった。

内緒にしてください……。

ブラッドは、なんとか岸に泳ぎ着き、はあはあと肩で息をしている。

さすがにメイド服は着ていない。上半身はだかで半ズボン姿だ。

まったく……殿方が気軽にあられもない姿を晒《さら》さないでほしいよ。

年頃の娘に対する配慮が欲しいところです。

でも、こうしてみると、やっぱり男の子なんだなあ。

女装してると女の子にしか見えないんだけど。

「水草が足に絡まって、あぶなく溺れるとこだったよ。オレ、泳ぐの得意なんだけどな」

息を整え、タオルで水気を拭いながら、にっこりと私たちに話しかけてくる。

これゴミじゃなくブラッドのタオルでした。

「この池じゃあ、襲撃者がひそんだり、武器を隠したりは無理だな」

ああ、そういうことか。

ブラッドは邸内や庭園の安全を確認してまわってくれているらしい。

…………………

数日前に、刺客に対する今後の対策を私たち皆で話し合った。

ま、私は、まだ話せないから聴いてるだけなんだけどねっ。

襲撃者をかわす一番手っ取り早い手は、逃亡して行方をくらませてしまうことだ。

お父様への手紙が妾宅によって握り潰されている可能性があるなら、お戻りになるまで、身を隠してしまえばいい。わざわざ屋敷にいることにこだわる必要はない。

そう主張したのはメアリーだ。

うん、私もその意見に賛成かな。

逃亡は有効な手段だよ。

前の一〇八回で私もよく城から落ち延びようとしたし。

……だいたい途中で殺されるオチつきだけどね!! ううっ。

だが、その意見に反対したのはブラッドだった。

「迂闊《うかつ》に外に出ると、敵に多くの機を与えることになるよ。勝手がわかっている屋敷のほうが迎え撃ちやすいし、罠《わな》が張れる。食料の貯蓄もあるし、少なくとも領主の館に昼間押し入るバカはいない。それに、たぶん、襲撃者はもうこないよ」

なぜか自信に満ちて断言していた。

「だけど万が一がある。オレの腕に気づかないレベルの連中なら問題ないけど、わかって挑んでくる奴はほんとにやばい。それに備えて一応、手は打っておきたい」

なぜかお母様と見つめ合い、うなずき合っている。

……今のなんだろ？

治療のあいだ二人は随分いろいろと話をしていた。

ブラッドは聞き上手語り上手なので、しばらく人と話をろくに交わしていなかったお母様も心安く会話できたようだ。

ブラッドの治療は驚くほど効果的で、お母様の顔色はびっくりするほどいい。

ほんとうなら産褥期で動くのもままならないはずなのに、日常生活をほぼ支障なく過ごせている。

痛み止めや回復促進まで並行してやってのけてるそうな。

精神的にも肉体的にも随分楽になったらしい。

人間、孤独ほどの猛毒はない。ま、私は将来の進路志望はひきこもりだけどね。

すげーな、ブラッドさん。殺し屋よりお医者さんのほうが天職なんじゃ。

一家に一台置いておきたいよ。結婚する人はきっと幸せだろう。その可能性を前の一〇八回の人生では、私がすべて奪ってしまっていたけど……。

……ごめんね。今さら謝ってすむものじゃないけど、本当にごめんなさい。

「〈治外の民〉は血流を操れるからな。怪我《けが》の手当てはお家芸だよ。オレの母上も、出産した翌日には、元気に狩りに出かけてたし」

なに、そのスパルタンな血族！　前言撤回！　そんなとこに絶対お嫁入りなんて薦められるか！

お母様、なにうなずいてるんですか！　影響されちゃダメです！

「アーウーアー」

わたわたしている私がおかしかったのか、お母様はころころと笑い出した。

いいもん。どうせ私はそんな役割ですよう。

うん、でも、こうしてみると、お母様ほんと美人だわ。

月下の百合《ゆり》に似てるけど、はかなくはなくて、しっかりと存在を感じる。

母親が素敵なことは娘として誇らしいよね。

かわいそうに。今までほんと病んでたんだな。

はっ！　もしかしてブラッド、美容術かなんかも心得てない⁉

私にもいっちょ施術お願いしますよ！　お願いっ。


……………………


対策の話し合いを思い出していた私の回想は、誰かの拍手で中断された。

弓音がしていたほうからだ。あ、もうブラッドいないや。

だいぶ長い間私は考え込んでいたらしい。

「なんでしょう。行ってみましょうか、お嬢様」

メアリーが私をあやしながら歩き出す。

池は大きくはない。歩けばすぐに対岸の建物にまわりこめる。

私はあわてて声を張り上げた。

「アーッ‼　ウーッ‼　アアアーッ‼」

周囲に注意をうながすためだ。

いくら望み通りの展開とはいえ、弓を射る音と気づいていないメアリーは無防備すぎる。誤射で殺されでもしたらたまらない。

角を曲がると最初に目に入ったのは、拍手しているブラッドだ。

いつの間に⁉　あんた、ほんとは二人いるんじゃないでしょうね？

あ、でも、髪濡れてるや。やっぱり本人か。

ブラッドが拍手をやめ振り向く。

「よう。お二人さん。見てみなよ。たいしたもんだぜ」

相変わらずのメイドの格好に戻っている。早着替えだ。

そして今、スカートの両端つまんで挨拶してこなかったか!?

さっき会ったばかりでする必要あった!?

どんどん女装に馴染んでくるブラッドの未来が不安です。

だが、ブラッドが見せたいのは、もちろん女装姿ではなかった。

木の幹にくくりつけられた板に矢が突き刺さっていた。即席の的だ。

すべて真ん中に矢が命中している。

ここからは随分と的が遠い。これを全部命中させたなら並の射手ではない。

私の女王時代の配下にも、これほどの腕前の持ち主はそうはいなかった。

……いったいどんな人が弓を!?

私を感嘆させたその射手はブラッドの横に立っていた。

足元に矢を無数につきたて、弓を片手で持って額の汗を拭っている。一息ついていた。

後ろで無造作に束ねた髪が揺れている。

背中を向けているので顔は見えないが、意外なことに女性だった。張りつめた野生的な雰囲気。毛皮の上着をはおって、ブーツを履いている。狩人や弓兵の格好だ。しっくりくるということは、馴染むほどにその格好で生活したことがあったという証明だ。

……それが誰かわからなかったのは、あまりにも普段と違う服装だったからだ。

でも、後ろ姿に見覚えがあるような……私は目を凝らしぱちくりさせた。

「オアアアッ!!?」

「どえええええっ!?」

そして私とメアリーの口から同時に驚きの叫びがほとばしった。

ブラッドがにやにやしている。

こいつ、知ってて黙ってたな!

長身の女性は振り向いてにっこり笑った。健康的で溌剌《はつらつ》とした笑顔だった。

「あら、二人でお散歩中だったのね」

そこにいたのは私のお母様だった。

頬を上気させ、凛《りん》としてそこに立っていた。木々の緑を背景に。まるでこの戸外こそ、自分の本当の住みかだと言わんばかりの自然な笑みで。

CHAPTER 2

第2章

迫る悪意の牙。
帰路を急ぐお父様は
間に合うのでしょうか。
人々の運命の航路は
交差するのです。

第2章

CHAPTER 2

「だから、最初からあたしらにまかせてくださいと言ったでしょ……」

待ち合わせた墓地で、前屈《まえかが》みの二足獣の印象の小男が、喉《のど》の奥でくっくっと嗤《わら》った。

「もうどんなにお金を積まれても、誰《だれ》も雇われはしますまいよ」

雇い主が渋面になる。

小男の指摘のとおり、暗殺の打診を、目星をつけていたすべてが断ってきた。

「血の流れでの読心は〈治外の民〉の技でさあ。特に心臓どめは宗家の秘術でしてな。ってことは、公爵夫人の背後に、血を操る〈治外の民〉全体がついたかもしれないってなるわけですわ。あいつら怒らすと、脳の血管や内臓を壊死《えし》させる、えぐい報復してくるんですなあ。頭ん中ぶち壊された腑抜《ふぬ》けになったり、不随になったり、死ぬよりつらい目にあわされるんでさあ。裏のもんなら、みぃんな、手え出すなって、知っておりますわ」

男は耳障りなひきつるような笑い声をたてた。片目がぎらぎらと光る。

「それに加えて紅《くれない》の公爵邸に乗り込もうなんて酔狂者、この国中さがしても二人とはおりますまいよ。恐ろしさを理解できないバカならおるでしょうが、ものの役にはたちますまい」

正鵠《せいこく》を射ているだけに、雇い主は苦虫を嚙《か》み潰《つぶ》した顔になった。

ことの発端は、ブラッドの存在を知らず、公爵邸を襲撃し、こてんぱんにされた刺客たちだ。化物の存在を秘密にされたまま、公爵邸に送り込まれたと勘違いした彼らは、激怒して帰還し、雇い主に食ってかかるだけでは腹の虫がおさまらず、ことのあらましを洗いざらい仲間たちにぶちまけたのだ。

雇い主は口封じに忙殺される破目に陥った。

そのためだけに貴重な数日を使い果たしてしまったのだ。

もちろん暗殺の依頼を断った者たちも、すでにこの世にはない。

血にまみれたおぞましい後始末をしてまわったのが、目前の「彼ら」だった。

「おお、わしのかわいい子たちが帰って来たようですな」

小男が残った片目で破顔する。反対の目は醜い傷痕で潰れているのだ。

暗闇の中から、一匹、また一匹と、仔牛よりも大きな獣たちが、ゆらりと姿を現す。

犬だった。燐火《りんか》のように目を光らす、信じられないほど巨大な犬どもだ。

一匹が首を振り、口に咥《くわ》えていた生首を放り出す。髪を噛んでぶら下げていたのだ。

ごろんごろんと雇い主の足元に転がり、虚空を睨《にら》んでいるその顔は、ブラッドに撃退された刺客のものだった。生首は墓石にぶつかって止まった。

全部で三匹の魔犬が、うっそうと男の後ろに控える。

ふいごのように息を吐く。獅子《しし》のように膨大な筋肉を持つ怪物どもだ。その荒毛は猪《いのしし》よりも硬い。

巨大な牙《きば》は戦場の剣よりも鋭かった。

そそり立つ無数の墓石を背後にしたその姿は、地獄からの使者そのものだった。

「この世で一番の殺し屋は、人間などではない。わしの鍛え上げた、この訓練された獣たちこそ、最強なのですわい」

傲然《ごうぜん》と小男は歯をむきだして嗤い、そして振り向くと、ひときわ大きい一匹のたてがみを誇らしげにいじくった。

「特にこのガルムは自信作でしてなあ。子供や赤ん坊を率先して狙うよう躾《しつ》けてある。跡継ぎ問題、邪魔な競争相手の血筋を絶やしたい……いろいろと需要は尽きませんわい」

小男は口角から泡を飛ばしながら、どれだけの熱意と苦労をもって、自分がこの魔犬を育成したか、滔滔《とうとう》と語りだした。たがが外れた偏執狂の目つきにさすがの雇い主も辟易《へきえき》した。

「……こいつのモチベーションを保つのは大変でしてな。定期的に獲物を与える必要がある。近くで続けると大騒ぎになるでな。この前など、わざわざクロウカシス地方まで足を運びましたわい」

そのときのことを思い出し、魔犬使いの小男の酷薄な目の光が細まる。

「えらい若い母親が取り乱して泣きすがってきて、苦労させられましたわい。あれはほんとにしつこかった。何度蹴《け》り飛ばしても、諦《あきら》めようとせなんだ。こいつが調教中に女の血の味を憶《おぼ》えると、赤ん坊を先に襲わなくなるので、女の命は取りませんでしたが」

月の光が蒼白《あおじろ》く冷たく光る。風が、鳴る。

「……なんて叫んでたっけな……ヨセフ……ジョシュア……おお、そうだ、ヨシュア！　ヨシュア、と言ってましたわい」

忘れかけていた獲物の名前を思い出して、目を輝かせ、魔犬よりも醜怪な笑みを見せる。

墓場に陰惨なくぐもった含み笑いの声が響く。

「母親めは、とうに息絶えた、こぉんな小さな赤い塊を抱きかかえて、必死に蘇生《そせい》させようと泣き叫んでましたわ。ヨシュア、ヨシュアとな。頭など砕けておるのに諦められんのですなあ。まこと女というものは、理性の対極でして。わしらはとっととその場を立ち去りましたが、いったいいつまで、ああしていたのやら」

　悪意が、嵐が、公爵邸に襲いかかろうとしていた。

◆

「……なあ、本当のおまえを隠すなよ」

彼が優しく私の耳元に囁《ささや》きかける。

だめよ、ブラッド。まだ、こんなに日が高いのよ。

お母様も、メアリーも見てるの。

私はタヌキ寝入りを決め込もうとした。

「わざと寝たふりする赤ん坊がいるもんか。おまえ、ぜったい、意識あるだろ」

うわっ……私の演技力……低すぎ？

のぞきこんでるよ。ブラッドさん、めっちゃ私のことのぞきこんでるよお。

「あら、お嬢様、どうしてお顔を隠しているのかしら」

両手で顔を覆って隠そうとする私を、抱っこしているメアリーが不思議そうに見る。

私たちはお母様の居間で、昼下がりをくつろいでいた。

メアリーは紅茶淹《い》れの名手で、そのティータイムの歓談は私たちの楽しみだった。

カップの底に残った茶葉で、他愛もないことを占う紅茶占いに私たちはいつも興じていた。

だが、今の私はそれどころではなかった。

勘の鋭いブラッドは、私がただの赤ん坊でないことにとっくに気づいている。

そして探りを入れてきているのだ。

「アーウーアーオー!!」

「そんな叫ぶなよ。ちょっと血液の流れで、考え読ませてもらうだけだから」

でたよ！　なんでもかんでも血液の流れ！

どうせ、そのうち「血液の流れ」で占星術でもやるんでしょ！

はいっ！　今日の私の運命は大凶です！　終了っ！　みなさま、お疲れ様でしたっ！　撤収！

「オアー!!　オオオアー!!」

追い込まれた私は絶叫して、ブラッドの指先をふりはらい、手足をばたつかせた。

くらえ！　乳児の最終兵器、あまたの保護者たちをきりきり舞《きょうてき》いさせた、むずかりを！

「ごめんね、ブラッド。お嬢様なんか機嫌がよくないみたい。また今度遊んであげてね」

メアリーが謝り、私をブラッドから遠ざけるようにして引き寄せ、あやしはじめる。

私はメアリーの肩先に顔を埋《うず》めるようにして、こっそりほくそ笑んだ。

どうだ、私の演技力！　やっぱり私、名女優！

〃おぼえてろよ〃と耳元で苦笑するブラッドの声がした。

メアリーには聞こえていない。私にだけ届く声。

知ってるよ、これ〈治外の民〉の言霊とばしでしょ。

そんなもんでビビらないもんね。元悪逆女王なめんなよ。

私はメアリーの肩先から顔をのぞかせ、彼女とお母様にわからないように、こっそりブラッドに、あかんべえをかましてやった。

〝おまえ……バカなの？　自分から意識あるって、ばらして、どうすんだよ〟

ブラッドの呆《あき》れ果てた声がした。

しまったあッ‼　やっちまったあッ!!!　なんたる不覚ッ‼

オウンゴールを見事に決めてしまった私は、おのれの迂闊《うかつ》さに慟哭《どうこく》した。

「あら、げっぷ残ってたかしら。ミルク吐くといけないから、ぽんぽんしましょうね」

勘違いしたメアリーに、肩に乗せるようにおなかを押し当てられ、背中を叩《たた》かれ、反射的にアウアウのけぞるアシカな私を見て、ブラッドが笑いを噛み殺している。

やめてぇ～！　私はヒロインなの～！　マスコットキャラじゃないのよ～！

「それにしても、奥様が弓の達人なんて驚きました」

リズムをとって私を揺らしながら、メアリーがお母様に話しかける。

お母様は砂糖菓子に伸ばしかけた手をとめ、頬《ほお》を少し染めた。

「……私は、子供の頃《ころ》から、山を庭代わりに走り回っていたから。オブライエン領は空気が澄んでいるから、身体の調子もよかったしね。男爵家といっても名前ばかり。ダンスも礼儀作法もなにも知らなかったの。狩人の子供となにも変わらなかったわ。笑えるでしょ」

お母様は深窓《しんそう》の令嬢ではなく、森走の令嬢でした。

屋敷にこもっていた箱入り娘ではなく、山ごもり娘だった模様……。

そうか。弓を引くのに邪魔にならないよう、お母様の胸はあんなに慎《つつ》ましやかなのか。

つまり、これは進化！　私に引き継がれた貧乳は、継承されし誇り高き血脈！

私はとりあえず、どやっと胸を張った。

巨乳よ、私は今こそあなたたちと手を取り合おう。わだかまりは水に流そうではないか。

「いえ!!　素敵です!!　だって奥様、きらきら輝いています。旦那様はそこに惚《ほ》れたんですよ！　プロポーズはきっと旦那様からですねっ」

おおっ、お母様の話にメアリーが別角度から食いついた！

おーい、メアリーさんや。貴族の子女にそんなストレートな質問してはいかんぜよ。

核心ずばりの質問に
「……え、あ、あの……」

まっかになって、こくんとうなずき、黙りこくってうつむいてしまうお母様。

「どこで！　どこでです！　そして、なんと⁉」

ガンガンに攻め込むメアリー。

乳母から恋愛重装騎兵にクラスチェンジです。

いざ尋常に、ジョストおおっ!!

「……私たちがはじめて出会った、千年以上生きてきた大樹の前で……」

お母様は口を押さえ、よみがえる浪漫の思い出にぼうっとしている。

「この樹の生きた時間と同じくらい、変わらぬ愛を捧げると、跪《ひざまず》いて手にキスを」

かあ〜っ!!　乙女か！　乙女チックですか！　あてられますなあっ。ほっほっほ。

私は、縁側でひなたぼっこして目を細める老猫の気持ちで、恥らうお母様を愛《め》でた。

初々しいなあ。……且つ、むず痒《がゆ》いっ。私のイメージ猫にはノミがわいている模様。

それにしても、あのお父様がねえ。意外だ。

私には、お母様のことをほとんど語らなかったもんなあ。

私の物心ついたときには、お母様は亡くなられているパターンしかなかったし。

そもそもお父様は妾宅《めかけ》に入り浸っていたし。

いやあ、新鮮な初体験です。ごちそうさま。娘としては、ちょっと気恥ずかしいけどね。

「公爵様、とっても格好いいですものね。私もここに伺う前にお会いしました。周囲が光り輝いているみたいでした。ああ、若かりしお二人が、伝説の樹の前で誓う永遠の愛。一枚の絵のようです……」

伝説の樹ときましたか。メアリーが好きそうな表現だ。

夢想モードに入ってうっとりしているメアリーだが、私はおおいに首を傾《かし》げた。

メアリーは、お父様に手渡された紹介状を持って公爵邸にやってきた。

ということは直接会って、姿を見てるんだよね。

「……格好いい」？　あのお父様が？

「光り輝く」？　いや、なにかの見間違いでしょ。禿《は》げかなにかなら、まだ可能性あるかも……

だって私の記憶の中のお父様は、いつも咳《せ》き込んで、幽鬼のような顔色をしていたもの。やつれて亡霊みたいだった。髪はあったけど、白髪交じりの赤髪だった。

一〇八回の記憶がすべてよみがえったとはいえ、私が幼すぎた頃の記憶は曖昧《あいまい》だ。脳が未発達すぎ、事象を認識しきれていなかったのだろう。それでも五歳ぐらいからのことははっきり憶えている。

五年分、あのお父様を遡《さかのぼ》らせたとしても、「紅の公爵」なんて、随分盛った話だと思う。

老臣たちからは、若い頃の公爵は美形だったという思い出話も聞かされたけど、まあ娘の私へのリップサービスだろう。思い出と伝説はそっとしておくのが粋なので、あえて黙ってはいたけどね。

それにしても、お父様はまだ公爵邸に帰ってこないのか。

帰りをこれほど待ち望んでいる、こんなかわいいお母様をほったらかしにしたまま。

それなのに、妾宅なんて破廉恥なところにおこもりするなんて。

ほんと、妾宅に火をつけて燻《いぶ》りだしてやろうかしら。

お母様、お父様が飛び出してきたら、ウサギみたいに射っちゃっていいですよ！

……………

スカーレットはまだ気づいていない。

スカーレットの記憶する公爵と、母親とメアリーの記憶する公爵の姿。

その状態が大きく違っていることに。そして、それが何に起因するのか。

彼女がそのことに気づくのは、もう少し先のことである。

その頃、「紅の公爵」ことヴィルヘルム公爵、つまりスカーレットの父親は、嵐によって海外に足止めされていた。

スカーレットは知るよしもなかったが、彼は任務で海外領に潜入していた。王家の密命のため妻にも内情を明かせなかったのだ。そして、数年がかりと思われた任務をわずか二カ月で片づけ、なんとか船を出してもらうべく端正な顔をゆがめ、船主たちと言い争っている最中だった。

港前のこの建物は取引場と会議所を兼ねている。押し問答はすでに二十分以上に及んだ。

いつも冷静沈着な公爵は、机を殴りつけるほど激昂《げっこう》していた。紅《あか》い瞳《ひとみ》が炎になる。

それでも船乗りたちも頑として譲ろうとはしなかった。

「なんと言われようと、こんな波が荒い日に、沖なんて出れやしません!! あんたたちもわからずやだな!! この港には、今は並か小型の船しかありやせん! よほどの大型でなけりゃ、こんな波頭越えられませんよ! 湾を出た途端、外波で転覆して海の藻屑《もくず》だ! ハイドランジアになんかたどり着けやしない!」

「この方は身重の奥様をハイドランジアに待たせてあるんだ。必死に仕事をきりあげて、今日この港にやっと到着したんだ。曲げてなんとかならないか。礼金ははずむ」

公爵の従者が頭をさげて頼み込む。密命を帯びての任務の帰途のため、二人は身分を明かせない。

交渉は余計に難航を極めた。

従者は公爵に深く同情していた。

公爵はある願いを叶《かな》えるため、ハイドランジア王家の無理難題をのんだ。

その願いとは、公務いっさいを辞し、公爵夫人の父、オブライエン男爵の跡を継ぎ、今後はオブライエン領で余生を過ごすこと。オブライエン領は、王国のはじの深山幽谷《しんざんゆうこく》だ。事実上の中央政権からの引退宣言である。中央に馴染《なじ》めなかった夫人のために、彼はすべてを擲《なげう》つ決意をしていたのである。

ハイドランジア王国中枢は激震した。「紅の公爵」の威名は国内外に鳴り響いている。

公爵は四大国を怖《おそ》れさせる数少ないカードの一つだ。

彼が中央を離脱する対外的な影響ははかり知れない。

王家は、願いを受諾する条件として、彼をもってしても容易には叶えられない密命をつきつけた。

現在、王の叔父がおさめる海外領の、千年ごしの民族紛争の調停である。匙を投げ出して帰ってくると期待していたのだ。だが、公爵はわずか二カ月で密命を成し遂げた。

そして、この地の司令長官への挨拶《あいさつ》もそこそこに、逸《はや》る心を抑えつけ、馬をとばしにとばし、やっとの思いでハイドランジアへ渡るこの港にたどり着いた。

「礼金の問題じゃねえ！　あんたらだって、死んだら元も子もないだろうが！　三日も待てば、沖の嵐も収まるんだ!!」

「それでは時間がかかりすぎると言っているんだ!!」

「バーナード、もういい。言い争う時間が惜しい。他の港をあたろう」

公爵は諦め、外套《がいとう》を羽織り、雨脚の強い戸外に進み出ようとした。

「……ちょい待ち。ハイドランジア王国に行きたいんですかい。馬で次の港に行くだけで半日はかかりますぜ。いいですぜ、俺《おれ》たちの船に乗りなせえ。ただし条件つきでよければだが」

ぬうっと入ってきた濡《ぬ》れねずみの若い巨漢が語りかけた。船上で人生の大半を過ごしてきたというふうな潮風でしゃがれた声で笑う。

「女のためなら嵐の海も辞さないとは気に入りましたぜ。男なら、恋も生き様も命がけでなくっちゃいけねえ。そして海の男ってのは、男意気に心動かされるもんなんでさ」

潮風と外洋の日差しで浅黒く鍛え上げられた顔で破顔し、ばんっと胸厚の筋肉を叩く。

「オランジュ商会……!!」

船主たちがどよめく。

「そうさ。オランジュ商会の船に越えられない海はねえっ。そうでしょっ！　会頭！」

そして彼は胸を張り、振り向いた。自分の足元を……。

「そうです。ボクたちは現に今、ハイドランジアからこの港に帰港してきたのですから」

子供の声がした。公爵の目の光が鋭くなる。

巨漢の若者の足元から、ちょこちょこと小さな人影が進み出、かぶっていたフードをはねのけた。

目が見えないほど前髪を垂らした男の子だった。オレンジがかった茶髪が揺れる。外套の隙間《すきま》からは金糸に彩られた濃緑《ハンターグリーン》ジャケットが見えた。

幼すぎる。大男の腿《もも》の半ばくらいに頭頂がある印象だ。

だが、落ち着き払ったその態度は、とても子供のものとは思えなかった。

「さあ、見ず知らずのボクらに未来を託しますか。それとも……」

髪に隠された男の子の目がぎらりと光る。公爵の視線と絡み合う。

「連れて行ってくれ。嵐の海へ。ぼくの愛する妻のもとへ」

公爵はためらわなかった。

皆まで言わせず、身を屈め、男の子の小さな手と握手を交わす。

男の子は背伸びして公爵の耳元に顔を寄せ、他の船乗りたちには聞こえないよう小声で囁いた。

「……さすが、紅の公爵閣下。期待通りの人物です。あなたはボクを年格好で侮らなかった。ボクはボクを信頼してくれた人には全力で応じます。契約履行と心の繋《つな》がりこそが、われらオランジュ商会の剣と盾。ここからハイドランジアへは、今と違い追い風となります。あっという間にハイドランジアに送り届けて差し上げましょう」

男の子は我が意を得たりというふうに、にっかり皓歯《こうし》をむいて笑った。

「この契約、誇りと命を懸けて。ボクの名前は、セラフィ・オランジュ。以後お見知りおきを」

スカーレットがもしこの場にいて、その名前を耳にしたら、悲鳴をあげて、泡をふいて失神しただろう。前の一〇八回繰り返した人生において、スカーレットを殺し続けた五人の勇士。そのうちの一人が、このセラフィ・オランジュだった。

今までの一〇八回の歴史では、ブラッドと同じく、この時点では決して交わることのなかった運命

の航路が交差しようとしていた。

◆

その屋敷からは、亡者の呻《うめ》きが聞こえる。

人々はそう噂《うわさ》する。

あの屋敷は高利貸しで自殺に追い込んだ、債務者たちの肉と骨でできていると。

木々の梢《こずえ》のあちこちから、恨みをこめた無数の目が、じいっと屋敷を睨んでいると。

風にのり聞こえるざわめきは、自殺に追い込まれた人々の怨嗟《えんさ》の声だと。

実際に人々が亡者たちを見たわけではない。

それなのに、そういう噂が絶えないのは、それだけの非道を重ねながら、いまだ繁栄しているその一家を苦々しく感じ、理不尽と思い、せめて亡霊話のひとつやふたつでもないと納得できない人間がそれだけ多い証拠だった。

人々にそうまで厭《いと》まれる一家の名前は、シャイロック家。

この国最大の商会、シャイロック商会の本家だ。

「なぜ、堕胎薬が減っている‼　あれは猛毒だ！　俺が厳重に管理していたはずだ！　答えろ、兄貴‼」

血相を変えて貴賓室に飛び込んできたのは、シャイロック家の次男、エセルリードだ。

悪人揃《ぞろ》いのシャイロック本家の中で唯一の良心だ。

ゆえに他の親族と見解の相違で衝突することは多い。

貴賓室を私室代わりにしてくつろいでいた、長男のデクスター、そして長女のアンブロシーヌに詰め寄る。劇物庫の鍵《かぎ》を持つのは、シャイロック商会の本家の者たちのみだからだ。

シャイロック商会の起源は酒保商人だ。すなわち従軍し、軍と武器や物資を取引する死の商人だ。猛毒劇薬の類いも扱っている。

今の会頭の時代になってからは、貴族相手に高利貸しを行い、より巨大な商会にふくれあがった。

その影響力はハイドランジア本国のみならず、他国にもまたがる大商会だ。

「シャイロック商会の三子ともあろう者が、これしきのことで取り乱すな。みっともない」

傲然《ごうぜん》とうそぶく長男のデクスター。

「薬？　愛人の私から、本妻様へ、お近づきのしるしに使ったわ。なにか問題あって？」

鼻で笑う長女のアンブロシーヌ。

〝またか！〟〝まただ！〟

突然、ごおっと風が鳴る。

〝私も〟〝俺たちも、そうやって〟〝殺された。毒だ〟

〝奴《やつ》らはいつもそうやって命を踏みにじる〟

怨霊の声をのせて、部屋をひゅうひゅうと風が吹き抜ける。

アンブロシーヌは渋面で乱れた髪を押さえる。

この屋敷では突然風が流れることがままある。

古い屋敷ゆえの隙間風なのだろうと皆は思っている。

「愛人？　本妻？　姉さんはなにを言っているんだ？」

混乱している三子で次男のエセルリード。

邪悪な兄姉の二人は、哀れむように善人のこの次男を一瞥《いちべつ》した。

「アンブロシーヌは、紅の公爵、つまりヴィルヘルム公爵の愛人になった。昨日からだ。我々は紅の公爵の眷属《けんぞく》となった」

「はあ!?」

長男デクスターの言葉に、呆然《ぼうぜん》とする次男エセルリード。言葉の意味がのみこめず、目を白黒させている。長女アンブロシーヌはほつれた髪をかきあげ、艶然《えんぜん》と笑う。

「今は妾でもいいわ。私に足りないのは身分だけ。いずれ本妻の座も奪い取ってみせる。今大事なのは公爵の隣に立つこと。この私になびかぬ男などいないもの」

おそろしいまでの自信だった。

金の力で欲しいものをなんでも手に入れてきた環境《じんせい》が、アンブロシーヌのエゴを、醜悪なまでに肥え太らせていた。ごてごてと金で塗りたくった悪趣味な彫像を思わせた。

「ふふ、なーに、そのうち爵位も金で手に入れてみせる。どれだけの数の貴族が、我々シャイロック商会への借金まみれだと思う。借金返済のあてがない家は、我々の爵位獲得に協力せざるをえない。金を返せぬ貴族にもそれなりに使い道はある。まったく金の力は偉大だ」

高笑いする長男デクスター。

彼もアンブロシーヌと同じエゴの塊である。

金の力を過信し、金に酔いしれる。それを自分の偉大さと勘違いしている。

「シャイロック家が爵位を持てば、公爵と結婚しても貴賤《きせん》結婚ではなくなる。生まれる子供の身分も貴族のままだ。そうなれば……」

よこしまな笑みを浮かべる。

「英雄の公爵様と私の子が、いずれ正式な公爵家の跡継ぎになる。というわけね」

のけぞるように笑うアンブロシーヌ。

日中から無駄に派手な衣装をつけ、どぎつい色彩の洋扇子で口元を隠す。だが、その下卑《げび》た本性は隠せていない。グラマラスな美女ではあるが、目立つ色の毒虫のようだ。

貴族と平民が結婚した場合、その子に爵位の継承権はない。平民の子では貴族になれないのだ。

だが、たとえ後付けでも、その平民の家が貴族になりあがれば話は別だ。

「ふふ、そうだ。我々シャイロック商会は、英雄の紅の公爵の血筋と交じり合い、貴族の中の貴族となるのだ。我々が金と血の力で、貴族平民両方の上に君臨する日も近い」

傲然と言い放つデクスター。あらゆるものの上に立ちたい猿山のボス根性が透けてみえた。立ち振る舞いこそ洗練されてはいるが、ねめつけるような目つきに、高級な身なりでも隠しきれない下品さがにじみ出ている。

〝貴族！　こんな下衆《げす》どもが！〟

〝おまえたちの血は、ドブの下水にも劣る〟

〝おまえたちが近寄れば、ドブネズミでさえ悲鳴をあげて飛び退《の》くだろう！〟

風が数十数百の怨霊の喚《わめ》き声をのせ、部屋の書類数枚をつむじ風の中に舞い上げる。

「なにを言っているんだ⁉　シャイロック家から公爵の跡継ぎだと⁉　二人とも気でも違ったのか？ヴィルヘルム公爵は愛妻家だ。そのうえ夫人は懐妊しているんだぞ⁉　そもそも公爵は密命で、もう二カ月も前から海外に出向いている。それなのに昨日から姉さんが愛人だって⁉　どうやって、この国にいもしない人間の愛人になれる⁉」

常識人の次男エセルリードは、兄姉の正気を疑った。

シャイロック商会は手広い情報網を持っている。噂に惑わされない真相を知ることができる。国民に真相を伏せてある、公爵の密命の事実も正確に摑《つか》んでいた。

デクスターとアンブロシーヌの言い分は、妄想にとり憑《つ》かれたたわ言にしか思えない。

だが、シャイロック家の血を色濃く継いだ、長男と長女は、毒マムシも裸足で逃げだすほどふてぶてしかった。

「ご懐妊？　できちゃったなら、流せばいいじゃない。それですべて解決だわ」

「流す？　公爵夫人の腹の子をか。悪質な冗談はよせ……‼　……まさか本気なのか⁉」

エセルリードは目を見開いて息をのんだ。

なにが起きたのか正しく理解し、がたがたと震えだす。

「だから、最初からそう言ってるじゃない。……堕胎薬を本妻様のプレゼントに使ったって……」

「バカな……!!　狂ってる……今すぐやめてくれ!!」

青くなってうろたえる弟を、アンブロシーヌとデクスターは、小馬鹿にして鼻で笑う。

「もう遅い。娘が難病で薬代に難儀していた召使いがいただろう。おまえが仲良くしていた奴だ。あいつが公爵邸の厨房《ちゅうぼう》に再就職してもぐりこんでるのさ。アンブロシーヌから夫人への贈り物を、少しずつ公爵夫人の食事に混入させるためにな。あの男の娘の病にきく薬は、シャイロック商会でしか扱っていない。最初は人の道にはずれるとかぬかして泣いて断ってきたが、娘を盾に脅すと、面白いように言いなりになった」

「あの誠実なロバートを脅したのか……！　……なんてことをしてくれたんだ……！」

平然と他人を踏みにじる血を分けた兄と姉に、エセルリードが頭を抱えて呻いた。

自分と仲のいい知人だから、わざとデクスターは、ロバートを選んだのだと直感した。

デクスターの嘲笑《ちょうしょう》がその証拠だった。エセルリードは罪悪感で吐きそうだった。

デクスターとアンブロシーヌにそそのかされたロバートは、妻にさきだたれ、たった一人の娘も重い病にかかり、それでも誠実に生きることを唯一の誇りにしていた男だ。

懇意にしていたエセルリードは、人のいい彼がどれだけ苦悶《くもん》し、悪魔の提案にのったか、その場で見ていたかのように感じることができた。

〝殺される！　用がすんだらその男も殺される！〟

〝俺たちのときのように！〟〝私たちのように！〟

〝娘もきっと殺される！〟

〝ぼくらのように！〟〝あたしたちのときのように！〟

風が騒ぐ。怨霊たちが喚く。窓がばあんとひとりでに開いた。

デクスターは気にもとめず、片手で窓を閉めた。

「あの堕胎薬は実に優秀だ。少量ずつならまず感知はされん。麻薬の効果もあって、服用者の心も蝕《むしば》む。なに、公爵とて人間だ。金の力であとはなんとでも誤魔化せる」

「……目を覚ましてくれ!! 兄貴!! 姉さん!! 金の力なんかじゃ誤魔化せない人間だっているんだ!! ……俺たち、みんな公爵に殺されるぞ！ 公爵は、夫人のために中央の座を擲ち、山深いオブライエン領に隠居しようとしているんだぞ！ 無茶な密命を受けたのもそれが目的だ!! 兄貴たちだって真実を知ってるだろう！ そんな公爵相手に、勝手に愛人を名乗ったり、夫人に狼藉《ろうぜき》を働いて、ただですむわけないだろう！」

エセルリードは我を忘れて一気に叫んだ。悲鳴に近かった。恐怖に震えていた。

二人は正気の沙汰《さた》ではない。金の力を妄信し、正常な判断力を失っていると思った。

ヴィルヘルム公爵は金の力で転ばない。そんな人間が中央の座を蹴るわけがない。

そして公爵は愛妻家のただのお人好しでもない。敵対勢力には容赦しないのだ。

自分からは仕掛けなくても、手を出してきた人間には、情け容赦なく報復する。

若い頃の公爵にしつこく絡んだ酔漢は、大口を開けて嘲笑《あざわら》っていた口の中に、剣先を突っこまれ、首の後ろを通して戸板に縫いとめられた。公爵を陰湿な手で執拗《しつよう》に陥れようとした政敵は、馬に踏みにじられた死体となって発見された。

〝公爵はきっと奴らを許さないぞ！〟

〝俺たちの仇《かたき》をとってくれ！〟〝無念を晴らしてくれ！〟

〝殺せ！　シャイロック商会を！〟〝裁け！　裁け！〟

風が窓をがたがた鳴らす。怨霊たちがわきたつ。

「……落ち着け、エセルリード。声が外に漏れていたぞ。どこに聞き耳があるかわからんのだ。公爵が海外にいることは本来国家機密なのだぞ」

「父さん……」

部屋に入ってきたのは、シャイロック商会を束ねるデズモンド会頭だった。

巌《いわお》に似た貌《かお》は武将のようだ。顔面が傷だらけなのは、かつて海賊たちに捕まり拷問を受けたからだ。

「こちらが勝手に話を進めたわけではない。きっちりと話はつけておるわ。公爵の両親のバイゴッド侯爵夫妻とな。借金の帳消しを条件につけると、二つ返事でこちらの提案に乗りおった」

デスクターとアンブロシーヌが顔を見合わせ、にやにやしている。

「つまり我が妹アンブロシーヌは、公爵サマのふた親のお墨付きの愛人というわけだ。公爵は海外ではなく、このシャイロックの屋敷に滞在していることになっている。堕胎まで提案したのは、侯爵夫妻だよ。侯爵夫妻は、たいそう息子の嫁の公爵夫人を嫌っていてな」

〝またか！　またシャイロックを裁けないのか！〟

〝金の力で、人が踏みにじられる！〟〝誰か奴らを殺してくれ！〟

怨霊《おんりょう》たちが絶望に泣き叫ぶ。

部屋を駆け巡っていた風が、ひゅううと悲しげな音をたて、小さくなっていく。

「そういうカラクリか……！　どいつもこいつも……！」

エセルリードは歯軋《はぎし》りした。

「さあ、山育ちの本妻様に挨拶してこなきゃあね。私、あなたの旦那様の妾です。旦那様は、このところずっと私の家にいらっしゃるから、連絡はこちらで取り次ぎます。仲良くしましょうってね。あの奥様が拝んだこともないような、豪華な宝石や衣装をたっぷり身につけてね」

優雅をきどって立ち上がった姉を、エセルリードはしんそこ醜いと思った。

そして、自分の身体にも流れるシャイロックの血筋を、心の底から恥じた。


紅の公爵の父母、バイゴッド侯爵夫妻は浪費家で有名だ。さらに意地汚い。

そんなバイゴッド侯爵の人間性は、息子の公爵に領地と爵位を委譲したときのエピソードに如実にあらわれている。

かつて父親のバイゴッド侯爵は二つの領地を持っていた。

侯爵位つきの貧乏なヴィルヘルム領。そして伯爵位つきの豊かなバイゴッド領。

贅沢《ぜいたく》好きの父親は、まず本拠のヴィルヘルム領を喰《く》い荒らした。

領地と森林をあちこちに切り売りし、重税をかけ、たくさんの一家離散を生み出した。

領民のための金を惜しみ、治安を怠り、街道の整備も放置した。

そして経営破綻《はたん》したところで、領地を息子に委譲したのだ。計画通りの行動だった。

いわばスカーレットの父、紅の公爵は、無理やり借金を押し付けられたに等しい。

そのうえでスカーレットの祖父母は屋敷中の高価な調度品を根こそぎたずさえ、もうひとつの領地、豊かなバイゴッド領に移り住み、バイゴッド伯爵を名乗ることになった。

爵位こそ落ちたが、美味《おい》しいところは何ひとつ息子に渡さなかった。

息子に渡されたのは、名ばかりの侯爵位。がらんとした、まともな調度品ひとつない屋敷。死にかけた穴だらけの領地、いつ暴発するかわからない不満だらけの領民だった。最悪の不良物件である。

それでもしかたなく、スカーレットの父親は以後、ヴィルヘルム侯爵を名乗ることになる。

やがて、時を経て、ヴィルヘルム侯爵は奇跡の戦功により、公爵位に格上げされた。

英雄「紅の公爵」の誕生であるが、これには裏事情がある。

ハイドランジア王家財政は窮乏しており、戦功に応じた褒賞も土地も与える余裕などなかった。

それではと王女を降嫁させようとしたが、ヴィルヘルム侯爵はにべもなく断った。

後に妻となる女性、スカーレットの母親のコーネリアをすでに見初めていたからだ。

困り果てたハイドランジア王家と議会は、ヴィルヘルム侯爵を公爵に格上げすることでお茶を濁した。支給金さえ伴わない名ばかりの公爵位だった。さすがに罪悪感を覚えていた議会に、伯爵位に格落ちしていた父親がチャンスとばかりにねじこみ、自分の爵位もちゃっかり引き上げさせた。

そして、息子のヴィルヘルム公爵。

父親のバイゴッド侯爵。

という現在の関係が出来上がったのである。

侯爵位に復位し、また社交界に意気揚々と現れるようになったバイゴッド侯爵夫妻の浪費癖は凄《すさ》まじく、豊かなはずのバイゴッド領でも賄えなくなり、とうとう彼らはシャイロック商会に借金漬けにされ、取引を持ちかけられた。息子のヴィルヘルム公爵の愛人としてシャイロック家の長女アンブロシーヌを認めてほしいと。その代わり、バイゴッド侯爵夫妻の借金は帳消しにする。さらにこれからも無償で資金を援助しようと。

業突く張りのバイゴッド侯爵夫妻が、大喜びで飛びついたのは言うまでもない。

いっぱしの海千山千を気取るバイゴッド侯爵夫妻だったが、本物の権謀術数を駆使するデズモンド会頭にとっては、容易すぎて笑いが止まらない相手でしかなかった。

かくして、海外で密命の任についているヴィルヘルム公爵の知らぬ間に、シャイロック家との愛人契約が締結《ていけつ》された。息子の嫁が大嫌いだった夫妻は、邪悪な喜びさえ感じてこの下劣な陰謀に嬉々《きき》として加担した。堕胎の提案をしたのは彼らだ。

平民ではあるが、シャイロック家の権勢なら、爵位を得るのは時間の問題である。そうなれば、最低の男爵位の、しかも貧乏な嫁の実家などなんの価値もない。そう考えたのだ。

ハイドランジアの英雄である息子なら、自分たちに富と名誉を与えてくれる素晴らしい名家の嫁を見つけてきてくれると、彼らは勝手に期待していたのだ。その見当違いな不満は、すべて嫁にぶつけられた。

息子の公爵と同じくあたたかく自分を迎え入れてくれる、そう期待していた義父母の冷酷な態度に、息子の嫁コーネリアはひどく傷ついた。山育ちの彼女は人の悪意に慣れていなかった。

それでも、弓矢を置き、社交界のルールとやらに慣れれば、きっと義父母も自分を受け入れてくれるだろう、そう信じた。彼女は善人すぎたのだ。

公爵は止めようとした。彼は上流階級の排他性を知っていた。結果がわかっていた。父母の態度を謝罪し、自分の不明を詫《わ》びた。そのうえで、社交界になど顔を出す必要はない、そう強く言い放った。

それがコーネリアを余計に追い込んでしまった。自分は夫に邪魔者と思われている、そんな胸の痛みを抱いたまま、社交界の集いに顔出しした。夫が公務で家を留守にしている間に、バイゴッド侯爵夫妻に誘われたのだ。

コーネリアは無邪気に喜んだ。得意な弓を捨て、苦手な社交界の勉強に励む自分を義父母が認め、チャンスをくれたと張りきった。すべては義父母の罠《わな》とも知らずに。

……結果は最悪だった。目を覆うほどに。

付け焼き刃でなんとかなるほど、社交界は甘くなかった。

しかも連れて行かれた先は、残酷をもってしてなる、「赤の貴族」たちの舞踏会だった。

バイゴッド侯爵夫妻が率先して矢継ぎ早に質問責めをした。返答に窮したコーネリアを嘲笑った。マナーの欠如を、ダンスの下手さを、絵画や音楽、芸術への理解のなさを、それこそなにもかもを。

そして、こんな嫁を押し付けられた自分たちがいかに不幸かを声高に訴えた。煽《あお》り立てた。貴婦人たちは同情の叫びをあげ、コーネリアを蔑《さげす》んだ目で不躾《ぶしつけ》に眺めた。一挙手一投足のたび、あちこちで嘲笑の声がわいた。

最初は愛想笑いを張り付けていたコーネリアは、やがて蒼白になり、びっしょりと汗をかき、がたがたと震えだした。追い詰められたその哀れな様さえも、貴婦人たちの格好の餌食《えじき》となった。人は群れたときにこそ、その残酷さをあますところなく発揮する。

「ごらんなさい。今度はどんな面白い見世物を見せてくれるのかしら」

「まったく、今日は道化いらずですなあ」

「こんな面白い公爵夫人のお話、私、早くお友達たちに教えてさしあげたいですわ」

「話のタイトルは、山のケモノ、公爵夫人に化け社交界に乱入ですかな」

「そういえば山のにおいがしてくるような」「入浴の風習もないんじゃなくて」

「あのみっともない着こなし。うちの愛犬でよければ、ドレスの着方を教えてさしあげたいわ」「動物同士気が合うかもしれませんしな。おっと、一緒にされては、愛犬殿に失礼でしたな」

「公爵夫人は喉《のど》がお渇きのようだ。さあワインを召し上がれ」「私からはパンを」

「スープはいかが？　これなら手を使わなくても口にできるでしょう？」

次々に嫁に浴びせかけられる食べさしの数々。棘《とげ》のある会話と嘲笑。

この夜会はパーラーメイドたちに長く語り継がれるほどひどいものだった。二時間以上にわたり、よってたかってコーネリア一人に集中砲火を浴びせかけたのである。

「おまえたち!!　なにをしている!!」

公爵が怒声をあげて飛び込んできたとき、彼らは優雅にダンスを楽しんでいた。

その中央にコーネリアは転がっていた。胎児のように身を丸め、親指の爪《つめ》を齧《かじ》り、表情をなくした顔でがたがた震えていた。残飯まみれの嫁のまわりには、わざとらしく添え物の野菜や燭台《しょくだい》が並べ立てられていた。コーネリアの頭には豚の顔がのせられていた。貴婦人たちは、彼女を山のケモノに見立て、料理の一品としてしつらえ、嘲笑ったのである。生焼けでゴミ同然ということを示すため、厨房から運ばせた豚の臓物と血を浴びせ、さらに生ゴミをぶちまけている最中だった。異臭に包まれたコーネリアに近づく遊戯をし、罰ゲームと笑いさざめきながら。

公爵の心に暗い燐火のような思いが生まれたのはこのときだ。

彼は生涯この光景を忘れることができなかった。

「妻を失う歴史」においては、それは彼の娘、そしてこの国すべてを巻き込む業火となって燃え盛ることになる。

⸻

……コーネリアは一夜で心を病んでしまった。

何度も夜中に悲鳴をあげて飛び起きた。

躁鬱《そううつ》を繰り返し、健康だった身体もおかしくなった。

怒り狂った公爵は、その場で全員に報復しようとしたが、コーネリアは必死に止めた。

自分が嘲笑されるだけでなく、自分のせいで公爵の立場まで決定的に悪くなるとしたら、この結婚は公爵に不幸しかもたらさなかったことになる。失意の彼女にとってそれは耐えられるものではなかった。

公爵とコーネリアの仲に微妙な亀裂が入りだしたのはこの頃からである。

ありのままでいい、もう社交界に染まってくれるな、そう願う夫。

夫の負担になりたくないがため、社交界の皆に認められる、貴族らしい妻への夢を諦められぬ夫人。

お互いを大切に思うが故に、二人の溝は深まっていく。

それでも公爵も夫人も互いを愛していた。気持ちが完全に離れ離れになるのを怖れるように、一カ月に一度はベッドで身を寄せ合った。ぬくもりを求め合った。

子供の誕生はコーネリアの悲願だった。

だが、体調不良になった彼女はなかなか妊娠しなかった。

夫人は憔悴《しょうすい》し、さらにおかしくなっていく。

バイゴッド侯爵夫妻が、公爵が留守にしているときを狙《ねら》っては訪ねてきて、跡継ぎが生まれないことを、わざとらしく嘆息しては去っていった。彼らはコーネリアが自ら離縁を申し出ることを期待しているのだが、貴族流の会話は夫人には伝わらない。

子供さえ授かればすべてが好転すると信じ、期待に応えようと焦る。体調を壊すの悪循環が続いた。

取り憑《つ》かれたように子供を求める彼女に、公爵はひそかに心を痛めていた。

ありのままのコーネリアでいてほしい公爵には、貴族の妻という型枠に自らを押し込み、子作りに執念を燃やす姿がつらかった。そこに愛が感じられなかった。彼が厭んだ貴婦人たちの生き方の模倣に思えた。彼の知っている妻はもっと生き生きとした愛すべき存在だった。

そして公爵は年々ある思いを強くし、その実現に向け、ひそかに動き出していく。

そんな中、奇跡的にコーネリアは子供を授かったのだった。

◆

そのあたりの事情に詳しいエセルリードにとって、公爵夫人の念願の胎児を堕胎させようというシャイロック商会の所業は、悪魔も裸足で逃げ出すものに思えた。

彼は嘔吐《おうと》しそうだった。自分の中のシャイロックの血を一滴残らずかき出したかった。

「……気分が……悪い」エセルリードはふらつきながら、戸外によろけ出た。

冷酷な家族たちと、同じ空気を吸っていたくなかった。嘔吐をこらえ、よろめきながら、足早に門に向かう。罪の意識と自己嫌悪に苛《さいな》まれ、目の前がぐらぐらと揺れていた。

彼には恋仲の娘がいた。マリーというお針子の娘だ。

身分は違うが、いつかシャイロック商会から独立し、二人で新たな店を立ち上げたい。

そんな未来を思い描いていた。

今は気立てのいい彼女の優しい声で、耳奥にこびりついた陰謀や嘲笑の嫌な響きを洗い流してほしい、それしか考えられなかった。

だから、気づく余裕はなかったのだ。

自分の後ろ姿を見送る父デズモンドの目に、冷たい光が宿っていることを。

愛するマリーを取り返しのつかない悲劇が襲おうとしていることに。

…………………

「……あ……」

消耗したエセルリードは足をもつれさせ、庭で転倒しかけた。

体勢を立て直すことにも思い至らず、地面に顔から叩きつけられそうになる。

「若様あ!?　あぶないですよ!?」

たまたまシャイロック邸に届け物をしに来た、恋人のお針子のマリーが、あわてて駆け寄り、飛びつくようにエセルリードを支えてくれた。

「……ふんぬうっ!!!」

掛け声とともに、傾いた身長差のあるエセルリードを押し戻す。

あわやのところで踏みとどまれたエセルリードは、呆然とマリーを見た。

「マ、マリー……すまない」

「はあっ、はあっ……いえいえ、どういたしまして」

肩で息をしながら、笑顔で返そうとしたマリーだが、エセルリードの蒼白な顔に、ぎょっとして目を見張る。

「……どうしたんです。若様。そんなにも青ざめて。まるで亡霊にでも会って来たようですよ」

憔悴《しょうすい》しきったエセルリードの顔を、マリーが心配そうにのぞきこむ。

その優しげなスミレ色の瞳を見て、エセルリードの顔がゆがんだ。

「マリー……！」

うつろだったエセルリードの目に焦点が戻る。

迷子が母を捜し当てたように、マリーにしがみつく。

「亡霊に出会ったぐらいなら、どんなにマシだったろう！　俺の血を分けた家族は悪魔だ！　シャイロック家は狂っている！　卑怯《ひきょう》で、残酷で、狡猾《こうかつ》で……そして俺も……」

エセルリードはひきつった笑みを浮かべた。そのまなじりには涙が浮かんでいる。

「はは、くそっ、俺も奴らと同じだ。ロバートまで食いものにされているのに、俺がなにをした！　屋敷から逃げだしただけじゃないか！　奴らを止める力も勇気もない。どんなに怒ってみても、泣いてみても、善人ぶっても、俺だって、自分のことばかりだ！　卑怯なことに変わりない！　奴らと一緒じゃないか……俺は……!!」

シャイロック邸の庭で、物悲しく風が鳴る。木々が黒く揺れる。

エセルリードの乾いた自嘲《じちょう》が、苦悶の呻きが渡っていく。

「若様あ……若様にそんな悲しい笑い方は似合いません……いつものように笑ってくださいな」

いたわりの言葉に、マリーに抱きついたまま、エセルリードは慟哭する。

「……無理だ……俺は心から笑えない。笑い方を忘れてしまった。呪われたシャイロックの血が、流れているのに、どうして笑うことができようか！　俺はもう、恥ずかしくて、死んでしまいたい……」

「若様……エセルリード様……」

抱きしめられて戸惑っていたマリーの手が、最初ためらい、やがて意を決したように、そっとエセルリードの背中を撫《な》でた。

「なにがあったかは、わかりませんが、エセルリード様はエセルリード様ですよう。ご家族がどうであっても、エセルリード様の笑顔はとってもあったかいです。他のシャイロック家の方々とは、ぜんぜん違います！」

「だが、だが、俺の中にも、あの呪われた血と本性が……！」

「私は無学です。だから言葉ではうまく説明できません。でも心でそう感じるんです。エセルリード様の笑顔は、とってもいい笑顔だって！　だから、エセルリード様はいい人なんです！　間違いないです！」

マリーは力強く言い切った。理屈ではなく、感情のみを拠《よ》り所《どころ》にした、一途な言葉。

それだけに、そのひたむきな信頼は、エセルリードの胸を強く切なく打った。

「マリー、君はいつも俺に救いをくれる……俺は弱い人間だ。一人では重荷に耐えられない。俺と共に歩いてくれ……！　君が隣にいてくれるなら、きっと俺は笑いを忘れないでいられる」

その言葉はプロポーズそのものだった。マリーはまっかになり、あわてふためいた。

「あ、あのう、おそれいりますがあ。今のってまさか……！」

おそるおそる切り出すマリー。

だが、雛鳥《ひなどり》のように震えるエセルリードを見て、マリーは問いかけるのをやめた。

静かに決意を固め、ためらうことなく、まわした両腕に力をこめた。

「私にはなにもありません。家柄もダメだし、勉強ともお金とも無縁です。できるのは、エセルリード様のために泣くことだけ。抱きしめることだけ。そんな私でよければ、ずっとずっと、おそばに置いてください」

「それだけでいい……それが俺にとって一番の宝物なんだ。マリー……！」

感激して押し頂くように両手を取るエセルリード。

その目を正面から見て、マリーは力強くうなずく。

「エセルリード様を一人にはしません。だから、エセルリード様が、悲しみと苦しみが重くて、耐えられなくなったら、私も一緒に背負います。私、ロバみたいに力持ちなんですよう。なんなら、全部私にくださっても、平気で担いでみせます！　その代わり、私は誰《だれ》よりも近くで、大好きなエセルリード様の笑顔を眺めさせてもらいますね」

ふんっと鼻息荒く宣言する彼女に、エセルリードは思わず笑いだしてしまう。

「それです！　エセルリード様！　その笑顔ですよう！　私が世界で一番好きな笑顔です!!!」

嬉《うれ》しそうに顔をほころばせるマリー。

「そうか。俺もマリーの笑顔が大好きだ。君の笑顔が見たい。さあ、笑って見せてくれ」

「そ、そういう返しはずるいです……！　急に笑えなんて無理ですよう」

心の余裕を取り戻したエセルリードの思いも寄らない反撃に、うろたえるマリー。

二人は顔を見合わせ、どちらからともなく笑いだした。

ぎゅうっと力いっぱいエセルリードはマリーを抱きしめた。

「……幸せすぎて、笑いが止まらないことがあるんだな……」

「エセルリード様、私もですよう……！　私もあなたの笑顔が大好きです」

二人は固く抱き合った。幸せそうに笑い合った。

お互いのぬくもりが二人に勇気を与えてくれた。

互いが相手の笑顔を愛し、それをこれから見守れる歓びを噛み締めていた。

エセルリードは、このときのマリーの一言一句と笑顔を生涯忘れなかった。

それは二人の最後の幸せな記憶だった。

どこかで鳥が哀《かな》しげに鳴いた。


そんな二人の様子を、デズモンドが傷だらけの顔をゆがめ、苦々しげに見下ろしていた。

窓際から離れ、ふうっと息を吐く。

シャイロック商会の会頭であるデズモンドは、次男のエセルリードの才能を高く評価していた。

口にはしないが、長男ではなく、次男に跡目を継がせるつもりだった。

だが、エセルリードは他人に優しすぎる。あれではシャイロック商会は託せない。だから、他の大商家に婿に行かせ、よその荒波の中で、商人の厳しさを学習してもらうつもりだった。

そのためには、あのお針子のマリーは邪魔だ。

妾なら構わないが、一途なエセルリードは納得すまい。

「で、俺たちはこの金を使って、あのお針子を潰《つぶ》せばいいんだな」

「ちょっと！　取り分誤魔化さないでよ」

テーブルの上の金貨を浅ましく奪い合う、長男のデクスターと長女のアンブロシーヌを一瞥し、デズモンドはため息をつく。大型の金貨はロマリア時代の希少なものだ。だが、エセルリードなら、どんな宝物を前にしても、欲で我を失わない。信念を金より上に置くからだ。金に溺《おぼ》れる商人は一流にはなれないとデズモンドは思っていた。金貨に夢中な二人は、父親の失望の嘆息には気づかなかった。

「……潰せとは言っておらん。エセルリードから遠ざけろ、そう言ったのだ。多少のピンハネはかまわんが、あの娘にきっちりと詫び金を渡すのだぞ。あとでエセルリードが聞いても、心のわだかまりが残らないだけの金額をな」

エセルリードよりはるかに劣る二人に、何度も念押しをする。無能なのに、謀略だけは人一倍仕掛けようとする。エセルリードが次期後継者と知ったら、どんな暴挙に出るか知れたものではない。そのため自分の真意を明かせないことに、デズモンド会頭は一抹の不安を覚えていた。

「今回の件、無理を頼むのはこちらだ。いいな、最低限の礼は尽くせ」

「わかってるわよ。あのエリーにお金を渡せばいいのよね」

「マリーだ。人の名を間違えるな。……くれぐれも不必要な恨みを残すなよ。まかせたぞ」

デズモンド会頭が部屋を出て行ったあと、デクスターとアンブロシーヌは顔を見合わせ、にんまりと嗤い合った。第三者が見たら背筋が凍るような、薄気味悪い笑みであった。

時には儲《もう》け話を巡っていがみ合う兄妹だが、人を貶《おとし》める悪だくみをするときと、利害が一致するときだけは、おそろしいほどに息が合った。

「とにかくそのお針子に、いったんお金を渡しさえすればいいのよね」

「ああ、そのあとは、なにがあっても俺たちの知ったことではない、そういうことだ」

希少な金貨の輝きに見惚《みほ》れるデクスターは、その金貨を自分の部屋のどこに飾ろうか迷っていた。

アンブロシーヌは、どんな服や宝石を買おうか算段しだした。そこにマリーへの思いやりなどひとかけらもない。あるのは金貨に目のくらんだ自分たちの欲望だけだ。

「だったら、なにも金貨を使う必要なんてないわ。みじめな野ウサギには銅貨で十分よ」

「まったく、その通りだ」

吐き捨てるアンブロシーヌ、相槌《あいづち》を打つデクスター。

「お父様も甘いのよ」残酷であるほど人間的に凄《すご》みがあると勘違いしている、欲望にまみれた二人の顔は、妖怪のように醜悪だった。

シャイロック邸の庭で風が叫ぶ。怨霊たちが懸命に呼び掛けた。

エセルリードとマリー、身を寄せ合い幸せに浸る恋人の二人に、金切り声で警告する。

〝逃げろ！　逃げてくれ！　今すぐ手を取り合って！〟

〝この屋敷から少しでも遠くへ！　地の果てまで！〟

〝失うぞ！　かけがえのないものを！　なくすぞ！　幸せを！〟

〝血を吐いて、嘆き悲しむことになるぞ！〟〝俺たちのように！〟〝私たちのように！〟

怨霊たちの鳴らす切ない声。

風に紛れたその警鐘は、生きている二人には届かない。

そして、悲劇が訪れた。


次の日のことだ。

シャイロック邸に続く林道を、マリーは足早に急いでいた。

いつもおだやかな表情が別人のように厳しかった。

その手には皮袋が握り締められていた。皮袋の中に詰まった銅貨が鳴る。

シャイロック商会からの手切れ金だ。

マリーの留守の間に、シャイロック商会の使いが、マリーの父親に無理矢理押し付けていったのだ。

居丈高な使者に気圧《けお》され、マリーの父親は銅貨を受け取ってしまっていた。身分違いの二人の恋など、どのみち成就しないと内心思っていたこともあった。それになにより貧乏な父親にとって、たくさんの銅貨の奏でる音色は、とても魅力的に聞こえたのだった。

「なんてことを！　私はエセルリード様を一人にしないって、昨日約束したばかりなのに‼」

帰宅したマリーは血相を変えた。父親を怒鳴ると、銅貨の袋をひったくった。

そして、その袋をシャイロック邸に突き返すため、後ろも見ずに家を飛び出した。

いつも温厚な娘がはじめて見せる剣幕に、うろたえ、ごにょごにょ言い訳する父親の声が、背後に遠ざかっていく。

〝エセルリード様!! マリーは決してあなたを裏切りません！〟

マリーはエセルリードとの約束を違えまいと必死だった。

昨日の泣いていたエセルリードの顔を思い浮かべる。胸が痛い。

彼を決して一人にはしない。誰よりも素晴らしいあの笑顔を曇らせはしない。

エセルリードへの想いだけに突き動かされ、マリーは頭がいっぱいだった。

だから、いつの間にか背後からつけてくる小さな足音に気づかなかった。

どんっと背後から誰かがぶつかってきたとき、マリーはなにが起きたかわからなかった。

「え……」

ぽかんとして振り向くマリー。

その目にまっさおになって震えている少年が映った。

ボロボロの服。やせこけた頬《ほお》。目が哀れなほど泳いでいた。

そしてその手には錆《さ》びたナイフが固く握り締められていた。

ナイフの先端が血に染まっていた。

「あ……」

一拍おくれ、ずくんっとマリーの身体を痛みが貫いた。

熱した鉄の棒をさしこまれ、身体を内部から炙《あぶ》られた気がした。急に足から力が抜け、がくんっとよろける。そばの樹の幹に背中をぶつけ、背をこするようにして、ずるずるとへたりこんでしまう。

皮袋がその手から滑り落ち、中身の銅貨数枚が転がり出た。

腰からみるみるうちに広がり、服を染めていく血の赤さを、マリーは呆然と眺めていた。

「どうして……？」

落ちた皮袋に飛びつき、胸に抱きしめるようにして後退する少年。

マリーの問いかけに、その動きが止まる。

「これで、やっと妹たちにパンを買ってやれる！　もう何日も食ってないんだ！」

血を吐くような、小さな叫びだった。

「派手なおばさんが教えてくれたんだ……お金をいっぱい持った女の人が、一人でこの道を通るって……だから……！」

ぎりっと唇を噛み締める。追い詰められた者の決死の形相だった。

「そう……そういうこと……」

マリーはすべてを悟った。

脳裏に下品な高笑いをするアンブロシーヌの姿が浮かぶ。

身体の芯《しん》から伝わる不気味な脱力感に、自分はもう助からないと直感する。

刃は内臓に達していた。出血が止まらない。

そのとき向こうから悲鳴が聞こえた。

「大変だよおっ‼　誰か！　誰か、来ておくれ‼」

中年の婦人が、手にしたカゴを取り落とし、叫んだ。

通りがかった彼女は、座り込んだマリーと、血に濡れたナイフを持って対峙《たいじ》する少年を見て、なにが起きたかすばやく悟り、周囲に大声で助けを求めた。

なんだあ、なにがあったあ、と遠くから男たちの声が応じ、近づいてくる。

男の子の顔は恐怖で血の気を失った。

強盗殺人は重罪だ。いかに子供でも極刑はまぬがれない。

唯一の稼ぎがしらの少年を失うことは、彼の幼い妹たちの飢え死にを意味していた。

マリーは目を閉じ、そして目を開けた。

「……行きなさい」

「え……」

きょとんとしている少年に、マリーは痛みをこらえもう一度強く
「行きなさい！　早く！　その袋を持って！　人が集まる前に！」

そして、少年にほほえみかけた。

「私は平気だから……妹さんたちを助けてあげて」

少年は驚きに目を見張り、そして泣きそうな顔でぺこりとお辞儀をし、林の奥に駆け去っていった。

少年の姿が林の木々の向こうに消え去るのを見届け、マリーはふうっと息をつき、空を見上げた。

梢の向こうの青空を美しいと思った。

「……神様、これでよかったでしょうか……」
痛みで意識がうまくまとまらない。意識が途切れかけだしている。
「私は……人間らしく、生きられましたか……？」
すべての感覚が遠くなっていく。自分のひとりごとさえも遠く聞こえる。
「でも……もう一度、エセルリード様に……会いたかったなあ……」
ああ、まだダメですよう。意識を失っては……
きっと、今、私、ひどい顔をしている。
苦しんだ顔で死んでたら、エセルリード様が悲しむもの。
だから、笑わなきゃ。もう言葉は残していけないから、せめて笑顔で伝えなきゃ。
エセルリード様が、せっかく私の笑顔を大好きって、おっしゃってくれたんだもの。
ねえ、エセルリードさま……私、しあわせでしたよう。
短い人生でしたけど、たくさんの気持ちをもらえて、私はとても満足です。
エセルリードさまの笑顔がもう見られないことだけは、ちょっぴり残念だけど……
約束果たせなくて、ごめんなさい。
マリーはもう一緒に歩けそうにありません。
でも、ずっとエセルリードさまを見守っていますからね。
ああ、神様、どうかエセルリードさまをお守りくださいよう。
私が早く死んだぶんまで、傷つきやすい優しいあの人に、愛を与えてあげてください。

ねえ、エセルリードさま、私、うまく笑えているかな。
私が幸福だったって、ちゃんとあなたに伝わるかな。
ありがとう、エセルリードさま。
さよなら、大好きなエセルリードさま。
マリーは、あなたの笑顔がほんとうに大好きでしたよう。
エセルリードさま……だから、ずっと笑っていてね。
誰よりもしあわせになってね。
私の大好きなエセルリードさま……
伝わるかな、私の気持ち。
ねえ、私、ちゃんと笑えてるかな。
あなたの笑顔が大好きです。
あなたに会えて、私はほんとうに……
そして安らかな顔で、ほほえみを浮かべたまま、マリーは息をひきとった。

⚜

エセルリードの嘆きは尋常ではなかった。
「……俺のすべて……俺のなにもかもが……いま……死んだ……!! 俺には、もう……なにもない……!! なにも、もう……!!」

ふりしぼるように叫んだあと、マリーの亡骸《なきがら》をかき抱いて、それきり一言も発せず、その場から動こうとしなかった。涙を拭《ぬぐ》おうともせず前を睨みつけ、ぬくもりの消えてゆくマリーの身体を、きつく抱きしめて離そうとしなかった。

知らせを聞いてエセルリードが駆けつけたとき、マリーは眠るように樹の幹にもたれかかって息絶えていた。服を染めた血さえなければ、うたた寝でもしているかのように見えた。

その顔は優しげにほほえんでいた。

見た者誰しもが胸を突かれるほど、穏やかな死に顔だった。

それだけによけいに人々の哀れをさそった。

かたわらでは後悔の叫びをあげて、マリーの父親が泣き崩れている。

「……わしのせいだ!! わしがあんな銅貨さえ受け取らなきゃよかったんだ! 欲に目がくらんだばっかりに! わしは本当に大事なものを……! わしが馬鹿だった! 父ちゃんなんでもするから! 後生だから、も一度目え開けてくれよう!!! マリー……マリーよう……!」

地面をかきむしって号泣していた。

事情を察した取り囲む人々は、みな悲しげに俯いていた。

もらい泣きして、目頭を押さえている者もいた。

人当たりがよく孝行娘のマリーは皆に好かれていた。

そして、身分違いの二人の恋を、ひそかに応援していた者たちも、少なからずいたのだ。

あたりが哀《かな》しみに包まれるなか、それを不躾に破る闖入者《ちんにゅうしゃ》が現れた。

「あらあ。みんな集まってどうしたの。野ウサギでも死んでいたのかしら」

その声で人垣が割れる。

シャイロック家の長女のアンブロシーヌが、傲然と歩いてくる。

自分がよけなくても、相手が必ずよけてくれるだろう、そう確信しきった動きだった。

その後ろには長男のデクスターの姿も見える。

アンブロシーヌはマリーの死に顔を見下ろし、ふうんと鼻を鳴らす。

「あら、うちによく来てたお針子じゃないの。ずいぶん安らかな顔をして死んでるのね。おや……」

つまらなそうに言い捨てたあと、マリーの周囲に散乱している数枚の銅貨を目ざとく見つけ、意地悪そうに笑う。

「ああ、銅貨数枚をもらったから、そんな嬉しそうな顔をして死ねたのね。貧乏人はちょっとしたことで幸せを感じられるから羨《うらや》ましいわ」

あまりの言い草に、その場の誰もが言葉を失った。

死者にそんなひどい言葉を投げかける人間がいるとは信じられず、呆然と見上げているマリーの父親の目の前に、銀貨数枚が投げ捨てられた。

「まだ若いのに気の毒に。あんたが父親か。香典だ。さあ、遠慮せずに受け取れ」

銀貨を放り投げたデクスターが冷笑していた。

デズモンド会頭がもともとマリーに渡そうとしていた手切れ金は、その百倍でもとうてい及ばない金額だったが、そんなことはおくびにも出さない。

「……ふざけるな!!　こんなもの……!!」

怒りに歯軋りして、銀貨を投げ返そうとする父親に、デクスターは嘲笑を浴びせかけた。

「別につき返しても構わんが、娘にちゃんと葬式を出してやる金はあるのかな」

父親ははっとした顔になった。

マリーの家は貧乏だった。マリーはお針子仕事でけなげに家計を支えていたのだ。

デクスターの言葉は、父親の痛いところを突いた。

「若くして死んだうえ、まともに葬式も出してやれないんじゃ、娘も浮かばれまいなあ」

図星だと悟り、デクスターがかさにかかって責め立てる。

年老いたマリーの父親のかさついた唇が震える。

「誰かさんが手切れ金を受け取らなきゃあ、娘は死ななくてすんだろうになあ。そのうえ駄目な父親はまともな葬式も出してやらないおつもりらしい」

その言葉がとどめになった。

父親は何度も手に握った銀貨を投げ返そうとし、何度もためらい、とうとう諦め、銀貨を胸に押し付けるようにして、突っ伏して声をあげて泣き出した。

「……マリーは……!!　……俺の娘は、最高の娘だったんだよう……それなのに……俺がだらしないから……!!　……こんな父ちゃんで……ごめん……ごめんよう……!!」

血を吐くような悲痛な泣き声に、その場の誰もが義憤にかられた。

強大なシャイロック商会への日頃《ひごろ》の恐怖を忘れた。

怒りに燃えてアンブロシーヌとデクスターを睨みつけた。

もちろん鉄面皮の二人は、そんなこと程度では、びくともしなかった。

「あら、貧乏人でも葬式をするのね。私、貧乏人は地面に穴を掘って死体を埋めるのかと思ってたわ。名前も必要ないような貧乏人に、お墓なんて意味ないじゃない。だいたい……」

アンブロシーヌが嘲笑い、饒舌《じょうぜつ》に侮蔑《ぶべつ》の言葉を投げつける。

栄養失調の妹たちを抱え難儀している少年を捜し出し、マリー殺害をそそのかした悪魔は、自らの謀略の犠牲者を目の前にしても、なんの痛痒《つうよう》も感じていなかった。まともな人間のなせる所業ではない。醜く肥え太ったエゴが、他者への思いやりの気持ちを圧迫し、麻痺《まひ》させていた。

「……黙れ」

それまで黙りこくっていたエセルリードが、ぼそりと呟《つぶや》いた。

小さな声だったが、おそろしくよく通った。

アンブロシーヌに言葉を失わせるほど、重い一言だった。

デクスターもぎょっとして、にやにや笑いを凍りつかせた。

エセルリードが瞬《まばた》きもせず、暗く異様に光る目で二人を睨みつけていた。

目に涙をため、マリーを抱きしめたまま。

「それ以上、マリーの名誉を汚すな。彼女は、俺たちの誰よりも、生きるにふさわしい人間だった。こんな死に方をしていい娘じゃなかったんだ……!! それなのに、俺たちシャイロックのような屑《くず》ば

かりが、なぜ生き残っていく……」

さしもの悪党二人も気圧されて、蒼白になってがたがた震えだした。

エセルリードが血の涙を流していた。

いや、エセルリードは自分の右目の下に爪《つめ》をたて、自ら皮膚をかき切ったのだ。

下まぶたから顎《あご》まで人間離れした力で顔を引き裂いた。ばりばりと凄まじい音がした。

骨まで達するのではないかと思われたほどだった。

肉まで削り取った爪痕《そうこん》だった。見る間に顔が朱に染まる。

「俺が……シャイロックの人間だったから……俺と知り合ったばっかりに……マリーは死んだ……！

俺のせいだ……!!　……俺の……!!」

マリーを抱き上げて、ゆらりとエセルリードが立ち上がった。

「ひっ……！」

アンブロシーヌが腰を抜かしそうになる。

「あんたのせいなら、あたしらには関係ないでしょ！　こっちに来ないでよ」

それでも悪びれず言い放つのはさすがであった。

だが、語尾の震えは隠せていない。

デクスターにいたっては、恐怖で一言も発せず、ぱくぱくと口を開閉させていた。

「この恥知らずどもがあッッッ!!!!」

「ひいっ!?」

「ぎゃっ!?」

エセルリードの一喝で、ぶざまな悲鳴をあげ、二人は文字通り地面に転がった。

人間の声とはとても思えない大音声だった。

森の梢がざざざっと鳴ったのだ。

もはやエセルリードは完全に別人に変貌《へんぼう》していた。

お人好しの気弱な坊ちゃんの面影などひとかけらもなかった。

シャイロックの会頭デズモンドをも上回る異様な人間的迫力があった。

その腕の中のマリーが天使のような死に顔だけに、激怒に燃える悪鬼の形相がよけいに際立った。

マリーを失ったショックが、彼の甘さを一瞬で焼き尽くしてしまった。

そうしなければ生きていけなかった。精神を保てなかったのだ。

「そんな言い訳が通用すると本気で思っているのか。俺が今おめおめと生き残っているのは、なんのためだと思う。シャイロック商会に復讐《ふくしゅう》するためだ。マリーの仇を取らない限り、俺は死んでも死に切れないからだ……!!」

低い低い呪詛《じゅそ》のような声だった。

シャイロック邸から渦巻く風が流れてくる。

エセルリードを取り囲むように、びゅうびゅうと鳴り響く。

〝仲間だ!!〟〝おまえも俺たちの仲間だ!!〟

〝あたしたちも力を貸す!!〟〝我々はおまえを認める!!〟

〝倒せ!!　シャイロックを倒せ!!〟

「シャイロックに復讐ですって……!!　そ、そんなことできるわけないでしょ!」

アンブロシーヌは毒づいたが、恐怖で歯の付け根があっていなかった。

虚勢が限界を迎えようとしていた。

デクスターはその場からとっくに後ずさりしていた。腰が抜ける寸前だった。

「できる。何年かかっても必ずやりとげる。そのあと、俺もマリーのあとを追って死ぬ」

目の据わった弟は、完全に気が狂ったと、アンブロシーヌは恐怖した。

地獄に通じる穴のように暗い目なのに、やけにぎらぎらと輝いているのだ。

急に鳴り響きだした風が二人に吹き付ける。

まるで冷たい亡霊の手で撫でられたような気がし、二人は総毛だった。

耐えきれずデクスターが背を向け、逃げるように屋敷に歩き出す。

「ふんっ」鼻を鳴らしてアンブロシーヌも後を追う。

余裕ぶってはいるが、その顔面は血の気を失っていた。

二人が立ち去ったあと、エセルリードはマリーをそっと地面に横たえ、キスをした。

そしてマリーに笑いかけた。

明るく見る者の心を打つ笑顔だった。

哀しい笑顔だった。

「マリー……君が大好きだと褒めてくれた笑顔を、俺は君にあずけていくよ。……だから、これが、俺の生涯で最後の笑顔だ」

その言葉を最後に、エセルリードは笑うことを一切やめた。

死ぬときまで、彼は二度と笑顔を浮かべることはなかった。

◆

「ああっ、お嬢様の笑顔は最高です！　無邪気な天使そのもののほほえみですっ」

喜びの声をあげ、メアリーが私に頬ずりをしてくる。

まあ、この時期の新生児は、ほんとに楽しくて笑ってるわけじゃないんだけどねー。

「アー、ウー、オオー」

「お嬢様、おしっこでもしたのかしら。なんか変な顔してる……」

メアリーが小首を傾げる。

しまったあッ!!　新生児の表情筋の未発達を甘く見ていた！

メアリーをもっと喜ばせようとむりやり顔の筋肉を動かしたのがまずかった。

ひきつった不気味な笑顔で強張《こわば》っちゃったよ！

憎い!!　笑顔もままならぬ、この未熟な赤子ボディが憎い!!

おのれを呪《のろ》いかけた私は、ふとある人物のことを思い出した。

そうだ。笑顔といえば、前の一〇八回の人生に、まったく笑わない人間が一人いたっけ。

顔面半分傷だらけのすごい顔して、いつもぎろぎろ周りを睨んでるの。

シャイロック商会の異端児エセルリード。

次男なんだけど商会に叛旗《はんき》を翻そうとして、五年ぐらい国外に飛ばされてたのよね。

お父様の尽力でハイドランジアに戻ってきたけどさ。

一度シャイロック商会を瓦解寸前まで追い込んだらしい。

顔と同じでむちゃくちゃやるよね。

商人じゃなくて将軍って感じのおっかない雰囲気の人だったもん。

でも、私、なんか嫌いじゃなかったんだよね。

シャイロックの血をひいてるとは思えないほど律儀だったし、根っこは優しかった。

はじめてお父様の引き合わせで出会った頃だから、私が五歳くらいのときかな。

「～が大好きです」遊びを私はよくしてたんだよね。

大人の人って、子供が「～が大好きです」って言うと、たいてい相好を崩し、笑顔になってくれるんだよね。それが楽しくって、私は会う大人会う大人に、挨拶代わりにそれを言ってまわってたんだ。

私ったら、一〇八回チートがなくっても、世渡り上手。

その遊びをエセルリードに出会ったときもやったんだよね。

あんまりにもおっかない顔してるんで、なんとか笑わせようとして
「あなたの笑顔が大好きです」

って言ったんだ。

そしたらあいつ、立ったまま、ぼろぼろと泣き出したんだ。

びっくりしたよ。岩みたいな図体して、目をまっかにして涙こぼすんだもの。

私が目を丸くしていると、なだめようとして頭を撫でてこようとするんだけど、あんな巨体が涙流しながら迫ってくるなんて、よけい不安をあおるわ!!

でも、悪い人じゃないんだろうなって、なぜか思えた。

笑いこそしなかったけど、私の遊びに、いつもでかい身体を縮めて付き合ってくれたし。

この一〇九回目でも、きっとエセルリードは仏頂面してるんだろうな。

まあ、すでに国外に飛ばされているのかもしれないけど。

……フンフンフン
ん、なんの音?

「やっぱり、こいつ、お漏らししてるわけじゃないぞ。ただ顔が変なだけだ」

こらあっ!! ブラッドおおおっ!!!

乙女が思い出にふけってるあいだに、人のお股《また》のにおいを嗅《か》ぐんじゃない!!

そこになおれッ!! 不埒者《ふらちもの》!!

嵐の海を抜けたあとは、おそろしいほどの快晴が広がっていた。

生き抜くことができた幸運を、神に感謝したくなる青空だ。

オランジュ商会所有の船、ブランシュ号は白波を蹴立てて、矢のように海原を突き進む。

海風の恩恵を存分にはらみ、白帆が嬉しげに鳴る。

頼もしい三本の帆柱——フォアマスト、メインマスト、ミズンマストはどんな風を受けてもゆるぎはしない。帆柱にするために三百年前から選ばれ、育てられた樹から削りだされたものだ。そこにとりつけられた長大な横棒のヤードが、ブレースに引っ張られて転回し、その下に台形に広がる横帆に風をいっぱい受けようとも、その反動に決してたじろぐことはなかった。

最高の追い風だ。船の帆は総動員され、自然の力の後押しを享受していた。

船首のスプリットスルも横いっぱいに帆風をはらみ、まるで勇者の突き出した盾のようだった。

あらゆる障害や攻撃をはねのけるかのような心躍る光景だ。

船を動かす風の力は、まさに海神の加護だった。

帆船に加速を与える巨大な自然の力は、人の身から仰ぎ見れば圧倒的だ。

「東へ、もうちょいか……進路変更、舵《かじ》右回転二ぃ!!」

航海長が、後部甲板から下に向けて怒鳴る。海風にも負けぬでかい声だ。

セラフィと共に、足止めされていた公爵に声をかけた男だった。

浅黒く筋肉質なその姿は、どちらかというと、マストにアスレチック遊具のようにかけられたシュラウドを猿の速さで上り下りし、ヤードからヤードに身軽に跳び移る軽業を演じるのにふさわしく見えた。だが、彼はこの船の命を預かる航海長だった。

「あいよ！　進路変更、右回転二ぃご案内!!　ずいぶん慎《つつ》ましやかですなあっ」

くぐもった銅鑼声《どらごえ》で操舵手《そうだしゅ》が復唱で応じる。舵輪《だりん》をまわす。操舵手のあやつる舵輪は、甲板上ではなく、船の内部にあるので、くぐもって聞こえるのだ。

「お嬢が順風満帆でドレスアップしてるときには、上品に上品にだ。まして、公爵サマもお乗りあそばされてるんだからな。当て舵はまかせる!!」

帆を全開で張ったブランシュ号を女性にたとえ、航海長は軽口をたたく。

「まかせるって!!　こちとら、甲板下につめっぱなしで外が拝めないんですがねえっ」

操舵手は文句を言うが、その口調には笑いが含まれていた。勘と経験で当て舵をし、見事に航海長の要望に応える。

本来は小さな伝達口まで航海士が行き、下方に指示を呼びかけるのだが、航海長、操舵手ともども自他共に認めるでかい声の持ち主たちで、気心も知れているので、安全な航海のときはこれですませてしまうのだ。

「……舵輪というのか。面白いものを見せてもらった。素晴らしい船と船乗りたちだ」

感心しながら、スカーレットの父親の公爵が、甲板上に上がってくる。

彼は今まで操舵手が舵輪をあやつる様子を熱心に見学していたのだ。

「ハイドランジアじゃあ、ほとんど見たことがないでしょ」

紅の公爵に、航海長が、歯を見せて親しげに笑いかける。

「この船は最低限度の人員で船がまわせるよう、いろいろ工夫されてるんでさあ。おかげでロープだらけなもんで、口の悪い連中は、マリオネット姫なんて言ってまさあ」

旧知の人間に対する気安さで航海長が話しかける。

彼は、嵐の海で酔いひとつ見せなかった公爵に、すっかり感心していた。

海の男たちは、自分が認めた相手には心を開く。

嵐の海は地獄だ。波音はまるで雷のように轟《とどろ》く。どんな巨大な船も、木の葉のように縦横にふりまわされる。風のおそろしい悲鳴が耳をつんざく。はてのない波しぶきと揺れと風が延々と続く。揺れといってもただの船揺れではない。船が没するのではないかと思われるほど、ぐんっと海面が近づく。船が宙に投げ出されるのではないかと思うほど、ぶわっと海面が遠ざかる。その連続だ。もしも甲板上にいるのなら、マストにしがみつくだけでは気がすまず、縄でがちがちに自分を固定したくなるだろう。それでも安心できず震えながら神に祈ることになる。

そのうえ何度も何度も嫌というほど甲板を波が通り過ぎる。すべてを洗い流さなければ気がすまないとでも思っているかのような執拗さだ。巻き込まれ、さらわれれば、間違いなく海の藻屑になり果てる。

波しぶきは性質《たち》の悪い霧のように、船全体にまとわりつき、覆い尽くす。だが霧と違い、人間をたやすく吹き飛ばす破壊力を持っている。潮のにおいと、目に入る海水の痛み。

まるで自ら白煙を噴いているかのような船を前に、海はうねる。巨大な生き物が哀れな獲物をひきずりこもうとうごめくように。

そんな嵐の中の航海に平然とし、船酔いひとつ見せないこの公爵は、不思議なものを見慣れた船乗りたちにとっても、とびぬけて奇異な存在だったのだ。

ちなみにお供のバーナードは船酔いにより今も身動きがとれないでのびている。船乗りでなければそれが普通だ。公爵が異常すぎるのだ。その紅《あか》い髪と瞳《ひとみ》の外見、英雄であるということもあいまって、迷信深い彼らは、公爵をなにかしらの超越者ととらえたのだ。

航海長はそこまで迷信深くはなかったが、一目置いたことに変わりはない。そのうえ、公爵は、この船と船乗りの価値を理解し、てばなしで賞賛した。公爵という高位の人間がだ。海の上とこの船を誰より愛するこの航海長にとって、悪い気がしようはずがない。

なので彼は公爵と話をするとき、常に上機嫌だった。

公爵の質問にも親身になって受け答えする。

「たしかに見たことがないな。ハイドランジアでは、長い棒を操舵手が横倒しさせるようにして、船の方向を変えている。あの名称はなんといったっけな。ホイップ……」

「ホイップスタッフでさあ。まあ、舵輪つってもロープと滑車を使ってるってだけで、舵板《かじいた》を動かすって原理には変わりはないんですがね」

各種索具の点検を終え、磨き砂を甲板にばら撒《ま》きだしている水夫たちを眺めながら、航海長が言う。

「さすがはオランジュ商会の伝説のブランシュ号だ。いろいろ驚かせてくれる。乗せてもらえて光栄だ。おかげで妻の出産に間に合いそうだ」

公爵の言葉に、航海長が、へえと呟いて目を細める。

「……あなたは、やはり知っていたのですか。この船のことを」

後部甲板よりさらに一段高い最後部甲板から、オランジュ商会会頭のセラフィが、小さな身を乗り出すようにして、こちらの話に入ってきた。

「オランジュ商会のはじまりの船。先代の時代、悪天候の中でのオレンジ輸送で財を築いた幸運船だろう。オランジュ商会の会頭の持ち船といえばそれしかない。他の船がみな諦める中、その船だけは嵐を突っきり、誇らしげに白い帆をはためかせたという。ゆえに船乗りたちは、おそれと敬意をこめ、その船をブランシュと……白の女性名を冠してそう呼んでいると聞く」

「こちらの事情もよくご存じのようですね。ボクたちの誘いにあっさり乗ったのは、勝算があったからだったのですね」

セラフィが苦笑する。

「さすがに見も知らぬ船に運命を託すほど酔狂ではないよ。妻の出産の瞬間に立ち会えるかどうかが、かかっているんだからね。コーネリアは初産なんだよ」

医療の発達していないこの世界において、出産はかなり危険をともなう。公爵が血相変えて嵐の海を突っきろうとしたのもそのためだ。

実際はシャイロック商会の仕組んだ堕胎薬の影響で、予定より二週間も前の早産だったため、この時点ですでにスカーレットは誕生している。そして、〈治外の民〉の長《おさ》の子であるブラッドがメイド姿に女装し、シャイロックの魔の手から彼女を守り、公爵夫人の産後も治療してくれるという、予想の斜め上の展開が起きているのだが、さすがにこの場の誰もそんな事態には気づきようがなかった。

公爵の言葉に、セラフィがうなずく。

それでこそと呟き、そして話を続ける。

「この船は、オランジュ商会に残されたほぼ唯一の財産です。あとは数カ所の港湾施設だけです。シャイロック商会との競争に敗れ、ほとんどの財産は差し押さえられました」

「オランジュ商会の先代が亡くなった隙をつかれたんだったっけな」

セラフィは悔しげに唇を噛んだ。

「父が亡くなったとき、ボクはまだ幼子でした。父は……いえ、この話はあとでいたしましょう。母は父を亡くした衝撃で、あとを追うようにして亡くなりました。父はもともと天涯孤独の身で、ほかに親族もいませんでした。混乱がおさまったときには、オランジュ商会はシャイロック商会によって、人も財産もほとんどを奪い尽くされていたのです」

セラフィは今も児童だが、この幼子というのは、ものごころつく前を示している。

異様の天才である彼は、もう少し早く自分が生まれていたら、オランジュの力になれたのにと、常に悔しく思っていた。

航海長も苦々しげにうなずく。

「残ってくれたのは、創業時から父と運命を共に歩んできた船乗りたち。そして、オランジュ商会のはじまりのこのブランシュ号だけでした」

「ぼくをこの船に誘ったのは、ぼくの後押しを期待してのことか。それともシャイロックへの復讐か」

静かに問いかける公爵に、セラフィは悪びれることなくうなずいた。

海風が髪を持ち上げ、目があらわになっている。

「紅の公爵の名前は大きい。資金援助などはなくても、その名前が背後にあるだけで、商人にとっては大きな武器になります。でも、それだけじゃない。公爵、ボクたちオランジュ商会とあなたは共闘できる。そう確信していたからです」

セラフィの言葉に公爵の目が鋭くなる。

「どういうことだ」

「その前にひとつお聞きしたい。あなたがシャイロック商会と手を結んだという噂はまことですか」

「いや……父上、バイゴッド卿はシャイロックと懇意にしているが……？」

戸惑い気味の公爵に、セラフィは真剣なまなざしを向ける。

「ボクらオランジュ商会は、権利は失ってもかつてのツテは残っている。いちはやく各地の情報を知ることができるのです。……あなたが密命を帯びて旅立ってすぐのことです。シャイロック家の長女アンブロシーヌが、公爵邸に乗り込みました。愛人として本妻に挨拶しにきたと言ったそうですよ。これからはシャイロック邸に公爵は滞在するから、今後あなたへの連絡はシャイロック邸によこすようにと、そう公爵夫人に宣言したのです」

話を聞くにつれ公爵の形相が変わっていく。

「その場には、バイゴッド卿も立ち会っていたそうですよ。公爵夫人は一も二もなく、アンブロシーヌの言葉を信じざるをえなかったでしょうね」

ヴィルヘルム公爵の目が、暗い紅の色に染まる。

彼が敵を容赦なく叩き潰すと決意したときの瞳の色。

紅の公爵の異名のもととなった、見る者を震え上がらせる目だ。

聡明《そうめい》な彼は、今の話で、すべての事態と陰謀を理解したのだ。

「それを身重のコーネリアに言ったのか……」

瞳と同じく声も静かだった。

だが、大地震の予兆、地鳴りの轟きのようなおそろしさがあった。

「……やってくれたな。シャイロック商会。それと父上、バイゴッド侯爵。よくもぼくのいない間に、好き勝手してくれた」

公爵は父親を卿ではなく、侯爵呼ばわりした。凄まじい彼の怒りが窺《うかが》えた。

「もう一つ悪い知らせがあります。あなたのかつての腹心の部下。今は隠居しているハイドランジアの三戦士が、消息を絶っています。馴染みの酒場にも長い間、顔を出していないそうです。おそらくこの世にはもうおられますまい」

公爵の目が見開かれた。衝撃の色が走り抜ける。

公爵はハイドランジアを離れるにあたり、公爵夫人を陰ながら護衛するよう、かつての部下たちで信頼を寄せる三人、ボビー、ビル、ブライアンに後事を託した。年老いたとはいえ選《え》り抜きの猛者たちだ。なによりもこの三人はおそろしく用心深く、諸事に通じていた。どんな敵にも負けないし、不測の事態にも対応できる。だから安心していた。

それをひそかに始末できる敵となると容易ならざる相手だ。

「ここ二カ月ほどの間に、ハイドランジアとの国境沿いで、三匹の巨大な獣の目撃例が相次いでいます。そして、猫背で異様な風貌《ふうぼう》の片目の老人が、シャイロック商会と接触したと」

「……ジュオウダの魔犬使いか……!!」

記憶の底からぼこぼことわきあがってくる名前があった。

公爵は歯軋りするようにして唸った。髪の毛が逆立っていた。

「……コーネリア……!」

公爵は妻の名を呟き、恐怖で汗ばんだ手を握り締めた。

潰された片目を押さえ、憎悪に燃えた残りの目でこちらを睨んでいた男の顔が、公爵の脳裏によみがえる。十年以上前、三戦士と共に苦戦のすえ追い詰めるも、あと一歩のところで取り逃がした相手だ。手強《てごわ》い敵だった。

もし、あのときの相手がさらに力を蓄えていたとしたら、三戦士の敗北も十分にありえる。

そしてそれは公爵夫人の身辺警護がゼロになることを意味していた。

それどころか……

「……ボクも魔犬に襲われたことがあります」

セラフィが自ら前髪を持ち上げた。

いつも隠れている額があらわになる。

おそろしく巨大な疵《きず》のひきつれがそこにあった。

「父は冷酷な商人でした。成功をおさめてからは、このブランシュ号の仲間たちでさえ、距離を置くような冷血漢に変わり果てました。でも、父は……」

セラフィの顔がゆがんだ。

いつもの取り澄ました顔でなく、年相応の表情があらわれる。

「父はボクを魔犬からかばって亡くなったんです。笑って、生きろと言い残したそうです。そして、ブランシュの仲間を頼れと……父は……父は……」

身を震わすセラフィを航海長は優しく見守る。

「……オランジュの大将は、最後の最後に元の大将に戻ったんでさ。商人でなく、船乗りの心意気をもって、笑って死んだんだ。妻と子を守るため、命を投げ出した。だったら、俺たちブランシュ号の連中は、大将の忘れ形見を守らなきゃならねぇ。その心意気に応えなきゃならねぇ」

航海長はうながすようにセラフィに笑いかけた。

水夫たちも手を止め、熱いまなざしをセラフィに向けていた。その思いはひとつだ。

視線に後押しされ、セラフィは顔をあげた。

「魔犬使いを雇ったのは、シャイロック商会でした。ボクは奴らが憎い！　それが、ボクがあなたに手を貸す、ほんとうの理由です。ボクは……」

セラフィの目が熱を帯びていた。

ふだんは前髪で隠している激情と表情があふれでた。

「……ボクは父の仇を討ちたい!!」

海風がセラフィの決意を後押しするように、ごうごうと鳴った。

CHAPTER 3

第3章

嵐の前の静けさ。
老兵たちは
道半ばで散ります。
けれど、その願いは、
きっと無駄ではないのです。

第3章
CHAPTER 3

フリーズ真っ最中!!　無理させすぎた私の新生児表情筋は相変わらず硬直していた。

不本意な据わった目つきでメンチきった状態で、私の顔は固定されていた。

眉間《みけん》にむっちゃ深い皺《しわ》寄ってます。これ、どうすんの!?

かわいく笑うどころじゃないよ!!　山門の仁王様みたいに、くわっとしてるじゃない!!

甲斐《かい》のない顔面ほぐしマッサージに夢中な私を、ブラッドが呆れ顔で見ていたが、私は気にしなかった。素敵な笑顔は乙女の死活問題!!　ヒロインの座を死守せねば!!


…………


……ヒロインと笑顔といえば、エセルリードの他にも強烈なキャラを思い出す。

決して笑わない男エセルリードの対極にあった、異性への愛想笑いが十八番《おはこ》だったアリサだ。

年がら年中えへぇっと顔を弛《ゆる》ませていた。

それなのに時々する無意識の流し目や憂いげな表情が、反則的に色っぽかった。女の私でも背筋がぞわりとするときがあったほどだ。あいつは私に対して百合《ゆり》的な懐き方をしていて、隙《すき》あらばベッドに誘おうとしていたから余計にだ。一緒にお酒を飲んでいたとき、寝床の中でこの娘の綺麗《きれい》な唇と舌はどんな働きをするんだろうと、ぼんやりと考えてしまい、あわてて頭の中の想像を追い払った。

あいつはそういうとき、まるでこちらの気持ちを読んだかのように指を絡ませ、上気した頬《ほお》に上目遣いの顔を息がかかるほど近づけてくるんだ。正直、私が男だったら落ちていたかもしれない。普段抜けてるくせに、そういう勝負勘みたいなものは妙に鋭く、ずいぶん閉口させられたものだ。

かわいい顔をして組みやすそうなことこの上なく、性的な雰囲気に相手を引きずり込んでしまう、アリサはそんな困った令嬢だった。男たちの群れに放り込むだけで、奪い合いがはじまりかねない、甘いフェロモン全開ウサギだ。

もっとも頭の中身も、基本的には甘いシュークリームなみにふわふわだったけど。

アリサは頼りになる友人が少ないうえ、起こすトラブルが弩級《どきゅう》で頻繁すぎ、私でなければとても対応できなかった。アリサもわかっていて、なにかあるとすぐ私に助けを求めてきた。畢竟《ひっきょう》私が一番多くアリサに関わらざるをえなかった。嫌すぎる腐れ縁だが、慣れというのはこわいもので、いつしかアリサのトラブル解決が私の日常と化していた。

もはや手にあまる子供を抱えた母親感覚に近い。

「……スカーレットさまぁ!!　アリサを助けてぇ!!」

なので、あの夜、アリサが私の腰に抱きつき、いつもの台詞《せりふ》で泣きついてきたときも、私は別段驚きはしなかった。またかとため息をついただけだ。私がワルツの最中であり、気持ちよくナチュラルターンに入ったところを中断させられたとしてもだ。

「……それで今度はなにをやらかしたの？　またどこかの殿方に、婚約者の目の前で抱きつきでもしたの？　私も一緒に謝ったげるから、あなたもちゃんと頭を下げるのよ」

踊りを台無しにしたことを、パートナーの男性に詫《わ》びたあと、私は舞踏室の隣室に移り、飲み物を手にした。おだやかな諦《あきら》めの心で、アリサを問い質《ただ》す。

だが、その日のアリサのしでかしたことは、私の予想をあっさり吹き飛ばした。

「……アリサね。あのオバさんに殺すって脅されてるの。あのオバさんの恋人と一回エッチしただけなのに。それも向こうから誘ってきたんだよ。アリサ悪くないよ。だってオバさんの相手はもううんざりだって、彼がベッドの中で囁《ささや》いてたもん。だから、さっきオバさんにそう教えてあげたら、生かして家には帰さないって……」

私は口湿しの飲み物を噴きだした。アリサの台詞は突っ込みどころ満載だったが、それどころではない。

アリサを睨《にら》みつけている相手は、社交界の顔役のローゼンタール伯爵夫人だった。

舞踏会場の両脇のソファーに腰かけ、開いた扉を通し、羽毛扇子の向こうから、こちらの控室をじいっと凝視している。

嫉妬《しっと》深いことで有名で、彼女の恋人に近づいただけで、一生許してもらえなくなると怖《おそ》れられていた。

実力者の彼女に睨まれることは社交界での死を意味していた。アリサはこともあろうに、そんな彼女の若い燕《つばめ》に手を出したのだ。伯爵夫人はスカートの骨組みを潰《つぶ》さないよう、優雅にくの字に上体を折る浅い貴婦人座りをしていたが、その据わった目には優雅さとは程遠い生々しい深い殺意があった。

おまけに、アリサときたら、

「……あのオバさん、みんなの前でアリサを罵るんだもの。アリサ、あんまり頭に来たから、口ごたえしたあと、私のバックにはスカーレットさまがいるんだからって、言ってやったんだ」

自慢げにふんぞりかえるアリサに、心を落ち着けようと、グラスを再び傾けかけた私はむせ返った。

よく見ると、伯爵夫人の憎悪の目は私にも向けられていた。知らない間に私も元凶枠にぶちこまれてしまっていたのだ。殺気に満ちたまなざしに私は総毛だった。ローゼンタール伯爵夫人が手練《てだ》れの暗殺団を抱えているのは公然の秘密だ。本気で夫人を怒らせると、ためらうことなく彼らを差し向けてくる。アリサは一線を越えてしまった。夫人の恋人を寝とり、あまつさえ人前で夫人を侮辱した。もう謝罪は通用しない。私一人ならなんとでも言い抜けられるが、アリサは許してもらえないだろう。

私はアリサの手をとると、主催者への挨拶《あいさつ》もそこそこに、あわてて屋敷を飛び出した。

「アリサ、まだ踊り足りないのに」

ぶうたれて駄々をこねるアリサを、私は平手打ちして黙らせた。

腹が立ったからではない。時間がないのだ。ぎゅうっとアリサを抱きしめ必死に諭す。

「あなたを死なせたくないの。お願いだから、言うことを聞いて」

常にない真剣な私に、アリサは驚いて目を見張ったまま、こくこく素直にうなずいた。

玄関の馬車呼び出しのフットマンをふりきり、待たせてある自分の馬車に直接小走りする。万が一に備え、馬車ごとに割り振られた待機場所を把握しておいてよかった。

「……今すぐ出して!!　急いで!!」

まさか私が走ってくるとは思いもせず居眠りしていた御者が、呼びかけにびっくりして御車台からずり落ちそうになる。馬丁があわてて昇降台を設置しようとしたが、私は客車の足載せ板にじかに跳躍し、そのままアリサの手をとって引きずり上げた。二人でもつれ合うようにして車内に転がり込む。

「ア、アリサ、自分のおうちの馬車の人たちに、スカーレットさまの馬車に相乗りしてるって、知らせとかなきゃ……!」

「途中で私が声がけするから、あなたはおとなしく座ってなさい!!」

珍しくアリサがまともなことを言ったが、私は怒鳴りつけて黙らせた。

私の剣幕にアリサは身を縮め、小さな女の子のように涙目になった。ここまで私に感情を露《あら》わにされたのははじめての経験だから当然だ。かわいそうだが、しかたがない。

驚いて硬直したのはアリサだけではない。

「できるだけとばして!! 王族の馬車が来ても、よけずに突き進みなさい!! 私が責任をもつ!!」

こんな無茶な命令を下されたことがない御者は目を白黒させていた。それでも指示に従ってくれたのは、日頃《ひごろ》の互いの信頼関係があればこそだ。突然敷地内で暴走状態に入った馬車に、周囲がどよめく。ここには舞踏会に参加中の主人待ちの馬車がひしめき合っているのだから当然だ。宴たけなわだったので、私たちの馬車しか動いていないのが幸いし、接触事故が起きずにすんだようなものだ。

私は二十台目の待機馬車を通過したところで、アリサのフォンティーヌ家の馬車を見つけ、窓から身を乗り出して叫んだ。

「急いでフォンティーヌ卿に伝えて!! アリサがやらかしたの!! ローゼンタール伯爵夫人を本気で怒らせた!! アリサは今、私と一緒よ!! あとから追ってきてって伝えてちょうだい!!」

私とは顔見知りの彼らは、それだけで事態の重大性を察知した。顔色を変えてきぱきと動き出す。

さすがトラブルメーカーのアリサの従者たちだ。馬丁の一人が私たちの馬車と並走しながら、私たちの行き先を聞き取る。そのときにはすでにフォンティーヌ家の馬車は、彼を拾うべく、こちらに向かって動き出していた。まるで歴戦の戦士たちの連携のような遅滞のなさだった。

伝言を終えた私はひと息つき、背もたれに身をあずけた。

アリサはアレだが、父親のフォンティーヌ卿は優秀だ。すぐに事態を把握し、アリサ保護のため、兵隊を派遣してくれるだろう。私たちはそれまで亀のように逃亡先にひきこもればいい。

「……スカーレットさま、怒ってる？」

ようやく私のぴりぴりした雰囲気が和らいだことを察知し、アリサが向かい合う席から、上目遣いでおそるおそる尋ねてきた。

「……怒ってない。呆れてるだけ」

冷たく答えるとアリサはしゅんとなった。私は苦笑し、少し座る位置を横にずらした。アリサはぱあっと顔を明るくし、私の隣に腰を下ろし、両手で私の腕を抱え込んだ。

「……スカーレットさま、大好き!!」

私の肩に、こてんっと頭を嬉《うれ》しそうにもたれかけてくる。

「こんなアリサとお友達でいてくれて、ありがとう」

毎度これで丸めこまれている気がする。素直になったアリサは無駄にかわいいのだ。

今回の騒ぎの元凶のアリサだが、密着してのぬくもりは私を落ち着かせた。

私が逃げ込もうとしているのは、ローゼンタール伯爵夫人に勝るとも劣らぬ、社交界の顔役の屋敷だ。その侯爵夫人はたいそう私を気に入ってくれていて、紅目《あかめ》の仔猫ちゃんという愛称で秋波を送ってくる。「親交を深める気」になれば、昼夜問わず、いつでも訪ねてきてくれと言われている。

代償に身体を求められることにはなるだろうな……。

「スカーレットさま?」

私の動揺を感じとったのか、不安げに見上げるアリサに、私はほほえんだ。

その侯爵夫人は美しいいし、知性も度量も美学もある人物だ。恋人の座を希望する令嬢も少なからずいる。興味本位で私を凌辱《りょうじょく》しようとする四大国の王子たちなどとは比べものにならない。

初体験の相手として悪くはないいし、頼み込めば最後の純潔は割らずにいてくれるかもしれない。私は自分で自分をなぐさめた。いずれにしても、今の私のローゼンタール伯爵夫人への対抗カードは、彼女のみなのだ。

親交のあるバレンタイン子爵も、頼りになるエセルリードも、折悪しく所用でハイドランジアを留守にしている。自分の才覚で道を切り開くしかない。祖父母のバイゴッド侯爵夫妻は健在だが、嬉々《きき》として私とアリサをローゼンタール伯爵夫人に売り飛ばすタイプだ。小指の先ほども信用できない。

月明かりを頼りに馬車はひた走る。

〝……お父様、どうか私を守って。お父様の勇気を与えてください〟

私は、優しく頼りがいのあった亡きお父様にそう祈った。


どんっと馬車が異様に縦はねしたのは、目的の屋敷にたどり着く寸前だった。

路面から脱輪したのだ。両脇の森の中は未舗装だ。車輪はたやすく軟らかい地面にめりこむ。

そうなれば、あっさり馬車は立ち往生だ。脱出できなければ、徒歩での逃避行になる。

あわてて御者台との連絡小窓を開けた私は蒼白《そうはく》になった。

御者には首がなかった。走行の震動でずるずると身体がずり下がっていく。黒衣に白刃が閃《ひらめ》くのが見え、私はあわてて窓を閉じた。ローゼンタール伯爵夫人の暗殺者たちが追いついてきたのだ。馬車の後部にいた馬丁たちも、気の毒だがすでに殺されているだろう。手綱をひく者のなくなった馬たちが、林道のさらに奥に走っていく。

「アリサ!! 私にしがみついて!! 絶対に離さないで!! 跳ぶよ!!」

夜の森は深い。これ以上奥に行かれると、フォンティーヌ卿の部隊が追いついてきても、私たちの足取りをたどるのは困難になる。

私は覚悟を決めて、馬車の扉を蹴《け》り開けた。馬車は予想以上に速度が出ていた。流れる地面と梢《こずえ》の速さにぞっとなる。私は、こわいと泣き叫ぶアリサを抱え、びゅうびゅう鳴る風切り音に身を投じた。

間一髪で天井から差し込まれた刃《やいば》が、鼻先をかすめた。飛び降りず馬車の中にとどまっていたら、串刺しにされるところだった。

私はしがみつくアリサの頭を抱き込み、顔を潰すまいと必死だった。ごろごろと地面を転がった。受け身は心得ているが、締め付けられたコルセットで動かない身体ではそうするしかなかった。馬車の車輪に髪が巻き込まれないようにするので精いっぱいだ。ふくらませたドレスの籐編《とうあ》みの骨組みが、回転するたびにばきばき砕けた。

勢いを殺しきれず、しこたま背中を幹に打ちつけて、私の回転は止まった。

息が詰まった。背中に激痛が走る。脊髄《せきずい》の損傷を危惧《きぐ》するほどの強烈さだった。

当たりどころが悪かったのか、意識がふうっと遠くなる。視界ががたがた揺れる。

「スカーレットさま!!　お願い!!　起きて!!　目を覚まして!!」

ぽろぽろ涙を流しながら、アリサが懸命に私を揺さぶっていた。

「……私は、動けない、みたい……早く、逃げなさい……」

懸命にまわらぬ舌で言葉をしぼりだしたが、アリサは狂ったように横にかぶりを振った。

「いやだ!!　スカーレットさまを置いていくくらいなら、アリサ一緒に死ぬもん!!」

アリサは身を屈《かが》め、動けず横たわる私に、軽く唇を重ねた。

そして、がばっと私を守るように覆いかぶさった。

「……殺すならアリサひとりを殺してよ!!　スカーレットさまは本当は関係ないの!!　アリサが勝手に名前をたかっただけなの!!」

近づく三人の暗殺者たちの足音に、金切り声で叫ぶアリサに、私は苦笑した。

……バカね。たかった、じゃなく、騙《かた》った、でしょ……

そう言いかけたあと、私は不覚にも意識を失った。

アリサの本性　ここより先は、「一〇八回」でもスカーレットの知らなかった裏の物語

ローゼンタール伯爵夫人が自宅に帰って来たのは夜明け前だった。

若い恋人はアリサとの浮気の露呈にすくみあがり、夫人の言われるがままになった。

人間のプライドを捨てた忠犬としての奉仕に努めた。

どこを舐《な》めるのも厭《いと》わないその献身と性戯を夫人は堪能し、怒りを忘れて満たされた。

伯爵夫人は人生の勝利者としての驕《おご》りを取り戻した。

だからベッドの素晴らしい記憶を反芻《はんすう》しながら自室に戻ったとき、彼女はアリサに燃える憎悪ではなく、さめた侮蔑《ぶべつ》しか抱いていなかった。名前まで忘れかけるほど関心を失っていた。彼女の子飼いの暗殺者たちが失敗するわけがない。アリサは死んだ。もう路傍のゴミと変わらない。ついでにあのスカーレットという小娘もだ。調子にのっているからちょうどよかった。なにが女王候補か。あの女の血をひく分際で……。自分にかかればひとひねりだ。

「ふん、身の程知らずの小娘たちが。……社交界の主のこの私に歯向かって、ただですむと思っていたのかしら。特にあの……あれはなんという名前だったかしら。アリサ・ディアマンテ……」

姿見に映った自分の姿に見とれながら、伯爵夫人はうそぶいた。年はとったが色気は増した。まだ

あと十年は社交界に君臨できるだろう。自分は人生の主役であり続ける。

「……アリサ・ディアマンディよ。哀れな伯爵夫人。お気の毒さま。あなたの舞台は今夜で幕じまい」

くすくす愉《たの》しそうに笑いながら、背後に金髪の少女が立っていた。吸血鬼を思わす首筋への口づけをされ、伯爵夫人は悲鳴をあげてとびのいた。

「悲鳴をあげるなんて無作法ね。私はあなたの最期の公演にお花まで持参したのに」

心外そうに首を傾《かし》げるのは、たしかに殺したはずのアリサだった。だが、違う。姿形は同じだが、なにかが違う。その邪悪な嗤《わら》いは、数知れぬ人間の暗殺を命じてきた自分でさえ未知のものだった。

「はい、花束よ。受け取ってね。せっかく、あなたが私にくれたものだけれど、少し大きすぎたわねえ。持ち運びしやすいように、切り花にさせてもらったわ」

すうっと影のように後ろから正面にまわりこむと、アリサは伯爵夫人の懐に、ずしりと重たいものを押しつけた。反射的に受け取り、おそるおそる視線を落とした伯爵夫人は悲鳴をあげてそれを放り出した。それは三人の暗殺者たちの生首だった。苦悶《くもん》にかっと目を見開き、断末魔の恐怖でゆがんでいた。

「せっかくのプレゼントなのに床に放り投げるなんて興ざめね。彼らはあなたのために命を落としたのに。主として取るべき態度じゃないわ」

腰を抜かした伯爵夫人を落胆したように見やり、アリサはぱちりと指を鳴らす。

がくんっと不自然な動きでローゼンタール伯爵夫人は立ち上がった。ぎくしゃくと機械仕掛けのように歩きだす。それが彼女の意志に反したものであることは、逃れようと必死にそむけた顔で窺《うかが》えた。

伯爵夫人はアリサの残酷な意図を悟った。

「……身体が勝手に……！　お願い……やめてちょうだい……！」

不思議そうにアリサが彼女を見た。

「あら、貧民から身をたて、愛人として次々に相手をのりかえ、ついに先王の愛妾《あいしょう》の座を射止め、伯爵夫人の位までもぎとった貴女が、今さらこの程度を怖れるの？」

「やめ……やめ……!!　……ひぎっ!!」

伯爵夫人の手は生首のひとつを拾い上げ、目の高さに掲げる。顔が近づいていく。

アリサが蒼《あお》い目をきらめかせてほほえむ。

「……あなたのために死んだ人たちよ。ねぎらいのキスくらいしてあげなさいな」

おだやかに命じるアリサと対照的に、伯爵夫人は満面汗まみれで死者とディープキッスをかわしていた。必死に抵抗しているのに、身体が自動的に忌まわしい行動に没頭する。まるで見えない巨人の手で摑《つか》み上げられた人形だった。理不尽に心が打ちのめされた伯爵夫人の顔には死相が浮かび、どちらが死者か区別がつかないほどだった。

アリサはため息をつくと、床の生首をひとつ持ち上げ優しくキスをし、胸に抱きしめた。

女優がトロフィーを掲げる仕草のように優美で、取り乱した伯爵夫人とは正反対だった。

「黒幕のあなたの名前を聞き出すための拷問に、彼らはずいぶん耐えたのよ。両手の指をすべてねじ切られるまでね。忠誠をもう少し愛《め》でてあげてもよいのではないかしら」

口の中に入ってきた異物にむせ、伯爵夫人は咳《せ》き込んだ。床に小さなウインナーを思わせるものが転がる。先端に爪《つめ》が生えていた。死者の口に詰め込まれていた切断された指と気づき、伯爵夫人は身を震わせて嘔吐《おうと》した。

「……頂点を目指し続けた悪女としてはぶざまね。もういいわ。あなたには天よりも地面のほうがふさわしい。頭を床につけて終わりなさい。さようなら、美貌《びぼう》しか取りえのなかった人」

がっかりしたように呟《つぶや》き、急に興味をなくしたかのようにアリサは背を向ける。

「……おばあさま。私、もう飽きましたわ。終わりにしてよろしいかしら」

アリサの言葉に応えるように室内に入って来た老婦人を見て、ローゼンタール伯爵夫人は凍りついた。自分の背中が勝手に弓ぞりになり、さらにのけぞっていき、いつの間にか髪が床について、視界が逆さまになっていたことにさえ気づかなかった。

「……王大后……どうして、ここに……」

それは滅多に表に出てこない先王の妃《きさき》だった。顔に大きな痣《あざ》があり、そのために先王に疎まれ、いつも影のように控えめだった。寵姫《ちょうき》時代のローゼンタール伯爵夫人は、当時王妃だった彼女を常に侮った。正式の場でさえ彼女に頭ひとつ下げず、各国大使には自分への挨拶を先に強要した。文句ひとつ言わない彼女を、腰ぬけの無能力者と見下していた。

「……おばあさまの本質を見抜けなかったなんて、やはりあなたは主役の器ではないわ。おばあさまに足りなかったのは顔の皮一枚の美貌だけ。ただそれだけで、王妃のおばあさまは、ありあまる才能を殺して生きるしかなかったの。あなたとはまるで逆ね」

ぎちぎちと背中が軋《きし》む中、伯爵夫人は戦慄《せんりつ》した。

アリサに心を読まれていることに気づいたからだ。

「……聞いて、おばあさま！　スカーレットったら、私を命がけでかばったのよ‼　そして私はスカーレットにお礼のキスをしたの。まるでお芝居の一幕のようだったわ。伯爵夫人が悪役で、最後に討伐される冒険譚、おばあさまも少しは楽しめたかしら？」

「ふふ、とっても。……二十数年来の胸のつかえが取れました。ありがとう」

アリサは王大后を親しげにおばあさまと呼んだ。

そばに駆け寄るアリサの頭を愛《いと》おしげに撫《な》でる王大后の様子も、とても他人に対するものとは思えない。伯爵夫人は、王家のタブーとされた過去のある事件を思い出した。

では、アリサは、この娘の正体は……‼

ローゼンタール伯爵夫人のコルセットの骨組みが、限界を超えた負荷ではじけとんだ。かろうじて伯爵夫人の命を繋《つな》いでいた砦《とりで》は消えた。背中が海老《えび》ぞりを超え、閉じる蝶《ちょう》つがいのように湾曲する。

アリサはくすくす笑い、王大后に寄り添った。

「……今さら詮索《せんさく》しても無駄よ。おばあさまとスカーレットは、私が認める二人なの。憎んでもいい。愛してもいい。でも侮りだけは許さない。ましてあなた程度がね。地面からのその眺めが、あなたにはお似合いよ。ごきげんよう」

そしてアリサと王大后は振り向きもせず、歩き去った。

ばきんっと枯れ木がへし折れるような凄《すさ》まじい音が響いた。

ごぼっというなにかがこぼれ出す胸の悪くなる音が続き、それきりあたりは静かになった。

あのときは本当にひどい目にあった。

目が覚めると、私はベッドの上だった。背中の痛みに呻《うめ》く。

最初に目に飛び込んできたのは、豪奢《ごうしゃ》なアリサの金髪だった。

「……スカーレットさま、気がついたの!? よかったあ!! 一日じゅう寝たままだったんだよ!! 心配したんだから!! アリサずっと泣きながらそばで看病してたんだよ……!!」

アリサは私に抱きついて、おいおい泣いた。その瞼《まぶた》は泣き腫《は》れていて、甲斐甲斐《かいがい》しさに私は胸が締めつけられた。だが、すぐにアリサの口元がだらしない涎《よだれ》汚れしているのに気づき、がっくりした。瞼の腫れは居眠りしていたせいだ。あやうく情にほだされるところだった。やっぱりアリサはアリサなのだ。

ここはアリサの屋敷だった。私はアリサのベッドに寝かされていた。

アリサの話によると、気絶した私が斬り殺される寸前、アリサの悲鳴を聞きつけたフォンティーヌ卿が飛び込んできて、一刀のもとに暗殺者たちを斬り伏せたということだった。さすが我が国きっての武術の達人だ。彼はなにか嫌な予感がして、自らアリサを出迎えに来ていたのだ。私が目覚めたことも気配ですぐわかったらしく、部屋に入ってくるやいなや平身低頭して私に謝罪した。なんかこの人、いつも娘のアリサ関連で私に謝ってばかりで気の毒だ。

幸い私は怖れていた後遺症もなく、すぐに屋敷を辞した。

私をとことん看病する気だったらしいアリサが、自室にバスタブを運び込み、お揃《そろ》いの花柄チェンバーポットを用意し、枕を二つセットしてるのを見て、げんなりしたからだ。天蓋《てんがい》つきのびっくりするほど大きいベッドの端には、タキシードとウエディングドレスを着たクマのぬいぐるみが、わざとらしく寄り添って置かれていた。

「……あ、待って!! スカーレットさま!! まだアリサとの初夜がすんでないよ!!」

するか!! バカ!! これ以上あんたに深入りしてたまるかっての!!

私は引き留めるアリサの手をふりはらった。だが、腐れ縁はまだまだ続くのだった。

……ローゼンタール伯爵夫人と私が再会することは二度となかった。

逃げ出した若い恋人を追い、あわてて海外に旅立った夫人は、そこではやり病に罹り急死したのだ。一世を風靡《ふうび》した寵姫としてはあっけなさすぎる最期だった。

ほんとうに人の運命というのはどう転ぶかわからないものだ。

❦

「……ということで、このチビは、間違いなく意識があるって、はっきりした。大人と同じだよ。こっちの言ってることもわかってるし、何が起きてるかも理解してる。今なにか記憶をたどるのに集中していた。新生児のやれることじゃない」

ぎゃあああっ！　ブラッドおおっ！　あんた、また余計なことを！

アリサとローゼンタール伯爵夫人との「一〇八回」でのいきさつを思い出していた私は泡食った。

「オレ、血液の流れでわかるんだ」

でたよ！　また！　あんたにとって、血液の流れは印籠《いんろう》かなんかか！

なんでもかんでも、その一言で片づけやがって！

だいたい何勝手に急展開かましてんの⁉

そういう疑惑はね、もしかして周囲にばれた⁉って匂《にお》わせながらのヒキで、次回にはなにごともなかったかのように日常に戻るってのが、セオリーでしょうがっ‼

ばんばん核心にふみこんでくるんじゃあないッ！

くっそお！　前の一〇八回では寡黙な殺し屋だったくせに‼　少年になった途端、リボンしてスカートぱたぱたさせて、ぺらぺら喋《しゃべ》る男の娘キャラにジョブチェンジしやがって！　そこ、ほんとは私のヒロイン枠でしょっ。人が乳児ってる間にのっとるな‼

私は怒りのあまりじたばたした。憤懣《ふんまん》やるかたなしっ。

「……お嬢様は、意識があるんですか。私の言ってることがわかりますか？」

メアリーが私をのぞきこみながら、おすおずと話しかけてくる。

しまった。アホの子、ブラッドにかまけてる場合じゃなかった。

言葉を完全に解する新生児なんて、あやしさ大爆発だもの！

魔女扱いされても不思議はない！

愛嬌《あいきょう》だ！　とにかく愛嬌をふりまくんだ！

今の私の唯一の武器、天使の笑顔でここは乗り切るしかない！

……にちゃあっ。

「なんか、怒ってらっしゃるみたい……」

と悲しそうな顔のメアリー。

ちがうよ!!　このドスのきいた顔は、顔面の筋肉が硬直してるからなの!!

誤解しないで!!　怒ってなんかないよ！　大好きだよ！　メアリー！

私は顔面の麻痺《まひ》をほぐそうと、必死に両手で頬をこすりたてた。

も、もどらん!!　せ、せめてかわいらしい笑い声で誤魔化さねば……！

「ゲーッゲッ、ゲッゲーエッ……！」

ぎゃあああ!!　こわいっ！

なんか、もののけ風味な奇怪な笑い声に!!　どこかの森で合唱してるような声だ。

これじゃ、もう魔女を突き破って、妖怪そのものだよ!!

「……なにやってんだか、あほ」

呆れ顔をしたブラッドが、私の首筋を挟むように指をあてた。

「ほい」

ぽんっという感じで、軽くなにかがはじけたような気がした。ぽかぽかと身体があたたまる。

入浴させてもらっているときのように、余計な力が抜ける。頬の強張《こわば》りがほぐれた。

おおっ！　固まっていた顔の筋肉が嘘《うそ》のようだ!!　こいつ、うごくぞッ。

「……ホワアア〜」

やっとドスのきいた顔から解放され、私は安堵《あんど》の息をついた。

ありがとう、ブラッド。感謝多謝。いろいろ怒ってごめんね。

私は感謝のしるしにブラッドにウインクしつつ、ドスっ娘からドジっ娘に無事に戻れた照れ隠しに、テヘペロを決めた。

「な、こんなことする赤ん坊、絶対いないだろ」

ブラッドの言葉に、お母様とメアリーが目を見開いてうなずく。

「……驚きました。ほんとうにお嬢様は、意識がおありなんですね」

メアリーが私をのぞきこみながら、話しかけてくる。語尾がかすかに震えている。

……もう隠せない、か。私はしかたなく、こくんとうなずいた。

メアリーは黙り込んでしまった。私を抱き上げているメアリーの手の震えが伝わってくる。

放り投げ出されないだけ、まだマシなのだろう。

そうだよね、気持ち悪いよね、こんな新生児……。

ごめんね、今まで、だましてて。でも、私、嬉《うれ》しかったんだ。

メアリーが、私を本当の自分の子みたいにかわいがってくれて。

私も、自分がほんとにメアリーの子になったような気がしてたよ。

メアリーの亡くなった息子さんの代わりが、少しでもできれば……そう思ってた。

前の一〇八回の人生で、私は誕生と同時に、お母様と死に別れている。

だから、こんなふうに、母子みたいに甘えさせてもらった思い出は、はじめてだった。

お母様は尊敬してるし、大事にも思ってる。

でも、〝お母さん〟って感じたのは、メアリーがはじめてなんだ。

だから、嫌われても、この記憶だけは、ずっと持って行かせてね。

一〇九回目の人生ではじめて手に入れた、私の宝物……さよなら、私のもう一人のお母さん……

「……おい、泣くな。早とちりすんなよ。チビ」

涙を浮かべていた私の額を、ぴんっとブラッドがはじいた。

いたっ、なにすんのっ？　新生児の頭蓋骨《ずがいこつ》は不安定なんだから!!

「……素敵です!!　きっと、私の願いが神様に通じたんです!!」

メアリーが嬉しそうに叫ぶと、ぎゅうっと私を抱きしめて、頬ずりした。

え!?　なに!?　どういうこと!?　わけがわからず目を白黒させる私に、ブラッドが笑いかける。

「だから、おまえはアホだってんだ。オレが心を読めるのは、おまえだけじゃないんだぜ」

な、なにをぉっっ!?　あほのくせにアホって言うなあ!!

「お嬢様!!　私の歓びがわかりますか!?　私、早くお嬢様と話がしたいって！　気持ちを伝え合いたいって！　ずっとそう願ってたんですよ！」

感極まった声をあげ、メアリーが私を胸に抱き寄せる。

わっ!?　どういうこと!?　むぐっ、苦しい！　い、息ができぬッ、胸でおぼれるッ……!!

「その願いがこんなに早く叶《かな》うなんて!! こんな嬉しいことはないです!!」

再び私に頬ずりするメアリー。

いい、の？ メア、リー、私の、こと、気持ち、悪く、ない、の？

揺さぶられすぎて、意識がとびそうになりながら、私はメアリーの頬に手を伸ばした。

触れた。メアリーがうなずく。

「大好きですよ。お嬢様！」

優しいいつもの顔。普段と変わらないメアリー。これからも、私と一緒にいてくれるの？

ほんとにいいの？ メアリー。これからも、私と一緒にいてくれるの？

こんな変な私だけど、前と同じに接してくれるの？

大好きって言ってくれるの？

……私も、私も、大好きだよ。

メアリー……!!

「アアウー……」

私は泣き顔を見られたくなくって、両手で顔を覆った。

ブラッドが気をきかせて、絹のハンカチを私の顔にかけてくれた。

……おい、なんだか死んでるみたいだから、やめてくれる？

私は一〇八回も、悪役令嬢として、女王としての人生を生きた。

つらいことは、さんざん味わった。

悔しさに唇を噛《か》み締めたことも。怒りを隠して笑顔を浮かべたことも。

別れに拳《こぶし》を握って耐えたことも。何度も何度もあったはずなのに。

それなのに、どうして、こんなに胸が痛いんだろう。なんでメアリーを見ると、こんなに懐かしい気がするんだろう。心が締めつけられる思いがするんだろう。

メアリーに会うのは、この一〇九回目の人生がはじめてのはずなのに。

……前の一〇八回繰り返した人生でも、私には乳母だった人がいた。

でも、その人はメアリーではなかった。

フタリーチナヤ・フストリェーチャという人だった。

いくら一〇八回の人生を思い出したとはいえ、私も幼児の頃《ころ》の記憶は曖昧《あいまい》だ。顔は思い出せない。

だが、その乳母は、とても私に優しかったらしい。

職務を超えて、私に愛情を注いでくれたと、伝え聞いていた。

私と別れる日に、涙を流したと聞いた。私もまた大泣きし、その人にしがみついて離れなかったと。

そして、その人は私が泣き疲れて眠ったすきに、泣きじゃくりながら出て行ったそうだ。

だから、いつか再会できる日を、心待ちにしていた。

それほどまでに私を愛してくれた人に、どうしても会ってみたかった。

幼児には長すぎる乳母の名前も必死に覚えた。

そして、幸せの呪文のように、時々こっそり口ずさんだ。

私は、亡くなったお母様の面影もその乳母に重ね合わせていた。

心の中で〝私のお母さん〟とこっそり呼んでいた。

そして私が六歳のときに、再会の機会は訪れた。

その日を迎えることを、胸躍らせて、指折り数えて待っていた。

プレゼントを考えるだけでも、楽しくてしかたなかった。

思い込みかもしれないけど、その人のあたたかい手の感触を覚えている気がした。

再び抱いてもらえる日を心待ちにしていた。

……でも、その人は来なかった。

我が家に向かう途中、彼女は心臓発作で急死したのだ。

大寒波がハイドランジアを襲った日だった。外は猛吹雪だった。

私は意地をはって、夜遅くまでその人を待ち続けた。唇を紫にし、毛布を頭からかぶり、窓のそばに立ち続けた。だって、こんな寒い日に外から来たら、きっと身体が冷えきっているもの。赤ちゃんの頃もらったあたたかい手のお返しに、今度は私が抱きついてあたためてあげるから……!

頑固すぎる私に、やむをえず、皆は隠していた乳母の急死を告げた。

私は泣き崩れ、ベッドに倒れ込んだ。そして体調を崩して数日寝込んだ。

……今でも心残りだ。

どの一〇八回の人生でも、私は彼女との再会を果たせなかった。

どんな人だったんだろう。一度でいいから会ってみたかった。

この一〇九回目の人生では、メアリーが私の乳母だ。だから、もう会うことはないのかもしれない。

でも、この世界のどこかにきっと生きている。

……だから、一〇八回ぶんの感謝をこめて、私は願う。

どうか、その人が幸せであるように。どうか笑顔でいられますように。

ほほえむメアリーに抱かれながら、私はそう神様に祈った。

◆

「あら、お嬢様。なにをお祈りしてるんですか？　お父様が早く帰ってこられるようにですか？」

メアリーはスカーレットをあやしながら、この屋敷への推薦状を書いてくれた公爵との出会いを思い出していた。

メアリーと公爵の出会いは偶然だった。

あのときメアリーは自分の手で、殺された息子の仇討《かたきう》ちをしようとしていた。

刺し違える覚悟で、クロウカシス地方から、わずかな目撃情報を頼りに、はるばるとハイドランジアまで出向いてきたのだ。足取りを探ろうと必死になるあまり、性質《たち》の悪い連中に騙《だま》されそうになっていたところを、居合わせた公爵に救われた。

かつて魔犬使いを追い詰めた公爵は、その町の誰《だれ》よりも魔犬のことを知っていた。

メアリーの仇が、国際的犯罪者のジュオウダの魔犬使いとすぐにわかり、顔を曇らせた。

女ひとりで挑める相手ではない。

いくつもの屈強な傭兵団《ようへいだん》を壊滅させるところを、公爵は目の当たりにしていた。

魔犬は闇《やみ》に紛れて動く。

おそろしい跳躍力で、柵や壁や堀を軽々と飛び越え、疾風のように犠牲者の首を狩る。

馬よりも速い速度で、巨大な筋肉の塊が牙《きば》をひらめかせる。その咬合力《こうごうりょく》は、牛の大腿骨《だいたいこつ》を軽々と噛《か》み砕く。狼《おおかみ》をも凌駕《りょうが》するのだ。人間などひとたまりもない。そして仲間の魔犬同士で連携して狩りをするのだ。さらに人の裏をかく。罠《わな》などまったく役に立たない。

人の狡猾《こうかつ》さと猛獣の力を兼ね備えた化物なのだ。

戦闘経験のない女の細腕で勝ち目などあろうはずがない。

愛妻が妊娠している公爵には、メアリーの悲劇は他人事には思えず、見過ごすことはできなかった。

だから公爵はメアリー自身による討伐を諦めさせ、交換条件を提示した。

ジュオウダの魔犬使いは、足取りを摑んだら用意を整え、公爵が退治する。

その代わり、メアリーは乳母として、ヴィルヘルム公爵邸に入ってほしいと。

彼はメアリーの人柄に触れ、孤独な愛妻のよき話相手になってくれると見込んだのだ。

メアリーは最初渋ったが、もともと利発な女性だ。

それが仇討ちの一番の近道であると納得するのに、そう時間はかからなかった。

「お願いします。どうか、どうか……」

メアリーは公爵に頭を何度も何度も下げた。

かって魔犬使いを追い詰めた公爵に、泣きながら仇討ちを頼みこんだ。公爵は頷いた。

「悔しいだろうが、魔犬使い退治は、ぼくにまかせてほしい。妻のコーネリアと生まれてくる子供を頼むよ。フタリーチナヤ・フストリェー……？　……すまない」

「フタリーチナヤ・フストリェーチャです。いいんです。クロウカシス地方の女性名は長いですから」

名前を全部憶《おぼ》えきれず謝罪する公爵を、彼女はあわてて遮った。

「だから、その正式名とは別に、短い名前もあるんですよ。私もそうです」

彼女はほほえんだ。

「私はメアリーと申します。奥様とお子様の力になれるといいのですけれど」

そして、メアリーは、ヴィルヘルム領に向け旅立ったのだった。

❖

「ああっ！　それにしても！　まさか言葉を理解されてるなんて！　お嬢様は天才です！　私も鼻が高いです！」

感極まったメアリーは、私を天高く差し上げるようにし、くるくるとその場で回りだした。

頬は紅潮し、目が輝いている。

まあ、私個人の能力っていうか、一〇八回分の人生の記憶のせいなんだろうけどね。

ちょっと罪悪感……

「アーウーウー……」

あのお、ところでメアリーさんや。私、首がまだ据わってないんです……。

激しい運動は差し控えたいんですが……筋力不足で首ががくがくするぅ〜。

「お嬢様はきっと神様の申し子です！　神様からの贈り物です！」

「アーオーオー〜」

メアリー、落ちついて……私の首が落ちそうだから……。

このままじゃ、神様のところにすぐに返品されちゃうよ。

私は、どうどう、と両掌《りょうてのひら》を下に押し出し、メアリーをなだめるジェスチャーをした。

「ご、ごめんなさい！　私、つい興奮してしまって……！」

気づいたメアリーがあわてて中断し、私を抱き寄せながら謝罪する。

……ふうっ、着地成功！　我、無事帰還ニ成功セリ。私はびっと親指をたてた。

「驚いた。ほんとうに言葉がわかるのね……」

お母様がためらいがちに話しかけてきた。

「奥様!!　ごめんなさい！　私ったら奥様を差し置いて……！　申し訳ございません!!」

はっとなったメアリーが飛び上がるようにし、青くなって平謝りに謝る。

「……いいのよ。いつも、この子の面倒をみてくれているのは、メアリー、あなただもの。私に母親の資格なんてない……」

お母様は哀《かな》しげだった。声に覇気がない。弓矢を引き絞っていたときの溌剌《はつらつ》とした雰囲気が、しゅうんと翳《かげ》ってしまっていた。

「あの！　奥様！　差し出がましいようですが、貴族のお母様方は……」

あわてるメアリー。口を出さずにはいられなかったのだ。

それくらいお母様の落ち込みようは尋常ではなかった。

「わかっているわ。貴族の子育てが乳母まかせということくらい……でも、私の家は、メルヴィル家はそうじゃなかったの。お母様は私を自分の手で育ててくださったわ。お母様の手はあたたかかった。それが私には嬉しかった。自分が愛されてるって思えたから。だから、私は、自分も子供を授かったら、きっとそんなふうに愛してあげよう、ずっとそう思ってたの……なのに、私は……」

ぐらりと揺れたお母様の肘《ひじ》が、テーブルにたてかけてあった弓に当たった。

こんっと硬質な音をたて、弓は床に倒れたが、お母様は見ようともしなかった。

「私は……この子を、殺そうと……！」

「奥様……」

立ち上がり、テーブルに爪を食い込ませるお母様に、メアリーもかける言葉を失っていた。

「あのときのことも、この子は、きっと理解していたのでしょうね……」

俯《うつむ》いたまま、お母様は肩を震わせた。泣いていた。

「……この子がもう少し大きくなったら、たくさん愛情を注いで、あのときのことを償おうと思ってた。一生かけても償えばいいって思ってた。でも、違ってた。今、この子が言葉がわかっているって聞いて、私は怖かった！　だって、こんなことした母親を許してくれるわけないもの!!　忘れてなんてくれるわけないもの!!」

……あのお、お母様。

ごめんなさい、すっかり忘れてました……。

だって私、一〇八回も殺された経験を持つんですよ。未遂も含めたら、それこそ四桁ものですもの。昼に刺客に殺されかけて、夜の晩餐会《ばんさん》で毒を盛られるなんてざらでした。

再犯の恐れがあるならともかく、いちいち細かいこと気にしませんって。昨日毒殺をはかった人間が、今日は味方なんてパターンもありましたし、いつまでも恨むなんてやっていられません。

それにお母様の場合、シャイロック商会に麻薬漬けにされてらしたじゃないですか。

バイゴッドおじい夫婦にはいびられて、そのうえ妾《めかけ》のアンブロシーヌまでいらんこと言ってくるんですもの。お父様も妾宅に入り浸りで帰還せずだし、むしろ正気を保つほうが難しいですって。

あれは事故です！　そう！　不幸な事故！　お母様も被害者ですよ！

「アーアー、ウー、ウーアー、アーアー！」

私は力説した。神様、届けて！　この思い！

「ほら、この子も許さないって叫んでるわ……私がこの子を殺そうとしたとき、必死に泣き叫んでいたのと同じ声……私が何度も夢に見て飛び起きた声……！」

あれえええ!?　古傷のほうに思いが届いちゃった!?

どうも私が天にお願いすると、不本意な結果が返ってくるような……。

誤解ですよ、お母様！　私がお母様に殺されそうになったときの叫びは、

〝この試練に打ち勝って、ぐーたらライフを手に入れるんだ!!〟

という決意の雄叫《おたけ》びであって悲鳴ではないのです。

「こんな母親でごめんなさい……」

「アーウー……」

お母様は唇を真一文字に引き結んだまま、顔を強張らせ、じっと前を睨んだまま、黙りこくってしまった。完全に心を閉ざしてしまった。私にはよくわかる。こうなると、どんな説得も届かない。

……だって、私がそうなったときと同じ表情してるもの。

鏡で見た私のあの表情は、お母様譲りだったのか……。

私とメアリーは途方に暮れて顔を見合わせた。

「めんどくさいなぁ」

気まずい沈黙を破ったのはブラッドだった。

「オアアッ⁉」

出し抜けに私の身体が、ひょいっと持ち上げられた。

ブラッドはメアリーの腕から私を奪い取ると、

「抱っこしてあげて」とお母様の胸に私を押し付けた。

「え……」

目をぱちくりしているお母様に、さらに、ぐいっと私を突きつける。

「いいから‼」

まだためらうお母様に、語気を強めて、さらに私を押し付けるブラッド。

むぎゅっ!!　こら！　ブラッド!!　私はぬいぐるみか何かか!?　新生児をもっと労《いたわ》らんかあっ!!

「奥様!!　お嬢様を抱いてあげてください!!」

メアリーも強く訴えかける。

な、なんだ。この流れは……！

メアリーとブラッドが期待に満ちた目で私を見つめる。

な、なによ……その目つきは……わかったよ！　わかりましたよ！　やればいいんでしょ！

私は観念した。息を吸うと気合いを入れた。腹をくくる。

「……ア、アウアウアー!!」

両手を広げてえっ、お母様、大好きっ！　甘えさせてアピールっ!!

さあ、どうぞ!!　私なんかでよければ、煮るなり焼くなり、抱っこするなり、お好きなように!!

うう、は、恥ずかしいよぅ……顔から火が出るよ……。

意識があるってばれてるのに、こんなの拷問じゃないのよのさ……。

二十八歳の私が、「お母様抱っこー!!」とべたべた甘えている感覚といえば、おわかりいただけるだろうか。しかも人目にさらされながらだ！　なによ、この羞恥《しゅうち》プレイは!?

……一〇八回の前の人生で、私は生きているお母様に出会ったことはない。

当然、お母様にまともに抱っこされる経験もはじめてだ。

お母様が私を殺そうとした直後の抱き上げも、お母様が動揺さめやらず、なかば無意識だったし。

ごくっ……！　き、緊張する。唾《つば》がわく。背筋がぞわぞわするよ。

お母様の手がまだ迷って空を泳いでいる。

デコピンを直前でストップされてるみたいだ。は、早く……焦《じ》らさないで……！

皆にうながされ、ようやくおそるおそる、私の背中に手をまわし、引き寄せるお母様。

ぎこちない。腫れ物に触れるかのように、おっかなビックリだ。

「大丈夫だって!!　もっと手荒く扱っても、壊れやしないって!!」

「奥様!!　そこです!!　思いきって!!　こわがらないで!!」

なんだ、この二人の声援は。

私、まるで危険物扱いなんですけど……遺憾です……。

二人の勢いに後押しされるように、お母様が私を胸に抱きしめた。

メアリーの甘い匂《にお》いとは違う、懐かしい森林のような香り。

「で、どうよ？　……かわいいと思うかい？」

ブラッドがにやりとする。

ふん、どうせ猿みたいなのにとか言いたいんでしょ！

嘘でも女の子の容姿は褒めるのが礼儀でしょうが!!

「……かわいいわ」

「アオォ……」

あのお、お母様。世辞だとわかってると、ちょっと胸にズンとくるんですが……

「あの人と同じ、紅《あか》い瞳《ひとみ》と紅い髪ですもの。かわいくないわけない……！　あの人と私の子供だもの……でも、私は母親として許されないことを……私に母親の資格なんて……」

え、え、本当にかわいいって思ってくれてるの⁉

ちょっと、どうしよう。顔にやけちゃう。

あれ、私って、結構マザコン派？

お母様が悩んでるから、悪いって思うのに、頬の弛みがとめられないよ。

「あのさあ、資格資格ってさ。コーネリアさん。母親ってもんを理想化しすぎてない？」

苦悩するお母様を見て、ブラッドがため息をつく。

「オレの母上がさ。言ってたんだ。子供なんて、うるさくて、言うこときかなくて、思い通りになんてなったことがないって。赤ん坊なんて意思疎通ができない怪獣みたいなもんだって。こいつ、ぶん殴ってやるって何度か思ったらしい。自分は母親に向いてないんだって、悩まされてばっかりだったって。ははっ、ひでぇよな。……でも、ほら、オレもこうして無事に大きくなってるだろ」

うん‼　ちょっとリボンつけてスカート穿《は》いて、エプロンひっかけてるけどな！

親が見たら絶対泣くと思う。

「コーネリアさんが、チビスケを愛し守りたいと思う気持ちは本物だよ。血液の流れで考えを読めるオレの保証つき。一番大事なその気持ちを忘れなきゃ、そのうち嫌でもベテランの母親やってるさ」

ブラッドは朗らかに笑って続けた。

「一人では難しいかもしれない。でも、コーネリアさんは一人じゃない。そうだろ」

ブラッドの視線に気づき、メアリーがにっこりしてうなずく。

「及ばずながら、お嬢様の乳母として、私も精いっぱいサポートいたしますね」

「……ありがとう。私はまだ母親にふさわしいことを何一つ為していない。なにをすればいいかもわからない。でも……！」

お母様は私を片手で抱き上げた。ブラッドがうなずいて弓を拾い上げ、お母様に渡す。

「私はこの弓で、必ずあなたを守ってみせる。お父様が帰ってこられるその日まで、私の命にかえても。それが今の私にできるただ一つのこと。あなたに母と思ってほしいの。私に母親としてやり直すチャンスをちょうだい」

お母様はぎゅっと私を抱きしめた。

「あなたにいつか、私の手はあたたかかったと思い出してもらえるように……！」

「アアウー」

こ、こちらこそ、娘初体験ですが、よろしくお願いします。

あ、皆様に申し忘れました。

私が新生児なのに言葉を理解する件については、お母様は全然気にしてませんでした。

「あの人と同じ瞳をしているんだもの。不思議はありません」

の一言ですましてしまいました。私はちょっと呆れてしまった。

どんだけお父様に惚《ほ》れてるんだっていう話だよね。

こんなに一途なお母様を置き去りにして、お父様はいったいどこで何をしているのやら。

妾宅なんかに行ってたら、新生児パンチをお見舞いしてやるんだからね！

「……さて、と。チビスケも言葉が理解できるとわかったところで……」

ブラッドが、ぱあんっと胸元で左掌を右拳で打ち鳴らした。

「生き残るための、作戦会議をはじめようか。……この屋敷に立てこもるわけだけど。おまえのじいちゃんとばあちゃん、ほんとにろくでもねえ……コーネリアさんが病むわけだよ」

ブラッドのみならず、私たちみんなが一斉にため息をついた。

みんなの心がひとつになったよ！

ヴィルヘルム邸ははりぼての巨大な邸宅だ。

異様な数の煙突、無駄に多い小尖塔《せんとう》。武装したハリネズミみたいだ……。

前の家主のバイゴッド侯爵の人柄そのものの、刺々しい建物だ。

ハッタリと押しの強さの権化みたいだ。

ちなみに、煙突のほとんどはニセモノである。煙突つき暖炉がいっぱいあるんだって見栄張りたかったんだろうね。金持ちの証《あかし》だから。見せかけは煙突だけではない。部屋なしの開かずの扉が、屋敷のあまり主要でない箇所にはたくさんある。部屋がいっぱいあると見せかけているわけだ。

そしてサルーンにも応接間にもロングギャラリーにも、絵画がない！

引き剝《は》がした跡はあるけど……さらに天井のあちこちにも、なにかをもぎ取った形跡が……たぶん彫刻とか浮き彫りがあったんだろうな。

めぼしい調度品もなし！　食器ろくになし！　醸造装置もなし！　酒蔵は空っぽだ。

車庫はあるけど馬車はなし！　馬もいません。だから、執事も御者も馬丁もいない。というか必要ない。備え付けの衣類もなし。フットマン用の制服なんかもなしです。

最初は寝室の布団もシーツもカーテンまでもなかったとお母様に聞き、唖然《あぜん》とした。

ぜーんぶ根こそぎバイゴッド侯爵が持っていきました。

えぐすぎです……フラワーガーデンの花の株まで持ってったらしい。

本当は窓や芝生や立ち木まで、持っていきたかったんだろう。

確認してびっくりしたよ。怒涛《どとう》のないない尽くしだ。廃墟《はいきょ》の一歩手前だよ。

まるで略奪行為にさらされたあとだ。むごい……。

さらにしみ出した地下水により、本来使用人スペースの地階は水没し、使用不能となっている。

私の前の一〇八回の人生では、使用人もいっぱいいたし、こんなポンコツ邸じゃなかった。私の物心がつく前に、お父様がシャイロック商会から金をふんだくって大改修してたんだろう。

ここ、ほんとうに公爵邸!? 準男爵の屋敷とかのがよっぽど金持ちに思える!

よくもこんな不良物件、息子に押し付ける気になったな。

おまけに屋敷の外では、凄まじく領民の恨みを買っている。

庭の景観の邪魔だとかで、バイゴッド侯爵夫妻は、村ごと強制立ち退《の》きさせまくったらしい。

さらに容赦ない重税と強制労働まで……。

あまりにも地元の恨みを買いすぎて、息子であるお父様の代になっても、働き手がほとんどこない。

総スカンである。どんだけ領民怒らせたんだよ……。

領民と断絶している領地の屋敷なんて、従業員全員にそっぽを向かれている店主みたいなもんだ。

領地も売りまくって減りに減り、もう税収なんてほとんど望めない。

幸いヴィルヘルムの先々代、つまり私の曽祖父様は人格者だったので、当時の統治を覚えているお年寄りたちが数人、園丁とフットマンと雑用係を兼ねてくれている。制服なしの私服ですけど……。

門番も彼らの役目なので、屋敷の裏側の広大な庭園の入り口の門楼に住みこんでいる。

よぼよぼです……耳遠い。門番としての守り、大丈夫？

あとは通いの女性コックさんと厨房《ちゅうぼう》関係二人、
うち一人は逃亡中。彼は公爵夫人毒殺未遂の疑いが持たれている。

同じく通いの半世紀前の乙女のメイドさんが五人。

これもおじいちゃんたちと同じく、先々代の人徳を慕ってくれたおばあちゃんたち。

やはり私服……これも、よぼよぼ……。

お母様付きのレディーズメイドなんてとんでもない話だ。

ちなみにブラッドの着ているメイド服は、あまりに小さすぎて置いていかれた代物だ。

メアリーの服はお父様から渡された路銀で購入したらしい。

ハイドランジア王家は、公爵位だけお父様に与え、数々の手柄の褒賞金も未払いのままだ。公爵としての支給金さえも後払いの約束手形のままだそうな。あとでお母様に、積もり積もったおおよその額を聞いて仰天した。ハイドランジア王家が転覆しかねない金額だ。そりゃ、王女と結婚させてなあなあにしようと謀るはずだわ……。

ともあれ今の公爵邸は、金なし、兵なし、主なし、おそろしく厳しい状況。

まともな戦力はブラッドとお母様だけだ。

「……それでも、やるしかないか。メアリーさん、物置にモルタルの材料はあるかい？　そっか、じゃあ、アレが使えるかな……」

そしてブラッドを中心にし、私たちは額を突き合わせるようにし、作戦会議に入った。

あの作戦会議から三日たった。雨が降っている。激しい雨が。

おかしいな。さっきまで晴天だったはずなのに……にわか雨だろうか。

メアリー、たいへんだよ!!　干してる洗濯物取りこまないと、全部びしゃびしゃになっちゃう!!

そう叫ぼうとして、私は声をたてられないことに気づいた。頬が冷たい。これは……石？　私、どうして石なんかに顔を押し当ててるんだろう。メアリーの心尽くしのお日様の匂いのする布団はどこにいったの？　冷たい雨とあたたかいものが、私の頬で混じり合う。

私は雨に打たれながら、誰かの墓石にすがりついて慟哭《どうこく》していた。これは、今の私の置かれている状況ではない。これは「一〇八回」の記憶？　だが、私はあたりの様子を見て背筋が寒くなった。

こんな墓地、私は知らない。ぞっとする違和感を感じる。理由はすぐわかった。ここには真新しい墓標しかないからだ。古い墓がひとつもない。見渡す限りの削りたての白い石の群れ……いったいどれだけの人間がこの下に眠っているのか。しかも、刻まれた名前は、男性、女性入り交じっている。

少し小さめのものは子供の墓だ。無数の人間が時を同じくして死なない限り、こんなことにはならないはずだ。しんと胸が底冷えする。

……「一〇八回」では見たことがない光景だ。なのに、かつて自分が違う人生で間違いなく体験したことだと、不思議と理解できる。なんなの、これ……！　なんなのよ……!!

「一〇八回」の記憶を思い出すときと似た感覚……だけど違う……「一〇八回」の人生の終焉《しゅうえん》……五人の勇士に虐殺されたときの死に際のあの不快感を、もっともっと倍増させたような、なにかこれ以上触れてはいけない嫌な予感が止まらない……。

なのに、この記憶から目をそむけられない。強い感情が私を巻き込み同一化しようと渦巻く。

そうだ、これは私の父のお墓だ……私は父のお墓に抱きついて泣き崩れている。

「こんなところに、ひとりぼっちで父は葬られていたのですか……!!　かつてハイドランジアを救った英雄がこんな……！」

そう私は涙声で叫び、絶句していた。

父……私はお父様を、父という呼び方をしたことなどないはず……。

これはやはり「一〇八回」の私ではない私……だが、雪崩《なだ》れ込む記憶と感情に圧倒され、私は今の自分と彼女の区別がつかなくなった。

そうだ……長い長い間、私は父を誤解していた。だが、それが解けたときには、もうなにもかもが遅すぎたのだ。抱きしめてほしい相手はもうどこにもいなくなっていた。

嬉しい、自分がどんなに愛されていたかわかって。

悔しい、もらった愛を返すことがもう叶わないから。

父は生前なにも語ってはくれなかった。

それでも、私がもっと賢ければ、人の心がわかっていれば、その愛情に気づけたはずなのに。

私は今までなにを見ていたのだろう。父は人生すべてを擲《なげう》って、私を愛してくれたのに。

なのに私は、父の死を知ったとき、友人たちが殺されたときほどの哀しみさえ覚えなかった。表面だけを見て、冷たい親と思い込み、愛情の欠片《かけら》も抱けなかった。

幼稚な自分を殺してやりたかった。こんな愚かな私が、なにが……なにが！

私は何度も地面に拳《こぶし》を打ちつけた。どんなに痛みを与えても、心の悲痛がかき消せない。

胸が張り裂けそうに苦しい。

私に、あんな名前で、みんなに呼ばれる資格なんてない!!

私に父の真実を教えてくれたエセルリードが、上着を傘代わりに広げ、私を雨からかばうようにかけてくれた。自分が濡《ぬ》れるのも構わずに。伏せられた父の葬られた先を、苦心してつきとめてくれたのも彼だった。彼は跪《ひざまず》き、私の血まみれに傷ついた手を包むように握り、横にかぶりを振った。

彼は笑わない。昔、亡くなった恋人にそう誓ったから。

だから、私を勇気づける笑顔は浮かべない。その代わり、父の墓の前で後悔の涙を流す私の後ろに立ち、ずっと私を見守っていてくれたのだ。彼もまた涙を流していた。父は彼の盟友だった。

「……あなたのお父上は誰よりもあなたの幸せを祈っていました。だから、ご自分を傷つけるのはおやめなさい。それはお父上を傷つけるのと同じことだ。その烈《はげ》しいまでの誇り……あなたはお父上にそっくりだ。その紅い瞳も、赤髪も、あなたはお父上から、誰よりも一番多くのものを受け継いでおられる……」

雨音が激しさを増す中、私は座り込んだまま、父の墓石に額を押し当てた。

「……父は、お父様は、私を愛してくれていたと思いますか……」

私の問いにエセルリードが頷く。

「世界中の誰よりも。あなたを死ぬ前にもう一度抱きしめたい、それだけが公爵の願いでした」

そして彼は、父がどれだけ私を思い、いろいろなことをしてきたか語ってくれた。雨が私たちの涙を包み隠す。彼が話しかけ、私は泣きながら、それに頷き続けた。父の墓石に頬を押し当てた。ほとんど口にしたことがない父の名を何度も呼んだ。呼ぶたびに涙があふれ出た。

「……お父様……お父様……お父様……!!」

雨はやまない。私たちの悲しみに関係なく、強く降り続ける。

エセルリードは切れ間のない雨空を見上げた。

「……今はお泣きなさい。けれど、前が見えるくらい涙が減ったなら、泣きながらでも歩き出してください。それが生き残った人間の義務だ。……生きなさい。どんなにつらくても。亡くなった人たちの想いを無駄にしてはいけない。俺のような人間でさえ、そうやってぶざまに今日まで生きてきました」

最愛の恋人を亡くした彼の言葉は静かだが重かった。

……………………

「……アウッ……ウッ……ウッ……」

嗚咽《おえつ》が止まらない。この「私」の記憶はきつすぎる。のぞきこめばのぞきこむほど、救えない結末が次々に見えてくる。そんな気がする。正直もう見たくない。なのに、忘れちゃいけない、思い出さなきゃいけない。そう本能が叫ぶ。

それが「彼女」への唯一の対抗手段なのだから……と。

相反する思いがぶつかり合い、私は喉《のど》を詰まらせ、身悶《みもだ》えした。

「ウオオアウウウ……！」

「ちょっと危ないことしてるからな。外にはしばらく出ないでくれよな。……ってチビスケ、おまえ大丈夫か？　すげえうなされてるぞ。血の流れに異常はないみたいだけど」

心配そうなブラッドに頬をつんつん突《つつ》かれ、私は現実に戻った。生々しくあふれでていた記憶と感情が嘘のように色褪《あ》せ、遠い出来事のようにおぼろになり、すぐに消え去った。いれかわりに、私の今置かれている状況がバネのはじける勢いでよみがえる。

不覚にも私は、メアリーにおむつを替えてもらっている最中に寝おちしていた。ブラッドが子供部屋に入ってきたのさえ気づかないままに。私は無防備の大股《おおまた》開きの下半身を、あますところなくブラッドの目の前にさらしてしまっていた。遠慮のない視線に私は悲鳴をあげた。

それなのに奴ときたら非礼を詫びるどころか、「うんち、そろそろ硬くなってきたか？　早く固形物食べられるぐらい大きくなるといいな」と真正面からのぞきこんだうえ、そうぬかしたのだ。

そんなに早く成長するわけあるか‼ っていうか、乙女の柔肌《やわはだ》を目撃した感想がそれか‼

「……フゥッ!!　フオオッ!!」

怒れる猫のような私の威嚇に、ブラッドは手をひらひらさせながら、部屋を出ていった。

彼奴《きやつ》め。我が剣幕に恐れをなしたと見えるわ。

「お嬢様、ちょっと失礼しますね」「ナアッ!?」

腕組みをして腰高にふんぞり返った私は、メアリーに両足首を持たれ、お尻《しり》をぐいっと持ち上げられて、子猫のような悲鳴をあげた。

「ねえ、お嬢様、ブラッドはからかいに来たんじゃなく、お嬢様が心配で、何度も安全確認しに来てくれてるんですよ。聡明《そうめい》なお嬢様はおわかりでしょう。ほら、花まで」

たしかに。あいつに悪気がないことは、わかってるんだよ。でもね……。

私はブラッドがさりげなくベビーバスケットの網目に差していった黄色い可憐《かれん》な花を一瞥《いちべつ》し、ため息をついた。色紙を丁寧に丸めたようなかわいらしい花だ。でもね、よく見ると、小さな羽虫がわさわさ中から這《は》い出してきている。気の弱い令嬢だと悲鳴をあげると思うよ。この花、中によく虫が入り込んでるんだよ。野性児のブラッドは気にせず、摘んできたのだろうけど。ちなみに花の名前はタマキンバイ。まったく乙女へのプレゼントには微妙なチョイスだ。

「……アウアアウ……」

「はい、終わりましたよ。……お嬢様、ブラッドにお礼を言いに行きたいんですか？　ですが、ブラッドからしばらく出てこないでほしいと……」

違うよ！　ブラッドのアホさ加減に呆れてたんだよ。

まあ、いいか！　ブラッドの奴がこそこそ何してるのか、こっちから確かめに行ってやる。

あいつ、何かよからぬことをやってるに違いない。ブラッドの弱みゲットだぜ！

ということでブラッド見学ツアーに出発‼

……ちょっと心配だしさ。あいつ、すぐ無理するから。

そして、むちゃするときは、決まってそれを隠そうとするんだ。

お姉さんの目は誤魔化せませんよ！

「アウアー‼」

身を乗り出し行き先を主張する私に、メアリーは
「しかたありませんね。こっそり、ちょっとだけですよ」

困った顔で念押しすると、私を抱え、ブラッドを追って歩き出した。

二階の子供部屋から廊下に出て、Yの字になった豪奢な正階段を下りると、吹き抜けのサルーンに繋がっている。窓の向こうに庭園が見える。アホのブラッドが溺《おぼ》れかけた池を中景に据えた景観だ。

この池は人工物ではなく、もともとあったものに手を加えたので、小船で遊覧できるぐらい広い。

今でこそ人手不足で荒れ果てた庭園だが、巧妙に配置された丘や道や植え込みなど、かつては、まるで一枚の絵画のように美しかったはずだ。どんだけ金かけたんだろ。中景に水って、ロマリア憧憬派の絵画の再現だよね、これ。

本来この公爵邸を訪れた客人は、豪華な玄関ホールで息をのみ、期待に満ちて階段室を上り、目の前に開ける素晴らしいサルーンとその向こうの窓から差し込む名画のような景色の美しさに、賞賛の

ため息をついたことだろう。

今……サルーンのめぼしい装飾は引き剝がされてます。剝がし跡が切ないです。

絵画、一枚もありません。調度品、素寒貧《すかんぴん》です。使用人が使うような椅子《いす》やテーブルがちらほら。

左右のバランスが悪く、タチの悪い揺りかごのようにガタガタ落ち着きません。

庭園、芝や生垣が伸び放題のワイルドな光景です！　古代ロマリア文明憧憬どころか、原始時代にでも誘いたいのでしょうか。

こんな屋敷訪問したら、どんな辛抱強い貴族だって、嫌がらせかと、落胆のため息をつくよ！

前の一〇八回の人生では、我が家は、とても裕福だったんだけどな。シャイロック商会が資金源だったんだろうけど……。お父様は自宅にほとんど寄りつきこそしなかったけど、たくさんの使用人が常に忙しく立ち働いていた。

「あ、ブラッドですよ」

テラスから少し離れた立ち木のあたりに、ブラッドのメイド服のスカートがちらちら動いていた。

私たちはこっそりサルーンの脇《わき》の出口からテラスに降り立った。

ブラッドに気づかれぬよう、抜き足、差し足、忍び足……

いや、私はメアリーに抱きかかえられてるだけなんだけどさ。

……でも、のぞき見って楽しい！

「……秘密任務みたいで、どきどきしますね、お嬢様」

メアリーもノリノリである。

そういやすっかり忘れてたけど、メアリーもポンコツ要素があるんだった。

「なにやってんだ!? 二人とも!! 来るなと言ったろ!!」

集中のあまり今まで私たちに気づいていなかったブラッドが、顔をあげ、きょとんとし、それから怒鳴った。血相が変わっていた。見たこともないほど怖い顔だった。

「部屋に！ 間に合わない！ くそっ！」

ブラッドの姿が霞《かす》んだ。いや、あまりの俊足のため、そう錯覚したのだ。

「舌噛むなよっ!!」

「アウアッ!?」

「きゃあっ!?」

彼は一足飛びに私たちの元に到達し、私たちを引っ摑むと、建物の中に飛び込んだ。

つむじ風に巻きこまれた気がした。

油がはぜるような異音が轟《とどろ》いた。メアリーの肩越しに、私は見た。

さっきまでブラッドがいたあたりで、人をのみこむ大きさの火柱が立った。

火花をまとわりつかせながら、噴水のように立ち上る輝き。

輻射熱《ふくしゃねつ》で火柱から離れた梢の葉が発火して燃え上がった。

ばちばちとはじけながら生木の幹が焼け焦げていく。

間一髪だった。ブラッドに引きずり込まれなければ、私とメアリーは熱風に巻き込まれていた。

撒《ま》き散らされた火の粉が、鉄の手すりに命中し、じゅんっと穴を穿《うが》った。

ぞっとした。普通の火ではありえない現象だ。

だが、私はこの炎をよく知っていた。女王時代に何度も目撃したからだ。

……ロマリアの焔《ほむら》……!!

よみがえった前の一〇八回の人生の記憶に、私は戦慄した。

〈治外の民〉の秘中の秘の爆発物。

少量の砂に似た代物だが、一度燃え出すと、鉄をも溶かす炎を噴出する。

鉄礬土《てつばんど》と砂鉄、あるいは孔雀石《くじゃくいし》を材料に作り出されるそれは、軍艦おとしと怖れられた。

ロマリア文明の錬金術師の生き残りが、〈治外の民〉の里に逃げ込み、継承された驚異の技術だ。

各国は躍起になって再現しようとしたが、どの国も成功の糸口すら掴めなかった代物だ。

かつてロマリアはその炎を兵器として使用し、あまたの船と船乗りたちを焼き尽くした。

水をかけると爆発し、どんな強靭《きょうじん》な布をかぶせても、紙のように燃やしとばす。

消火しようがない、まさに地獄の炎だった。

その恐怖の記憶は、ロマリアが滅びさったあとも語り継がれた。

軍艦の船団がなす術なく燃えるさまは、岸から見ると火群《ほむら》に見えた。

この兵器がロマリアの焔といわれる由縁だ。

〈治外の民〉は自決用にそれを使用した。追い詰められると、ロマリアの焔で周囲を巻き込んで、自爆するのだ。私の女王親衛隊の重装兵が、何人も……巻き添えで焼き殺された。分厚い鎧《よろい》がものの役に立たなかった。かわいそうだった。高熱により、煮えたぎるまっかな鉄に変わり、中身の肌と肉を焦がすのだ。どんな屈強な人間も生きていられるわけがない。

「……怪我《けが》はないか！　二人とも！」

飛び起きたブラッドが血相を変えて問いかける。

呆然《ぼうぜん》として身を起こしたメアリーが、こくこくとうなずき、あっと小さく声をあげた。

「ブラッド、燃えてる……」

「わっ⁉」

ブラッドはスカートからあがる一筋の白煙にうろたえ、あわてて手で叩《たた》いて、火元を消火した。

スカートの真ん中あたりに、前後を貫く焦げた小指大の穴があいていた。

ロマリアの焔の火の粉が突き抜けたあとだ。

「アウアアア……！」

私はがたがた震えていた。視界がにじんだ。

まさか本当にロマリアの焔を使う気だったなんて。

ロマリアの焔は、〈治外の民〉の門外不出の秘術だ。

自決するときのみ使用を許可される。

禁を破れば、万が一生き残っても、〈治外の民〉すべてを敵にまわすことになる。

たとえ長《おさ》の息子のブラッドでも例外ではない。

ブラッドは出会ったばかりの私たちのために、すべてをかなぐり捨てる覚悟までしてくれていた。

「なんて顔してんだ、チビスケ。泣くな泣くな。怖がらせて悪かったな」

にっかりと笑い、私の顔をのぞきこむブラッド。

違うよ……

私は怖くて涙を浮かべてるんじゃないの。

私は両手を差し出して、ブラッドの髪を引っ摑んだ。

引っ張って泣いた。言葉が喋《しゃべ》れないのがもどかしい。

ねえ、私とあんたは出会って二週間もたってないけど、前の一〇八回の人生で、何度もあんたとは会話したの。あんたがどういう人間か、私は見てきたの。敵としてだけれど、あんたの人となりは、本当によく知っているのよ。

自分を犠牲にしようとするとき、それを悟られまいと飄然《ひょうぜん》と振る舞うってことも。

優しすぎるのよ、あんたは！

他の四人の勇士が勇み足で危機に陥ったときも、必ず自分に敵をひきつけ、皆を逃がそうとしてた。

いつも一人距離を置いて、ひよこたちの世話なんてご免蒙《こうむ》るって、ため息ついてたのに。

今度も一人でなにもかも背負う気でいるんでしょう。

信条を曲げて残酷な手段を使ってまでも、私たちを守ろうとして。

私は泣きながら、ブラッドの髪をむちゃくちゃにかき混ぜた。

ブラッドは、心臓止めの存在を明るみに出すことで、自分が〈治外の民〉の宗家の者だと、シャイロック商会に暗に脅しをかけてくれた。にもかかわらず、襲撃を諦めない相手は二種類しかいない。

その強さが理解できない愚者か、その強さを知っても怖れない実力者だ。

「……オレの考えを読んだのか。ほんとに何者だよ。おまえは……」

ブラッドは驚いた表情を浮かべ、そして真剣なまなざしになった。

「隠すのは無理か。……悪い予感がする。シャイロックの沈黙が長すぎる。次に現れる敵は、たぶんオレよりも強い。この手の予感ははずれたことがないんだ」

ブラッドの予測はたぶん正しい。

お父様が私の誕生に気づく前に、シャイロックはなんとしても決着をつけようとするはずだ。追い詰められているのは、あちらも同様なのだ。それが間際までなんの手も打ってこないのは、次の一手に絶対の自信があるからだ。

この屋敷の周辺はシャイロック商会の監視下に置かれているとブラッドが確認ずみだ。お父様に手紙を出しても握り潰されるだろう。今まで返事がまったくないことがそれを証明している。外部からの助力は望めない。ブラッドが直接伝令として動けば包囲網も突破できるが、彼がここから離脱すれば、それこそ敵の思う壺《つぼ》だ。結局、今ある戦力で相手を迎え撃つしかない。

だから、ブラッドは最悪の場合を想定している。

いざとなれば自爆してでも敵と刺し違えるつもりだ。

「だけど、俺は負けない。だから心配そうな顔をするな」

自爆覚悟で倒すって言うの⁉　ふざけないでよ！　私はかっとなった。

なんで、こんな大事なときなのに、私は非力な赤ん坊なの⁉

せめて成人した私だったら、自分の身くらい自分で守れるのに‼

どうして私は、いつも肝心なときに!! せめて言葉が喋れたら!!

私はブラッドの髪をもみくちゃにしながら泣いた。非力が悔しい……!

「……おまえは赤ん坊なんだから、守られるべき存在なんだ。それが役目なんだ。だから泣くな。いつも猿みたいだなんて言ってるけどさ。実際は、おまえは美人で優しい姫さんになると思うよ」

泣きじゃくる私の手を優しく髪からはずすと、ブラッドは自分の頭のリボンをほどいた。

私のサイズに合わせ、器用に折りたたみ、そっと私の頭にリボンを巻き、形を整える。

「保障する。オレはこの手の予感もはずれたことはないんだ」

優しかった。いつも私をからかっている彼とは別人のようだった。

いや、これが彼の本質だ。

そして、私の手をとると、片膝《かたひざ》をついて、手の甲にくちづけした。

顔をあげ、にやりと不敵に笑う。成人したブラッドの頼りがいのある貌《かお》が重なる。

「……それに姫のために戦うのは、男の本懐ってやつだろ。おまえはただ、騎士に与えるように、オレに祝福をくれればいい。誓おう。ロマリアの焔での自爆は、オレが殺されかけるときまで使わない。オレはオレだけの力で、限界まで戦い抜いてみせる」

ブラッドは悪戯《いたずら》っぽく片目をつぶった。

「……お嬢様」

とメアリーが優しくうながす。

私は涙を拭《ぬぐ》い、うなずいた。

「アウアウアー、アウウアー、オアアー、アウウウー……」

あなたの忠誠、確かに受け取りました。

その高潔な魂と生き様に、神のご加護のあらんことを。

私たちの未来を、あなたに託します。

……女王時代を思い出してやってみたけど……。
ア、アーウー語じゃ、いまいち決まらない！　ちゃんと伝わってるの？　これ。
「……託された。まかせろ」

伝わってたよ‼

ブラッドが立ち上がる。逆光の中で見上げる彼は、とても大きく頼もしく見えた。

十歳の少年でなく、大人の彼が、陽だまりの中で笑いかけてきた気がした。

……シルエットがスカートのメイド服姿なのが、玉に瑕《きず》だけど。

「……それにオレだって、勝算がないわけじゃない」

ブラッドは力強く言い放った。

なだめるためだけのその場かぎりの言葉ではない。

目と語尾に確信の熱があった。そして、付け加えた。

「おまえのお母さん、コーネリアさんは、おまえが思っているより、ずっと強い。シャイロックの連中はそのことを知らない。そこが勝機だ」

とにやりとした。

私とメアリーは、思わず顔を見合わせた。

お母様の弓矢の腕前はよく知っている。

それでも、〈治外の民〉の長の息子で突出した戦闘能力のブラッドに、そうまで言わせるほどとは、にわかには信じがたい。

……だが、ブラッドの言うとおりだった。

単なる弓矢の達人としてしかお母様を認識していなかった私は、このあとお母様を訪ね、ブラッドの見解が正しかったことを思い知らされ、驚愕《きょうがく》するのだった。

◆

その頃、オランジュ商会のブランシュ号は、ハイドランジア沖に到達していた。

ヴィルヘルム領に最短距離である港を目指し、海上を突き進む。

ブランシュ号の前方に、見慣れた景色が近づきつつあった。

ヴェルヘルム領の飛び地である山脈の威容が、空の果てに浮かぶ。

空に下部が溶け込んだ蒼い山肌、その頂のふちは初夏にもかかわらず、白雪に微《かす》かに覆われている。

ブランシュ号の驚異的な船足は、沿岸近くになり、風が乱れ吹き荒《すさ》んでも、まったく衰えなかった。

乱流を読みきり、航海長が指示をとばす。

「右舷！　吹き返しくるぞ！　ヤード転回!!　お嬢の白帆《ドレス》の裾を破るなよ!!」

「へい!!　人使いの荒いこって」

「無茶苦茶だ！　こりゃ、あとで縫帆職人の連中にどやされるぞ」

水夫たちは文句を言いながらも、愉しげに動索にとりつく。

マストのヤードが巧みに回転し、的確に帆風をはらみ続ける。本来なら帆を絞る強風の中、帆の強度いっぱいまで風をとらえ、船速を最優先しているのだ。

ロープが激しく動く。滑車が軋む。帆をあやつる水夫たちの筋肉が盛り上がる。

その船を追うように飛来する、海鳥とは違う鳥影があった。

鳩《はと》だ。その足首には、丸めた文書の入った小さな筒がくくりつけられている。

迷うことなく、ブランシュ号の甲板めがけて降下していく。

わかる者にはわかる、驚愕の光景だった。

移動鳩。伝書鳩の上位の存在。

固定された鳩舎《きゅうしゃ》でなく、移動する鳩舎に鳩を帰巣させる驚異の技。それをオランジュ商会は擁していた。だからこそブランシュ号を本拠地にしながら、各地の情報をつぶさに知ることが可能なのだ。

「会頭!!　陸の奴らの知らせでさ」

手紙を振り回しながら航海長が甲板を走ってきたとき、目的の港はもう目前だった。

たたまれた文書を広げたオランジュ商会の会頭、セラフィが表情を曇らせる。

潮風に髪をなびかせるがままに瞑目《めいもく》し、天を仰ぐ。

「……エセルリードさんからの知らせです。マリーさんが殺されたそうです」

聞き耳を立てていた航海長が驚いて駆け寄ってくる。

手紙をのぞきこみ、顔見知りの訃報に、髪の毛を逆立てるようにして唸《うな》る。

「刺し殺されただって⁉ ひでぇことしやがる。マリーの嬢ちゃんは、間違っても人の恨みを買う人間じゃねぇ。会頭、これは……‼」

「シャイロック商会の差し金だね。やり口から見て、デクスターとアンブロシーヌの仕業だろう。なんてことを……」

セラフィは唇を噛んだ。手紙を持った手が震えていた。

紙についた血痕から、彼はエセルリードの悲痛を読み取った。

「エセルリード？ シャイロック家の次男のか」

シャイロック家らしからぬ善人の三子の顔を、公爵は思い浮かべた。

セラフィがうなずく。顔色が悪かった。

「エセルリードさんとマリーさんとは将来を誓い合った仲でした。ほんとに仲睦《むつ》まじくて……」

そのとき横波で船が揺らいだ。

小柄なセラフィがよろめき、手すりにぶつかりそうになる。

公爵とセラフィが出会ってから、はじめて見せる失態だった。

「……大丈夫か」

「す、すみません」

間一髪で公爵に肩を支えられ、セラフィが礼を言う。

ぶざまを見せた羞恥で耳までまっかになっている。

「お亡くなりになった会頭の母上も、マリーってお名前だったんでさあ。だから、会頭にとって、二人の幸せは他人事とは思えなかったんだ」

航海長がセラフィの動揺のわけを明かす。

「そうか……」

と公爵はため息をついた。

「シャイロックを潰す理由が、一つ増えたな。この一件に決着をつけたら、奴らただではすまさん」

と暗い炎を宿したまなざしで、はるか公爵邸のほうを睨む。

「ぼくの到着までに、コーネリアの身になにかあってみろ。首謀者どもを生きたまま切り刻んでやる」

ようやく船酔いから歩けるまで回復した従者のバーナードが、心配げに公爵を見る。

なにか言いかけて口をつむぐ。公爵の怒りはただごとでなかった。オランジュ商会の皆にはわからなくても、噴火直前のようなおそろしさを、公爵を見慣れた彼は感じていた。アンブロシーヌを目にした途端、一刀のもとに斬り捨てかねない。平静を装っているが、はらわたが煮えくりかえっているのだ。それは公爵が王家に対してとった手段にもあらわれていた。

「それにしても思い切った手を打たれました。まさかハイドランジア王家を強請《ゆす》るなんて」

冷静さを取り戻したセラフィが感嘆の言葉を口にする。

バーナードが視線を落とす。彼の懸念はそこだった。

公爵は夫人の保護のために、王家最強の親衛隊を動かすよう、ハイドランジア王家に要請したのだ。

もちろんなまじのことで王家が動くわけがない。公爵がオランジュ商会の移動鳩に託した手紙には、この要請を断った場合、公爵が他国に亡命するとしたためてあった。そして、要請を受け入れた場合の見返りについてもだ。

バーナードは恨めしげに移動鳩を見た。まさか船と陸を自由に行き来する連絡鳩がいようとは。

「ははっ！　まったくでさあ！　あれにはしびれましたぜ！　なにせ莫大な未払いの報奨金の権利の破棄だ！」

手を打って航海長が賞賛する。

水夫たちの何人かが同意し、甲板を走り回る仕事の合間をぬって、ガッツポーズをとる。

賭け事好きであり、潔い生き方をよしとする船乗りたちにとって、公爵の行動は敬意をはらうに値するものだった。

公爵が脅しの武器《ネタ》にしたのは、ハイドランジア王家が抱える、公爵への未払い金だった。

彼が今まで立てた功績の報奨金は巨額すぎ、王家の財源ではとても賄えない。王家にとってその報奨金は頭痛のタネだった。最高位の公爵の爵位授与は、苦し紛れの選択だったのだ。いつか国庫に余剰金ができたとき、ふさわしい額を支払う約束手形のようなものだ。

「支払われる予定もない報奨金など、なんの価値もない。コーネリアの安全が第一だ」

公爵は事もなげに吐き捨てたが、もちろんそうでないことを、この場の全員が知っていた。

未払いの報奨金は、王家の喉元に刺さった骨であり、引け目だった。

公爵の王家に対する影響力の源だったのだ。

公爵は愛する妻の安全のために、その権利を放棄した。

もし王家親衛隊を動かすなら、支払金の受取権利を破棄する。

逆に断ったなら、他国に亡命し、受取権利を盾に取り、王国に攻め込む口実とする。

それが手紙の内容だった。

バーナードの表情が曇るのも当然だった。

どっちに転んでも、ハイドランジア王家に喧嘩《けんか》を売る文書内容だ。正気の沙汰《さた》ではない。

「ジュオウダの魔犬使いが暗躍しているならば、ハイドランジアでかろうじて歯が立つのは、王家親衛隊しかいないからな。じいたちが命を懸けて教えてくれた情報だ。あの勇敢な古強者たちがただでやられるわけがない。このブランシュ号にぼくが乗れたのも、きっと彼らの導きだ。無駄にはしない」

公爵は、子供の頃の呼び方で、亡くなったハイドランジアの三戦士を称え、その死を悼み、胸に手をあてた。血縁のバーナードもまた沈痛な面持ちで、同じ所作をした。

王家親衛隊は万が一のときの保険だ。

自分が港から馬をどれだけ駆っても、公爵邸までは半日を要する。

その時間の穴埋めのために、公爵はハイドランジア王家を脅したのだった。

王本人は利に聡《さと》い。すでに親衛隊は、公爵邸に向けて動いているはずだ。

「愛する女のためにすべてを投げ出す。いいですぜ、その生き方。海の神様もきっと追い風をくださる。そして、もちろん俺たちも力になりますぜ」

航海長が歯をむきだして笑い、セラフィがうなずく。

「ボクたちも魔犬への対抗手段は考えてきたのです。きっと力になれるでしょう。公爵、あなた用の鞍《くら》と胸当てと武器を、馬と共に用意してあります。かって魔犬たちを追い詰めた人馬一体の妙技、思う存分発揮してください」

セラフィの言葉に、公爵だけでなく従者のバーナードも驚きの目を見張った。

その口ぶりから、公爵の事情にセラフィが精通していると知ったのだ。

「驚いたな。ぼくの戦い方まで把握しているのか。君たちを敵にまわしたくはないな」

「それはこちらも同様です」

公爵とセラフィは笑い合い、どちらからともなく手を伸ばし、握手を交わした。

ブランシュ号は港湾に入った。

マストをおろして係船している船の横を通り過ぎていく。

水夫たちが、錨綱《いかりづな》が正しくほぐれるかどうか確認するため、綱の格納庫をのぞきに行く。

港の石垣や荷揚げ用の小船がはっきりわかるほど近づくと、セラフィの言葉通り、数頭の馬が倉庫前に待機しているのが見えてきた。

荷車や樽《たる》や大袋が雑然と点在する中、ぴしりと整列した馬たちはとても目立った。

特に目をひくのが真ん中にいる立派な白馬だ。目を凝らした公爵が驚く。

「……あれは!?」

セラフィが会心の微笑を浮かべる。

「この遠目で気づくとはさすがです。そうです。かってのあなたの愛馬の子供です。従順かつ勇敢ですよ。お気に召しましたか」

「百万の味方を得た思いだ」

公爵は笑った。

心の通う名馬があってこそ、彼は真の力を発揮できる。

剣呑《けんのん》な喜悦に紅目が輝く。身体が倍になったかのように威圧感をはらむ。

セラフィが目を細め、航海長が口笛を吹いた。

「こういうのを血湧《わ》き、肉躍るというのだろうな」

愛馬と共に駆け抜けた戦場のにおいを、公爵は思い出していた。

かって一騎当千と敵味方に称えられた鬼神が、武器を得てよみがえった。

「おお……!!」

思い悩んでいたバーナードから迷いが消し飛んだ。

「御身の前に敵はおりますまい」

感激に身を震わせ、恭順の片膝をつき、頭《こうべ》を垂れる。

公爵はうなずき、疾走する風雲を見上げた。

その果てには、愛する妻が彼を待つ。

待っていてくれ、コーネリア。

あらゆる敵を蹴散らして、ぼくは今、君のもとへと馳《は》せ参じる。

だから、それまで無事でいてくれ。

公爵は願いをこめ、拳を強く握り締めた。

これは、公爵が密命を帯びて旅立ったその夜、今より二カ月前に起きた出来事……。

……………


その三人の老戦士は、まるで三つ子のようにそっくりだった。

日がすっかり落ちた街道には、人っ子ひとりいない。

だが夜目がきく彼らは、灯《あか》りも持たず、悠然と歩みを進める。

かってこの地を支配したロマリア文明の築いた道は、あまたの行き来する人々と幾年の風雪にさらされても、なおもしぶとく健在だ。この老人たちと同じだった。

「夜風が気持ちいいのう」

「まったくじゃ。どうじゃい。家で迎え酒など」

「やめとけい。おまえたちと家飲みなどすると、夜が明けるわい」

老戦士たちは、その半生を戦場で過ごしてきた。

祝い事に酒、仲直りの証に酒、哀悼に酒、彼らはなにかというとすぐ酒を飲む。

酒で憂さをはらし、血と鉄と怒号に満ちた戦場を故郷とする。

それがこの老戦士たちの生き方だった。

背はそれほど高くないが、碁盤のようにがっしりした体軀《たいく》が、長い外套ごしにさえわかる。はちきれんばかりの質量が、上背《うわぜい》以上に彼らを大きく見せていた。クズリのように抜け目なく手強《てごわ》い印象だ。それでも風格があるのは、生き抜いた歳月によるものか。

ぶ厚い布地の外套は、頑丈なブーツの足首近くまであった。外套というより、マントの形状に近い。まるで、てるてる坊主のような格好だが、切れ目があり、手足の出し入れは自由なのだった。見る人が見れば、外套には、雨よけの油が丹念に塗り込まれているのに、気づくだろう。戦場では野外で就寝することも多い。彼らはこの外套にくるまって眠る。

外套は寝床であり、服であり、防具なのだ。それを平時でも愛用するほどの、生粋《きっすい》の戦士たちだった。

老戦士たちは、蓬髪《ほうはつ》を無造作に後ろで束ね、顔の下半分はこわい髭《ひげ》で覆われている。並んでいると同じ顔にしか見えない。

ただ幸いなことに、三人の髭と髪の色は、それぞれ黒と、茶と、白の見事な三色であり、誰が誰かはっきり区別がつくのだった。

老戦士たちは、ほろ酔いで上機嫌だった。

「いやあ、久しぶりに少し酔ってしまったのう」

黒髭のボビーが、ごうっとふいごのような息を吐く。

けれど足元はいささかもふらついていない。

この三人をほろ酔いにするために、酒場は酒樽を一つ空けるはめになった。

化物じみたウワバミじいさんたちであった。

「若殿から、奥方様を託されたぞ。手をとって、わしを頼ってくださったのじゃ」

と茶髭のビルが嬉しそうにうなずく。

思い出したのか、感極まって、目に涙を浮かべる。

「若殿が頼ったのは、おまえではない。わしをよ」

黒髭のボビーが聞きとがめ、ぐるりと振り返る。

「なにを抜かすぞ。この老いぼれが。耄碌《もうろく》め」

茶髭のビルが歯をむいて笑い、黒髭のボビーが顔色を変えた。

「老いぼれ耄碌とは、よう言うた。わしが老いぼれかどうか、その身で確かめい！」

黒髭が摑みかからんばかりの勢いで詰め寄る。

「おう！　言うたぞ！　やれるものなら、やってみい！　返り討ちにしてくれようぞ！」

一触即発の雰囲気でいがみ合い出した黒髭と茶髭に、黙って見ていた白髭がため息をつく。

「やめんか。若殿は、我ら三人を見込んだからこそ、大事な奥方様を託されたのだ。若殿の信頼は裏切れぬ。我ら一丸となり、奥方様を守りぬくべし。仲違《たが》いなどするでない。ハイドランジア三戦士の名がすたるぞ」

リーダー格の白髭のブライアンに取りなされ、黒髭と茶髭が、顔を見合わせ相好を崩す。

「まったくその通りよ。三戦士の名にかけて」

「我らが力を合わせる限り、どんな敵にも、遅れはとらぬぞ」

ばんばんとお互いの肩を叩き合い、がははと笑う。

長い間、共に戦場を生き抜いた戦友だ。三人の強さは横並びであり、それゆえに我が事のように互いの言動が理解できる。口喧嘩するのは遠慮不要の竹馬の友だからだ。なんだかんだで気心が合う間柄なのだった。

三戦士が若殿と慕うのは、ヴィルヘルム公爵。

紅の公爵と呼ばれるスカーレットの父親だ。

そして彼らは、ハイドランジアの三戦士の異名をとる、歴戦の古強者たちであった。

黒髭のボビー、茶髭のビル、白髭のブライアン。

王家親衛隊を長年務め上げた三人は、ヴィルヘルム領の出身者だ。もともとは人格者で知られた「先々代」のヴィルヘルム卿の部下であった。その縁で、三戦士は、かつての彼らの主君の孫の、紅の公爵と、軍事行動を共にすることが多かった。

公爵に惚れこんでいる彼らは、王家親衛隊の中核でありながら、いつの間にか公爵の直属部下のような立ち位置に、ちゃっかりとおさまっていたのである。十年前の魔犬討伐といい、それで抜群の戦果をあげるため、王家も苦笑いして黙認せざるをえなかった。

その三戦士も今は引退し、悠々自適の生活を送っている。

とはいえ、引退を申し出た理由が、「王家親衛隊の隊長に、一騎打ちで負けるようになった」なのだから、その実力はまだまだ健在だった。王家親衛隊はハイドランジアの最強部隊だ。中でも親衛隊長の実力は傑出していて、副隊長以下では歯が立たない。

その隊長とやり合い、三本のうち一本は奪取するのだから、彼ら三老人の引退を聞いた王家はあわてふためいた。王家の手駒の最強と渡り合う戦士たちが、三人揃って、公爵のもとに走ってはたまったものではない。引き止めたが、頑固な彼らは首を縦に振らない。

結局、王家は渋々と引退を了承したが、三人がヴィルヘルム公爵の家臣になることだけは、断固として拒否し続けた。公爵の屋敷の敷地内に立ち入ることも禁止された。

ボビー、ビル、ブライアンは憤慨しつつも王家の決定に従った。

紅の公爵は、王命で領地を留守にしがちだ。

公爵の父親、バイゴッド侯爵の暴政の爪跡は、今も公爵の領地ヴィルヘルムに残っており、領民たちの恨みも深い。留守中に叛乱《はんらん》をもくろむ不逞《ふてい》の輩《やから》が出たのも、一度や二度ではない。

ハイドランジアの英雄である公爵は、否応《いやおう》なく目立つ存在だ。

比例して内外になにかと敵が多い。

ヴィルヘルム領の顔役である三戦士たちは、屋敷の外で不満の抑え役にまわり、公爵の力になる道を選んだのだ。

彼らが睨みをきかせている間は、シャイロック商会でさえ、ヴィルヘルム領に介入できなかった。

宮廷では無爵の戦士だが、彼らはこの地の隠れた実力者だった。

紅の公爵は、そんな彼らを心から頼りにしており、全幅の信頼を寄せていた。

だからこそ、出産をひかえた愛する妻を、安心して彼らにまかせたのだった。

「のう。生まれてくるお子も、若殿のように、馬闘術を使えるようになるかのう」

黒髭のボビーが目をしばたたかせ、問いかけてくる。

馬闘術とは、ヴィルヘルム領の領主に代々受け継がれてきた、人馬一体の武術のことだ。

馬は巨大な筋肉の塊だ。生み出す筋力は人間の比ではない。その運動エネルギーを特殊な身体操作で乗り手に伝達し、棍《こん》による武術として使用するのが馬闘術だ。

棍には、鉄条が巻きつけられており、先端は鉄で覆われている。刃と打ち合っても切り飛ばされることはない。

馬のパワーが加算された、その破壊力は桁はずれだ。

一撃で鎧をひしゃげさせ、大剣をへし折り、兵士たちをおが屑《くず》のように吹き飛ばす。

紅の公爵が戦場で無敵を誇ったのは、この馬闘術があったからこそだ。

一撃一撃の威力が、騎兵の最強突撃技のランスチャージに匹敵するのだ。

局地戦の劣勢を単騎でひっくり返し、敵を恐怖させ、死にかけていた味方に活力を与える。

英雄の名は伊達《だて》ではないのだ。

「う～む、どうじゃろ。バイゴッドの小僧《こぞう》は馬闘術は使えんかったし……」

茶髭のビルが不安げに首を傾げる。

彼ら三老人にとっては、壮年のバイゴッド侯爵も小僧扱いなのだった。

「あやつのいいところは、若殿を世に残したことぐらいじゃしな」

くそみそ扱いもいいところだった。

馬闘術は、天賦《てんぷ》の才と胆力と名馬、その三つが揃ってはじめて可能な神技だ。

はねあがる馬上で両手を離し、馬と心と呼吸を一つにし、弓矢飛び交う戦場で、精緻《せいち》な肉体操作を平然とこなすことが必須なのだ。誰でも彼でもできるものではない。

事実、バイゴッド侯爵の代で、あやうく継承は途絶えるところだった。

運よく先々代が健在であり、紅の公爵が幼い頃から才覚を現したため、奇跡的に一つ飛ばしの継承が可能だっただけだ。

ヴィルヘルム領主のお家芸をあわや潰しかけたバイゴッド侯爵を、三老人は侮蔑《ぶべつ》しきっていた。

自分たちの故郷をむちゃくちゃにされた恨みもあった。

「……あんな馬鹿殿は、リンガード家の誇り高い血筋に二度と生まれんわい」

白髭のブライアンの評価も辛辣《しんらつ》だった。

「まあ、膿《うみ》を出したからには、リンガード家はあと三百年は安泰じゃわい」

渋面で吐き捨てる。

「生まれるお子は、きっと若殿と同じく、馬闘術の達人になるに決まっとるわい！　そして、そのお子が成長した暁には、わしが初陣にお供する。戦場の習いをご教授さしあげねば」

「ふざけるでないわ！　この白髭が！」

「黒髭も白髭もひっこんどれ！　それは、わしの役目じゃ！」

三人の老戦士が額をぶつけ合うようにして、互いに仲良く権利を主張する。

罵り合っていたが、目は笑っていた。

彼らがどれだけ公爵の子の誕生を心待ちにしているかわかる、ほほえましい光景だった。

「……ひひっ、残念ながら、おまえたちの願いが、叶うことはないわなぁ」

ひきつるような耳触りな笑い声が、三人の心地よい喧嘩を中断させた。

瞬時に警戒の体勢で身構えた三戦士。

眼前の暗闇から、ゆらりと猫背の獣じみた風貌《ふうぼう》の老人が現れ出た。

「なぜなら、おまえたちは、ここでくたばるからのぅ」

と邪悪な貌で嘲笑《ちょうしょう》する。

潰れたもう片方の分までぎらつく片目を見て、老兵たちが唸る。

「……ジュオウダの魔犬使い……！」

「憶えていてくれたとは、光栄だわい。じゃが、やはり耄碌したのう」

と侮蔑する魔犬使い。

「なんじゃと……」

普段と違い、戦闘時に挑発に乗るような老戦士たちではない。

だが、ジュオウダの魔犬使いの言葉の端々には、看過できない悪意がしたたっていた。

「耄碌は耄碌じゃ。わしのかわいい子、ガルムに……ほれ、背後を取られるまで気づかんのだから」

「なっ……！」

「ビル!!　後ろじゃあっ!!」

振り向いた茶髭のビルが息をのみ、白髭のブライアンが叫ぶのが同時だった。

雄牛のような体軀の魔犬が、硬玉のような目で見下ろしていた。

歴戦の自分たちに気配を感じさせず、それだけの巨大な化物が背後にまわりこんでいたという事実に、三人は戦慄した。かつて公爵とともに魔犬使いを追い詰めた三人だったが、こんな化物のような魔犬は見た記憶がない。

魔犬の牙が閃《ひらめ》いた。

がっと開かれた上下の歯列が、コマ落としのように降ってくる。

胸の悪くなる獣臭が、つんとした。

「わしの雇い主が、公爵邸にちょっかい出すのに、おまえらは邪魔だとよ」

魔犬使いが嗤う。

茶髭のビルの頭が、噛み合わせる牙の音にのみこまれる。

「はっ!! まずは一人じゃ。わしの傑作ガルムにかかれば、なんと他愛もない」

嘲笑《あざわら》う魔犬使い。が、その笑みが途中で強張る。

「……耄碌はどっちかのう。ハイドランジアの三戦士を甘く見るでない」

茶髭のビルの不敵な笑みがあらわれる。

魔犬ガルムの牙は合わさる前に止まっていた。

茶髭のビルは籠手《こて》をはめた両腕を顔の前にかざし、魔犬の牙を受け止めたのだ。

「それにのう。そんな企みを聞かされて、黙って死んでやると思うたか」

「甲手剣術《たてもたず》か……!!」

魔犬使いが唸る。

甲手剣術は、刃の一撃を避けず、わざと防具で受け止めることで、相手の動きを封じ、至近距離で敵を刺し殺す戦場流である。荒々しく単純だが、それだけに強力だ。三戦士の篭手は特別製で、内部には小さな鋼のプレートがびっしり縫いこまれている。鋭い刃にもひけは取らない。

「学習せんのう。わしらに散々、この手で痛い目にあわされたのにのう」

「でかした！　ビル！」

「わしらは、剣術《やっとう》でなく、もっぱら片手鎌《こちら》じゃがな」

茶髭が笑い、白髭と黒髭が、外套の内側に手を入れ、片手鎌《かたてがま》を引っ張り出す。

刃の部分に異様な厚みがある。両手剣や鎧とぶつかっても壊れないつくりだ。

三戦士は携帯用の砥石《といし》を懐に、鎌の切れ味を維持しながら、戦場で暴れまわるのだった。

茶髭のビルが食い止めている魔犬ガルムめがけて、鎌を振りかざして二人が急迫する。

「……ちっ」

舌打ちした魔犬使いが立ちふさがる。

その手から、投擲《とうてき》用のナイフが放たれる。銀光が続けざまに閃く。

「ふんっっ」

疾駆する白髭ブライアンが避けようともせず、突撃しながら外套を一振りする。

金属音が響き、ナイフがはじき飛ばされた。

外套は生地の内部に鎖帷子《くさりかたびら》を縫いこんである。

なまじの矢では貫通できないほどの防御力がある。そして、

「邪魔じゃ！　退《の》けい！」

「……がっ⁉」

白髭ブライアンが、外套を素早く脱ぎ、引っ摑むと、魔犬使いに叩きつけた。

高い防御力の重みある外套は、刃対策の武器にもなる。小刀を取り出し襲いかかろうとした魔犬使いの視界が遮られる。そのまま外套で顔面をしこたま打ち据えられ、吹き飛ばされる。

「獲った‼」

「くたばれ！」

魔犬ガルムの左右両脇から、老戦士二人が鎌を閃かす。見惚れるような稲妻の素早さだった。

狙いは魔犬の頸動脈《けいどうみゃく》だ。

「うおっ‼」

「なっ⁉」

二人の鎌は空を切った。幻のように魔犬ガルムが消え失せた。

ぼきぼきっという妙な音がした。

なにが起きたかわからず、とんっとんっと、たたらを踏んで二人が止まり、呆然とする。

「上じゃあ‼　ぼっとするでないわ‼」

茶髭のビルの声が頭上から落下してくる。

どんっと地面にぶつかる。

あわてて見上げた、白髭ブライアンと、黒髭ボビーが凍りつく。

今の刹那になにが起きたか理解した。

魔犬ガルムは口に咥《くわ》えたビルを人形のように放り出し、跳躍して鎌をかわしたのだ。

その信じられない神速と高度に、老戦士たちは戦慄した。

翼でも生えているのか。猛獣どころか、まさに魔物だ。

「このくそじじいどもが!!　本気で殺せ！　ガルム!!」

身を起こした魔犬使いは、憤怒で顔がゆがんでいた。額から血を流して怒鳴る。

いまだ空中にある、魔犬ガルムの身体が、めりめりと数倍にふくらんだようだった。

転がるように飛び起きた茶髭のビルが、二人の盟友に囁く。

「左腕がやられた。見てみい。もう使い物にならんわい。化物じゃ」

あまたの刃を受け止めてきた籠手が、ぼろ屑のようになって垂れ下がっていた。露出した左腕の肘から先は、すでに原形を留《とど》めていなかった。妙な音はビルの腕が噛み砕かれた音だったのだ。

「一咬《か》みでかよ。やれやれ。まいったの」

鋭く一瞥し、白髭ブライアンが、わざとらしくため息をつく。

「これは命捨てねばならんかの。もう一樽くらい空けとけばよかったのう」

「若殿の奥方様と、お子の命を守っての討ち死にじゃい。酒はないが花は咲く。捨てたものではないぞ」

黒髭ボビーが髭をしごく。

「違いないわい。悪くない死に花じゃ」

三戦士は笑い合った。

「生まれてくるお子に、じいとして、いいところを見せねばの」

「はじめての、じい稼業として、不足ない相手じゃわい」

「犬ころめを酒の肴《さかな》代わりに、咲き誇ろうかい」

勘の鋭い彼らは、魔犬ガルムとの実力差をはっきり認識した。

もう生きては帰れない。

「わしとボビーで奴の動きを止める。片腕なくても、肉ならいくらでもあるわい。ブライアンがとどめ役じゃな」

眉《まゆ》一つ動かさず、茶髭のビルが提案し、三人は頷き合って、拳を高く掲げぶつけ合った。

「さらば腐れ縁の友よ」

「あの世でまた飲み比べしようぞ」

「では、ぱっと死に花咲かそうかい」

ふっきれた笑いの三戦士を、落下してきた魔犬ガルムの巨影が襲った。

颪が渦巻く。激しい激突音が連続した。

三人と一匹はひとつの塊となり、疾風と化して地面を転げまわった。

魔犬は圧倒的な嵐だった。歴戦の三戦士が、まるで非力な子供のようだった。

それは絶望的な戦いだった。

あたりが静寂を取り戻すのに、さして時間はかからなかった。

黒髭ボビーは、右手で魔犬の片脚を抱え込み、左手で鎌を地面に突き刺していた。

鎌は地に打ちこまれた楔《くさび》となり、魔犬の動きを封じていた。黒髭の目はうつろだった。首筋がぱっくりと噛み裂かれていた。だが、最後まで友の勝利を疑わなかった彼の死に顔は穏やかだった。そして、意識をなくしてなお、自分の与えられた役割に殉じ続けていた。

茶髭ビルの、右肩は無惨に噛み砕かれていた。両腕は骨が露出するほどぼろぼろだった。鎌が持てなくなった彼は、おのれの身体そのものを、魔犬ガルムの牙止めに使った。息をひきとるその瞬間まで、彼は勇気ある自己犠牲をやめようとしなかった。彼の死に顔もまた穏やかだった。

すべては友の一撃に繋ぐために。

そして白髭ブライアンは、片手鎌を両手で握り締め、両足を踏ん張り、咆哮《ほうこう》した。

戦友たちが命懸けで作ってくれた機会に応えるべく、鬼の形相で渾身《こんしん》の一撃を、魔犬ガルムの心臓めがけ叩き込んだ。

狙《ねら》いはあばら三枚と呼ばれる、前足の付け根の横。四脚の哺乳類の急所だ。

熊の毛皮さえ、あっさり貫く威力の斬撃《ざんげき》だった。骨にまで切り込む勢いがあった。

異様な衝撃が跳ね返ってきた。

予想外の出来事に、ブライアンの目が見開かれる。

「馬鹿な……」

呆然と呟く。

鎌の刃の先端が欠けた。

かろうじて鎌の柄は離さずにすんだが、一撃で手が麻痺《まひ》した。

生物の皮膚の感触ではなかった。

よく目を凝らすと、毛皮の色が少し違っている箇所がある。

「胴甲《どうよろい》じゃと……!!」

気づいたブライアンは、おのれの迂闊《うかつ》さに歯噛みした。

戦友たちの捨て身が犬死にだったと悟ったのだ。

毛皮を貼り付けて偽装しているが、魔犬は防具を身につけていた。

それも多分、板金を内部に留めたブリガンディンだ。

知っていたら、せめて目だけは潰せたものを!

「世の中には、心臓を止める技を使う化物もおるからのぉ。その対抗策じゃて。まったくの無駄死にと悟れたか？　おまえの仲間たちも滑稽よのお。笑顔なぞ浮かべて死におって」

白髭ブライアンの悔しさにゆがむ顔を目撃し、魔犬使いは上機嫌だった。

魔犬ガルムは、咥えたビルの死体を、立ち尽くすブライアンめがけ、振り回した。

鈍器と化したビルの死体をぶつけられ、ブライアンはよろめいた。

一瞬だが、意識がとんだ。

はっとしたときには、もう遅かった。

魔犬ガルムの牙が、ブライアンの猪首《いくび》を横から咥え込んでいた。

咄嗟《とっさ》に両籠手と鎌の柄を添えるようにガードしたが、桁外れの咬合力は、それごと咥え込み、めきめきと粉砕をはかる。

「ガルムよ。食いちぎる必要はないぞ。ここからはお遊びよ。ゆっくり噛み砕き、恐怖を味わわせてやれい」

犬は本気で戦うとき、首を激しく振り、肉をちぎり取ろうとする。

それすらする必要がないと発言し、魔犬使いは老戦士を愚弄《ぐろう》したのだ。

足元に転がるビルの死体を蹴りつける。

「ひひっ、ハイドランジアの三戦士だと。笑わせる。前座にもならなんだのぅ」

「おのれぃ……！　戦士の死を穢《けが》すか！」

歯軋りするブライアンを、さらに嘲弄《ちょうろう》する。

「戦士なぞどこにおる？　哀れな老人たちの骸《むくろ》なら転がっておるがの。おお、そうそう。死ぬ前に、いいことを教えてやろう。わしにおまえたちを殺すよう頼んだのは、シャイロック商会よ。公爵夫人を堕胎させるのに、おまえらが目を光らせてると邪魔だそうな」

ブライアンの目が怒りに燃える。目だけで人を殺せるような殺気を叩きつける。

魔犬使いはたじろぎもしなかった。

ひひひっと邪悪な声をたて、背後をちらりと見る。

「わしらにまかせれば、今すぐに、公爵夫人を腹の子もろとも食い殺してやるのにのぅ。ガルムは子供のやわらかい肉が大好物での。一度は腹の中の赤子を食らわせてやりたいのぅ。さぞ喜ぶじゃろうて」

「この外道が……！」

憤怒で火を噴きそうだったブライアンの目が、恐怖に見開かれる。

魔犬使いの背後の闇から、新たな魔犬二匹が、ぬうっと現れたのだ。

ガルムほどではないが、それでも仔牛ほどの巨体だ。

「戦力差が理解できたか。では、絶望にのたうちながら死ね。近いうちに、公爵の子もそちらに行くだろうて。あの世で、待望の子守をするがよいわ」

噛み砕く力が一気に加わった。

肩を濡らすのは、魔犬の涎か、おのれの血なのか、もはや区別がつかない。

異音と激痛の中、ブライアンは懸命にあがき続けた。

〝死ねん！　こいつらを残しては死ねん！　ビルとボビーに顔向けできん！　若殿の奥方様と、生まれてくるお子のためにも！　せめて一太刀……！　大殿！　わしに力を……！〟

願いも空《むな》しく、頑丈な鎌の柄が、まず砕けた。

両籠手に牙が食い込んでいく。

牙の先端が首筋に押し当てられた。

ガルムの目が不気味な喜悦をたたえて、にいっと底光りする。

瀕死《ひんし》の獲物の抵抗を楽しんでいた。

魔犬使いに唯唯諾諾《いいだくだく》と従っているだけではなく、この魔犬には邪悪な意志があった。

ブライアンは戦慄した。

「……おじい。おじいったら！　起きてってば」

スカーレット姫さまの呼びかけで、わしは目を覚ました。

いかん。姫さまを膝に乗せたまま、つい寝こけてしまっていたらしい。

無数の戦場を駆け抜けたわしも、もう年かのう。

「すみませんのう。姫さま」

頭をかきながら、謝るわしに、膝の上の姫さまは優しく笑った。

「おねむなら、私がひざまくらしたげるよ」

「なんともったいない。ですが、もう少し大きくなられたら、お願いしますわい」

不覚にも目頭が熱くなったわい。

若殿譲りの、目の覚めるような赤髪と紅い瞳。

まだ幼いのに、大殿の面影が見える。

「泣いてるの？　おじい、かなしいことあったの？」

気遣わしげにわしを見上げ、背伸びして指で涙を拭《ぬぐ》ってくれる。

「かなしかったら、むりしないで、泣いていいんだよ。涙がとまるまで、私が、ぎゅってしてあげる」

首に手をまわし、ぎゅうっと抱きしめてくれる。

密着した姫さまの頬が、わしのこわい顎鬚《あごひげ》に埋《うず》まる。

痛いだろうに、小さなお手の力をゆるめようとしない。

鼻の奥が、つんとする。

かわいらしく利発な、わしらの希望の花じゃ。

「これは歓喜の涙ですわい。姫さまの膝枕のお申し出が、嬉しすぎましてな。うんと長生きせねばならん理由ができましたわい」

「うん！　約束だよ。おじいたちも、私が大きくなるまで、ぜったい長生きしてね。ゆびきり！」

そして、なんと心優しい姫さまじゃ。

リンガード家のよいところが、すべてこの姫さまには受け継がれている。

守りぬけてよかった。心からそう思う。

約束しますとも。わしらが安心して、姫さまをおあずけできる、立派な殿方が現れるまで。わしらはずっとおそばで、姫さまを守り続けますわい。

その日まで、死んでも死にきれんわい。

今きった胸の十字に誓って。

幼い姫さまと約束の小指を絡ませながら、わしは相好を崩した。

もう二本の小指が横から伸びてくる。

おお、ボビー。ビル。腐れ縁の戦友たちよ。

おまえたち、そこにいたのか。ちゃっかり約束に加わりおって。

なんじゃ、二人とも、そのだらしない笑顔は。
そんなに姫さまが好きなのか。
わしも、きっと同じような顔しとるんじゃろうなあ。
おまえらとは腹が立つほど気が合うの。
ああ、姫さまが笑っておられる。
かわいいのう。かわいいのう。わしら三人の孫みたいなものじゃ。
若殿のお子の初陣のお供をする願いは叶わなかったが、わしらには新しい夢ができた。
見たいのう。姫さまの花嫁姿。きっと、息をのむほど美しかろうなあ。
生きたいのう。その日まで。
だが、なまじの男には、姫さまは、くれてやらんぞ。
わしらの自慢の姫さまじゃ。
わしらが納得する男でないと。わしらの眼鏡は少々厳しいぞ。
なにせ、姫さまは、わしらの希望じゃ。一番の宝物を託すのじゃから。
それまでは、わしら三人が、ずっと姫さまをお守りして……
「……ずっと……お守りしますぞ……姫……さま……約束……」
ごきりと首の骨の砕ける音がした。
すでに酸欠で意識の朦朧《もうろう》としていたブライアンは、その音を遠くで聞いた。
「ひひっ、なにが約束よ。耄碌じじいが。酸欠で幻でも見たか」

魔犬使いが嘲笑した。
……三戦士は散った。
街道での死闘は、当事者以外、誰の目にも触れることなく終わった。
魔犬たちに死体がひきずられていく音が、空しく響く。
だが、老戦士たちの死は無駄ではなかった。
思わぬ形で、スカーレットたちを窮地から救うことになる。
だが、それが明らかになるのは、まだ先の話。
今はただ、道の先には、無明の闇が広がっていた。

CHAPTER 4

第4章

開かれる隠し部屋……。お母様が弓矢チートすぎて、私なんだか存在意義が危ういのです。

第4章
CHAPTER 4

「一〇八回」でのスカーレットの母、コーネリアの最期の視点の物語

私はコーネリア・マラカイト・ノエル・リンガード・メルヴィル。

この国の英雄、紅《くれない》の公爵の通り名で知られる、ヴィルヘルム公爵の妻だ。

私はいま、裸足で髪を振り乱し、幽鬼のような姿で廊下を歩いている。

がらんとした公爵邸の長い廊下を、ずるりずるりと足をひきずるように私は進む。

突然の通り雨が、屋敷の屋根を、ざざあっと音をたて、走り抜ける。

弱っていた私の心を壊した、あの日のように。


あの日のことを私は忘れられない。

幾度思い出して、涙を流したことか。

それは私の夫のヴェンデルが、王命により家を留守にしてすぐのことだった。

彼の父と母、バイゴッド侯爵夫妻が、不意打ちで我が家に乗り込んできた。必死に押しとどめよう

とした門番さんたちを馬用の鞭《むち》で打って退け、いきなり馬車で玄関正面に乗りつけた。

「ここは、元々わしの領地だ。領主に逆らうのか。領民の分際で」

と怒鳴りつけ、馬をけしかけた。逃げ惑う老齢の彼らを眺め、大笑いしたという。あとで話を聞かせてくれた門番の皆さんの背中には、鞭でできた赤い蚯蚓《みみず》腫《ば》れがあった。まともな人間のやることではない。

私が妊娠八カ月目に入ろうとしていたときの出来事だった。

乱暴な蹄鉄《ていてつ》と派手な車輪の音に驚き、窓から外を見た私は、馬車の紋章で訪問者が誰《だれ》か知って青ざめた。窓際の椅子《いす》から立ち上がろうとしたが、バランスを崩し、また座り込んだ。膝《ひざ》が震えていた。

よりによって、どうして夫の留守中に、あのおそろしい義父と義母が。

反射的におなかを抱え込んだ。不吉な予感に、下腹部が鋭くキリキリ痛んだ。

貧乏なうちに取り次ぎの者などいるはずがない。私自身が対応するしかない。

あの人が留守の今、この屋敷の女主人は私だ。

重たいおなかを抱えるようにし、私は二人を迎えに外に出た。

馬車を降りる義父母の杖《つえ》の音が、かつんかつんと鳴り響き、私はすくみあがった。手が汗ばむ。

「……相変わらず、下手な挨拶《あいさつ》だこと。そして、みすぼらしい服」

義母は開口一番、私にそう吐き捨てた。

「おまえのような女が、リンガード家の子を孕《はら》むなど、おぞましい」

義母の杖がうなり、挨拶で身を屈《かが》めている私の下腹部を打った。私は呆然《ぼうぜん》とした。

何故出迎えるなりこんな理不尽な目にあわされなければいけないのか、まったく理解できなかった。

「ふんっ、夫の両親に尻《しり》を向けて出迎えるとはな。田舎育ちの無礼者が。下衆《げす》な親の教育が知れるわ」

反射的におなかをかばい、背を向けるようにしゃがみこむと、強い衝撃が背中に走った。バイゴッド侯爵に力まかせに背中を蹴《け》られたのだとわかった。前につんのめる。激痛で息がとまりそうになった。

信じられなかった。

私のおなかにはヴェンデルの子供がいるのに。

そして私のお父様は、断じて下衆呼ばわりされる人間ではない。

お母様を亡くしてからは、男手ひとつで私を育ててくれた、自慢の優しい父だ。

「こんな礼儀知らずの女。ほんとうにヴェンデルの子を孕んだのか疑わしいわ。留守中に、似合いの下郎《げろう》でも引きずり込んだのではなくって？」

義母がふんっと鼻を鳴らす。杖がまたうなる。

あまりの言い草に、私は恐怖と痛みさえ忘れてかっとなった。その言葉は私だけではない。私を愛してくれたヴェンデルも侮辱しているのと、なぜ気づかないのか。礼儀どころか人の道をはずれた鬼二人の仕打ちから、必死におなかの赤ちゃんを守りながら、私は屈辱に身を震わせ続けた。

…………

それでも、かつて私は、この悪魔のような義父母のことを信頼していた。

優しい夫、ヴェンデルのお父様とお母様だもの。

つらく当たられはしたが、きっと田舎育ちの私を、立派な公爵夫人に成長させようと、心を鬼にして指導してくれているのだと、そう思い込み努力した。あの悪夢の夜会までは。

その日、義父母はいつになく優しい声で、私を夜会に誘った。夫は公務で屋敷に不在だった。努力を認めてもらったと舞い上がった私が嬉々《きき》としてついていった先には、たくさんの貴族たちが、私を待ち受けていた。この国の旧《ふる》い血筋、「赤の貴族」たちばかりだった。ハイドランジアに、私たち新貴族「青の貴族」が入る前から、この地の支配者階級だった人たちだ。

重い扉がぎいいっと軋《きし》み、背後でばたんと閉められた。

重い鉄の扉に、大人二人がかりで動かす閂《かんぬき》がかけられた。退路は断たれた。

歴史あるその古い屋敷は、城の特徴をまだ色濃く残していた。敵の侵入を防ぐための万事が分厚いつくりは、内部から助けを求める声も遮断する。大昔に敵を誘い込み、閉じ込めて皆殺しにした、大きな広間だった。くすくすという忍び笑いがあちこちで起きた。私は嵌《は》められたのだ。

「赤の貴族」たちは、一様に冷笑を浮かべていた。口角を吊《つ》り上げた仮面の群れを思わせた。

お父様の警告がよみがえった。

「『赤の貴族』たちは、大昔の狂った価値観の持ち主たちだ。旧い血筋の貴族はなにをしても許されると思いあがっている。なかには、紅の公爵様のような方もいるが、用心を忘れてはいけない」

夫のヴェンデルは、しつこいぐらい何度も忠告してくれた。

「ぼくの父と母を信用するな。ぼくのいないときに、あの二人が訪ねて来たときは特にだ。その取り巻きにも絶対心を許すな。『赤の貴族』たちに招待されたら、ぼくの名前を出して絶対に断るんだよ。

人を信じる君の美徳が通用しない相手たちだ。一人でついていったら大変なことになる」

なのに、私は迂闊《うかつ》にも自分から、袋小路の罠《わな》に飛び込んでしまった。

私は仮にも公爵夫人なのだ。夫の、ヴェンデルの名を貶《おとし》めるわけにはいかない。

そう勇気をふりしぼり、自らを励ました。

「青の貴族」たちは、内心はどうであれ、私を公爵夫人として扱ってくれた。

だから「赤の貴族」たちもそこまでひどいことはするまいと、たかをくくっていたのだ。

おろかな私はまだお父様とヴェンデルの必死の忠告を甘く考えていた。

「赤の貴族」たちは、私を貴族の一員どころか、見世物の動物として扱ったのだ。

言動のひとつひとつが声高に批評された。私がなにをやっても笑いものにされた。食べかけのものや、ワインが、私めがけて飛んできた。当然のしきたりのように、誰もが平然とそれを行《おこな》った。

ヴェンデルが誕生日にプレゼントしてくれたとっておきのドレスが汚された。

少しでも印象をよくしようと、あわてて着てきたもの。かって彼が無理して買ってくれた高価な贈り物だ。似合っている、綺麗《きれい》だと褒めてくれた思い出の品だった。私はそれを着て、彼とはじめてキスを交わしたのだ。その大切な思い出が、元の生地の色がわからないほど滅茶苦茶にされていく。

救いを求めてすがりつく私の視線を、誰もが冷笑で見返した。

かばってくれるはずの舅姑《きゅうこ》が、率先してみんなを煽《あお》る。

いつ果てるともしれない侮蔑《ぶべつ》と嘲笑《ちょうしょう》。これほどの悪意に囲まれたことはなかった。

私は懸命に笑顔を浮かべた。知らぬ間に涙が頬《ほお》を伝っていた。涙が流れても笑い続けた。

それしかできることが、他に思いつかなかったからだ。私は無力だった。笑顔は仮面のように強《こわ》張《ば》っていた。せめてドレスだけはかばおうと身を縮めた。

だが、彼らは私の守りたいものを敏感に嗅《か》ぎつけ、笑いながらドレスを集中的に狙った。

誰かに背後からなにかの柄で足を払われ、私はぶざまに床に転倒した。絶望の中、私は悟った。彼らは、他人をいたぶる行為に飽きることなどない。私が息絶えても死体をいたぶり続けるだろう。

豚の頭とバケツいっぱいの血と臓物が運ばれてくる。火のついた燭台《しょくだい》が集められる。

面白い趣向のジビエですな、と笑い合う声がする。

私は心の中で、幼児のように悲鳴をあげた。もう限界だった。矜持《きょうじ》も勇気も無惨に砕け散った。

助けて!!　こわい！　こわいよ！　ヴェンデル！　お父様！

助けを求めるため、口がぱくぱくと動いたが、声は出なかった。

恐怖で声帯がしびれていた。私は狩られた動物たちの気持ちを、思い知った。

彼らもきっと、こんな崩れるような絶望と孤独の中、ひっそり死んでいったのだ。

豚の頭が、私の頭にのせられた。目にどろりと粘液が入り込み、激痛が走る。何度も執拗《しつよう》に血と臓物を浴びせかけられた。ものすごい臭いで息がとまりそうになる。

血まみれの私を囲んで彼らは踊る。笑いさざめく。子供のように手加減抜きで、大人のゆがんだ悪意をぶつけてくる。踊り狂う影法師が入り乱れる。悪夢はいつまでも続いた。

「おまえたち!!　なにをしている!!」

夫のヴェンデルが怒鳴りながら飛び込んできたとき、私は立ち上がる勇気さえ挫《くじ》かれ、丸まって身う。

を縮めていた。立てばきっともっとひどい目にあわされる。だから幼児退行したかのように親指の爪親指の爪《つめ》を噛《か》んで、ただ身を震わせていた。あと少し彼の到着が遅かったら、私はきっと気を失っていただろう。

待ち望んだ彼の声に、私は助けを求め、叫ぼうとしたが、ひゅうひゅうとか細い息が漏れただけだった。ヴェンデルが周りの人間を突き飛ばしながら、駆け寄ってくる。

「コーネリア!!」

私を見つけた彼の声は悲鳴に近かった。抱き上げられる。やっと訪れた求め続けていた救いに、涙があふれでた。私は喉《のど》が詰まって、ろくに返事さえできなかった。

「……ごめんなさい……あなたの贈ってくれたドレスを汚してしまって……大切な……二人の思い出だったのに。……でも、きっと綺麗にするから……元通りにするから……」

それだけは伝えられた。涙がとまらない。私の宝物だったのに……！

「コーネリア……！　君はこんなになっても、自分よりドレスのことを……！　そんな君の優しさを、奴《やっ》らは土足で踏みにじった……!!　ぼくは、どう償えば……！」

ヴェンデルの目からも涙がこぼれた。

片手で私を抱きしめるヴェンデル。刀の鞘《さや》がかたかた鳴った。彼は、怒りに震えるもう片方の手を、刀の柄《つか》にかけていた。この場の全員を斬《き》り捨てる気だった。目が暗く紅《あか》い殺意に染まっていた。

「よくも、ぼくの妻を……コーネリアを……！　よくも……！」

激昂《げっこう》のあまり、続く言葉を失っていた。噴き上がる殺気が広間の喧騒《けんそう》を圧倒した。

さっきまでの嘲笑の渦が嘘《うそ》のように、しんとあたりは静まり返っていた。

「赤の貴族」たちが、壁に背をつけるように後ずさりしていた。全員の顔がひきつっていた。

怯《おび》えた義父母の様子で、私はヴェンデルが本気と悟った。

「やめて！　ヴェンデル‼　お願いだから、やめて！」

私は両手で刀の柄に飛びついて止めた。

いくら紅の公爵でも、この国の英雄でも、そんなことをしてただですむはずがない。この人の忠告を、私は自分の甘さから無駄にした。そんな私のため、この人の未来を閉ざすなどどうしてできようか。私は泣き叫んで、何度もそう訴えた。刀の柄を全身で押さえ、鞘より抜かせまいとした。

彼は怒りに燃えた目で、幾度も「赤の貴族」たちのほうに足を踏み出しかけ、ついに諦《あきら》めた。私はきっと死人のような顔色をしていたはずだ。ヴェンデルは、彼らを斬り捨てるより、一刻も早く私を家に連れ帰ることを選んだ。しがみつく蒼白《そうはく》な私をふりはらえなかった。

ヴェンデルは私を抱き上げ、彼らに背中を向けて歩き出した。召使いたちがあわてて鉄の扉の門をはずし、扉を開け放つ。ヴェンデルは一度だけ振り向き、背後の貴族たちを怖ろしい目で睨《にら》みつけた。

それきり二度と振り返らず、その場を後にした。

よほどそのときの彼が怖ろしかったのか、二度と「赤の貴族」たちが手を出してくることはなかった。

義父母をのぞいては。

それが私がこの夜会で得た唯一の成果だった。

馬車に乗った帰路上で、ヴェンデルは私を抱きしめ、謝り続けていた。家に帰ってからもそうだった。

私の顔や髪を必死に拭った。自分以外、誰にも私を触らせなかった。

彼の衣服も顔も、私が受けた汚れを受けて、ぐちゃぐちゃになった。

「すまない……！　コーネリア！　すまない……！」

どんなに謝っても謝りきれないと、誇り高い彼が、声をあげて泣いていた。そんな彼ははじめて見た。胸が切り裂かれるように痛かった。英雄の彼を、私の迂闊さが追い込んでしまった。

ごめんなさい。あなたにはなんの落ち度もないのに。どうか謝らないで。

すべては私の軽率さが招いたことなのに。あなたはあんなに懸命に警告してくれていたのに。

私たちは抱き合って、共に泣いた。

それから時がたち、私は表面上は平静を取り戻した。だが、私は貴族の集いに出席する勇気が持てなくなった。貴族と聞くだけで足が震え、一歩も動けなくなった。何度もうなされ、夜中に飛び起きた。心が折れてしまった。日に何度も嘔吐《おうと》した。

心配したヴェンデルは私のそばを離れようとしなかった。無理をするなと気遣った。

それが余計につらかった。彼の負担にはなりたくなかった。

私は平気であると彼に証明しようとした。貴族の妻らしく振る舞おうとした。言葉遣いを変え、マナーにこれまで以上に気を遣った。ヴェンデルは哀《かな》しげに目を伏せた。

私は弓も捨てた。

私の一族、メルヴィル家の先祖には、悪魔がいる。王家の尖兵《せんぺい》として、狙撃《そげき》による暗殺を請け負っていた、魔弾の射手、魔弓の狩人と呼ばれた怪物が。メルヴィル家には、彼女から受け継がれた毒矢の技術がある。秘伝の弓がある。たやすく人の命を射抜けるのだ。

「赤の貴族」たちに負わされた、私の心の傷が、いつか恨みに変わるのが怖かった。

私に貴族としての素質は皆無だが、弓の才はある。

私の中に眠る怪物が目を覚まし、復讐《ふくしゅう》に走るのではないかと怯えた。

貴族の枠内におさまろうとする私に、ヴェンデルは哀しげに首を横に振った。

君はそのままでいい、そんな君を見るのはつらい。言葉少なにそう何度も言った。

二人の間に溝ができたのはそのときからだ。

ヴェンデルも私も、互いを愛していることに変わりはない。だが、見えない皮膜のようなものが、私たちの間には生じてしまった。近くにいるのに、薄皮一枚隔てているようなもどかしさ。

ドレスの汚れは結局落ちなかった。元通りにはならなかった。

いつか子供ができれば、元の鞘におさまるのでは。そう期待したが、時間だけが無常に過ぎていった。幾度かの新緑と落葉の季節を繰り返しても、子宝は授からなかった。

時々義父と義母のバイゴッド侯爵夫妻が訪れ、私のことを役立たずと陰口をたたき、妾《めかけ》を迎えるよう勧めた。そのたびにヴェンデルは血相を変え、彼らを追い払った。

私は泣いた。なにひとつ彼の力になれない自分がもどかしい。私は彼に迷惑をかけることしかできない。

君がそばにいてくれるだけでいい、そう慰める彼の優しさが、胸に突き刺さる。

失意と落胆の日々は突然終わりを告げた。

私は妊娠した。

ヴェンデルは手放しで喜んでくれた。私たちは手を取り合い、久しぶりに笑い合った。

幸せな日々が戻ってきた。世界が明るくなった。私はやっと彼の役に立てるのだ。

彼は私のおなかに耳をあて、胎児の心音を聞き取ろうと真剣だった。妊娠が判明した直後のことだ。

気が早すぎる彼に、私は声をあげて笑った。わだかまりは嘘のように解けていた。

私たちはまた以前のように密月の関係に戻った。もちろん、安定期に入ってからだけど……。

耳元で囁《ささや》かれる愛の言葉に、胸が高鳴った。震える私の吐息を、彼の唇がふさいだ。私たちは一晩に幾度も唇と肌を重ね合った。今までの互いの寂しさを埋めるように、夢中になって、舌と指を絡め合った。夜はこの屋敷にほとんど人がいなくてよかったと心底思う。

彼の匂《にお》いと体温に包まれて目覚める朝が、なんと安らぎに満ちていたことか。

私のおなかが服の上からでもはっきり目立つ頃《ころ》から、ヴェンデルは仕事で頻繁に家を空けるようになったが、私は微塵《みじん》も彼を疑わなかった。臨月を迎える二カ月後まで、王命による遠方の任務で家に帰れない、そう聞かされたときも、やはりそうだった。

「すまない。王命の内容は、わけあって話せない。ただ、これだけは信じてほしい。出産予定日には必ず帰る。そして、それから先の人生は、君と子供のために捧げよう」

申し訳なさそうにヴェンデルは言った。名残惜しそうに、何度もキスをし、彼は旅立っていった。

五日ほどは平穏な日が続いた。厨房《ちゅうぼう》に新しい人が一人入ったぐらいだ。

このところ体調が少しすぐれないが、ヴェンデルの不在による不安のせいだろう。

彼が帰るのは、まだまだ先だ。しっかりしなければ。

そう決意を新たにしていた矢先の、出し抜けの義父母の来訪だった。


…………………


義父母に打ち据えられながら、私は叫んだ。横暴な言い草にもう我慢の限界だった。

「私はヴェンデルの妻です！　私たち夫婦が互いを裏切るなどありえません！」

「ふーん。そして私はヴェンデル様の、公爵様の愛人よ。つまり、あなたの愛は一方通行ってことね」

バイゴッド侯爵夫妻に続き、馬車から降りてきた派手な女性が傲然《ごうぜん》とそう言い放った。

目のやり場に困るような胸元が大きく開いた服。自分の肉体を自慢したいのだとわかる。

とても豪奢《ごうしゃ》なドレスだが、昼間の外出時に着てくる服ではない。貴族のことに疎い私でもわかった。

じゃらじゃらと身につけた貴金属と宝石が下品だった。

けばけばしい毒蛾《どくが》。それが彼女の印象だった。ヴェンデルのもっとも嫌いなタイプの女性だ。

「え？　愛人……？」

私は唖然《あぜん》としていた。彼とこの女性がどうやっても、頭の中で結びつかない。

私の様子を探るような目が、妙に気に障った。

「私は、アンブロシーヌ・シャイロック。はじめまして。お・く・さ・ま」

赤い口端をゆがめ、挨拶してきた。血を塗りたくったような色をしていた。

シャイロック家は私でも知っている。

悪名高い大富豪。その資金力は王家をはるかに凌駕《りょうが》するといわれている。

アンブロシーヌの嘲《あざけ》るその目に見覚えがあった。

あのときの「赤の貴族」たちと同じ目……他人を見下しきった目だ。

しまってある弓矢がちらちらと脳裏をよぎり、私は蒼白になった。

それは悪魔の誘惑だった。

私が弓矢を封じてからも、ヴェンデルがひそかに手入れをしてくれていたことには気づいていた。

弦さえ張れば、すぐにでも使えるはずだ。

「あなたの愛しい旦那様は、今私の屋敷にいらっしゃるの。出張なんて大嘘よ」

「アンブロシーヌさんのおっしゃることは本当よ。だって、こんなみすぼらしい家に、いつまでもヴェンデルを置いておけるわけがないわ。あの子はこの国の英雄なんだから」

「下賤《げせん》な妻では、庭も屋敷も保てぬのも道理か。私が住んでいた頃は、栄華を極めたこの場所が。嘆かわしいことだ」

なにを言っているのだ、この人たちは。

この屋敷を領地を搾取しつくし荒らしたのは、他ならぬあなたたちではないか。

そしてヴェンデルが私を裏切るはずがない。

「ほんとですわねぇ。質素倹約にも限度というものが……と、失礼。さすがは公爵夫人。貞淑の鑑《かがみ》ね。私の余っている服でよろしければ、いくらでも差し上げるわよ」

私の格好を上から下まで無遠慮に眺め、アンブロシーヌは、そう笑った。

私は頭に血がのぼった。領民を重税で苦しめた義父母より、ヴェンデルのほうがはるかにましだ。彼の高潔な生き方は私の誇りだ。こんな人たちになにがわかるというのか。

「こんな女風情を夫人などと呼ばないでいただきたい。虫唾《むしず》が走る。無知な獣にドレスの価値などわからんだろう。息子をたぶらかす小賢《こざか》しい知恵にだけ長《た》けおって」

「獣だけあって、困ったことに、体だけは人一倍丈夫なのよ。流産でもしてくれればよかったのに」

「ふふ、心配いりませんわ。私もすぐに公爵様のお子を授かりますもの。そうすれば、お二方ともっと仲良くなる理由が増えるというもの。いろいろ融通させていただきますわ」

アンブロシーヌの言葉に、バイゴッド侯爵夫妻が相好を崩す。なんて醜い笑顔。

シャイロックによる資金援助を期待しているとわかった。

「楽しみだわ。シャイロック家もじきに爵位を賜れるようですし」

「そうなれば、跡継ぎも考えねばな。まあ、この女の腹の子は、万が一のときの保険だな」

三人の会話に、怒りのあまり私の視界がぐらつく。

この三人はまさか私を侮蔑し、馬鹿にするためだけに、ここに立ち寄ったのか。

生まれてこようとしている命まで侮辱して……!

射殺してやる。本気でそう思った。

簡単なことだ。たった三回、矢をつがえるだけでいい。

毛皮の保護もない鈍重な人間《あいて》になら、私の矢は一撃で致命傷を負わせることができる。

この人たちは私を人間扱いしなかった。ならば、私も彼らを人間扱いしない。

彼らは害獣だ。害獣なら身を守るために駆除しなければならない。

やってしまおう!!

あなたたちが、爪も牙《きば》もない獣と侮っている私になにができるか、その身で思い知るがいい!

私が弓を取りに屋敷に駆け込もうとした瞬間だった。

ざあっと突然の通り雨があたりを打ち据えた。

ふくれ上がった殺意を冷まされ、正気に戻った私は愕然《がくぜん》とした。

私は今なにをしようとしていた……!?

「これはたまらん!! いいか! もし生まれてくる子が、跡継ぎになりうる男ならまだしも、女だったりしたら、すぐにでも離婚してもらうからな! わかったな!」

捨て台詞《ぜりふ》を残し、バイゴッド侯爵が馬車の中に逃げ込む。

「私は、男が生まれたとしても、こんな野蛮人の子を孫などと認めませんからね」

ふんっと鼻を鳴らし、侯爵夫人が後に続く。

「・・・・・・・・・・・・・おじいちゃんたちも報われないわね。いつまで正気を保っていられるかしら。お気の毒さま・・・・・・・・・・・・」

アンブロシーヌが私にだけ聞こえるよう、去り際に耳元で囁いた。

言葉の意味はわからないが、ぞっとする悪意に満ちていた。高笑いしながら、馬車の中に姿を消す。

三人を乗せ、馬車が動き出す。

けぶる雨音の中、私はずぶ濡《ぬ》れなのにも気づかず、立ちすくんでいた。

一歩も動けなかったのは、彼らへの反感からでも、おそろしかったからでもない。

私はあのとき、本気で彼らを皆殺しにしようとした。

自分の中には、やはりおそろしい悪魔が棲《す》みついていた。

ようやく駆けつけてきた門番のおじいさんたちが、あわてて私を室内に運び込むまで、私は茫然《ぼうぜん》として雨に打たれ続けていた。

◆

雨に身をさらし続けたせいか、それから私は体調を崩した。

頭が痛い。胸が苦しい。

おなかを打ち据えた義母の冷たい目が忘れられない。義父の声が頭から離れない。アンブロシーヌの嘲笑が頭の中でぐるぐる繰り返される。些細《ささい》なことで苛立《いらだ》ちがとまらない。

ひどい悪酔いをすると、こんな不快な気持ちになるのだろうか。足元がおぼつかない感覚だ。

おかしい。心の中で警報が鳴り響くのに、頭が考えることを拒否していた。

信じて疑わなかったヴェンデルへの疑惑が、不気味な暗雲のようにふくらむ。

なぜ旅立つ前に、バイゴッド侯爵夫妻に釘《くぎ》を刺してくれなかったのか。

私がどうなってもいいというのか。私は彼にとってその程度のものだったのか。

そうならば、彼が愛人を囲ったという話は、本当なのかもしれない。

いや、きっとそうだ。あの優しさは、それを誤魔化すためだったのだ。

悪いほうに悪いほうにしか物事が考えられない。

私はなかば狂いかけていた。

跡継ぎになれる男子を産むことだけが、自分の救われる唯一の道と思いつめ、それだけを頼りにわずかに残った正気の一線を保っていた。そして長い出産の苦しみの後、生まれた子が女の子と知らされ、私の中の最後の理性の糸が切れた。

私の怒りと殺意は、生まれた娘に向かった。娘がすべての苦しみの元凶と思い込んだ。

「……こんな娘、殺してやる‼」

手負いの獣のように唸《うな》りながら、私は子供部屋に侵入し、揺りかごの中の我が子に近づいていく。曲げた私の指は、猛禽《もうきん》の爪のようだった。

通り雨が激しく屋根を打ち据える。

「いけません！　奥様！　おなかを痛めて産んだお子様ではありませんか‼　一時の気の迷いで、取り返しのつかないことをなさるおつもりですか‼」

メアリーが飛びつくようにして私を止めてくれた。

血を吐くような叫びだった。私とメアリーが激しくもみ合う。

メアリーは、夫の推薦状をたずさえ、我が家に数日前にやってきた乳母だ。我が子を失う哀しみを味わったばかりだった。まだ十代で、夫とも子供とも死に別れる苦しみは、如何《いか》ばかりだったろう。

なのに彼女はいつも笑顔だった。初対面のときからそうだった。

鈍いのではない。優しいのだ。挨拶もそこそこに、私と私のおなかの子をまず気遣ってくれた。

旧知の間柄だったかのように、私は彼女と打ち解けた。

あの夜会以来、人そのものが怖くなった私が、警戒心なく彼女とは語り合えた。

ひとり寂しく家で過ごしていた私にとって、メアリーの優しさと朗らかさは救いとなった。

ヴェンデルは、きっとそれを見越して、彼女を推薦してくれたのだ。

私は感謝した。この人になら安心して子供をまかせられる、そう思った。

「メイドの分際で！」

そんな友情まで感じていたメアリーを、私は義母のように口汚く罵っていた。

いったい私はどうしてしまったのだろう。自己嫌悪で消えてしまいたい。

すべてが私の敵だという強迫観念に取り憑《つ》かれてしまっていた。

悪鬼と化した私は手加減などしなかった。

小柄なメアリーが私に突き飛ばされ、壁に叩《たた》きつけられる。

衝撃で気絶し、力なくずるずると背中で壁をこすりながら、崩れ落ちてしまう。

雨音がさらに大きく激しくなる。

私は私の子供を持ち上げた。床に叩きつけようとした。

命の危機を察したのか、赤ちゃんが火のついたように泣き叫んだ。

雨音がごおっと強く響く。

やめて！　私を止めて！　神様、お願いです！　……どうか私を、今すぐ殺してください！

私の願いに応じるかのように、雷鳴があたりを劈《つんざ》いた。

雷光があたりを白く染めた。

心臓をぎゅうっと鷲掴《わしづか》みにされた気がした。貧血を起こしたときのように、ふうっと意識が遠のく。

身体がぶるぶると痙攣《けいれん》した。手足が砂になったように力が入らなくなった。

私は神様が願いを叶えてくれたと知った。自分が死ぬのだと直感した。

「奥様!!」

「おやめなさい！」

屋敷に手伝いに来てくれているおじいさんたちが、部屋に飛び込んできた。

よかった。彼らが目撃者になる。メアリーが私の死と無関係と証明してくれる。

私は、のろのろと腕の中の赤ちゃんを見た。

あの人譲りの紅《あか》い髪、紅い瞳《ひとみ》。ヴェンデルにそっくり。でも、口元と輪郭は私に似ているかも。

雨はあがっていた。

死ぬ間際になり、私に取り憑いていた悪鬼は、ようやく私を解放してくれた。

赤ちゃんは泣きやんでいた。

愛《いと》おしさがこみあげてきて、私は娘に頬《ほお》ずりした。

私の娘。なんてかわいい……。

神様、願いを叶えてくださって感謝します。この子への愛まで返してくださって……。

ああ、でも、最期に一言だけ、私に伝える時間をください。

「……愛してる。こんな母親でごめんね。幸せになって……」

ごめんね。こんな私だけど、あなたのぬくもりを感じながら死にたいの。

お願い、抱きしめさせて。

あたたかい。居心地悪そうにもぞもぞしている。

下手な抱き方でごめんね。私、まだ母親として初心者だから。

でも、もっと抱き慣れれば、きっと……もっと上手に……。

涙があふれでた。その願いはもう叶わない。

ああ、神様。どうか、この子とヴェンデルに祝福を。

娘のぬくもりを胸に感じながら、私の意識は闇《やみ》に沈んだ。


…………………………

…………………………


私は死んだ。

白髭《ひげ》と黒髭と茶髭のおじいさんたちが泣いている。

自分たちの力が及ばなかったせいで、私を殺してしまったと男泣きで号泣している。

私にはわかった。

彼らはヴェンデルに私のことを託された戦士たちだ。

そして私を守るため、命懸けで勝ち目のない悪魔たちと戦い、人知れず勇敢に散った。

私は彼らの献身も知らず、誰も自分の味方がいないなどと、恥知らずにもすべてを恨んでいたのだ。

私は泣いて彼らの手をとった。

あなたたちのせいではないと、誠意を尽くしてくれてありがとうと、懸命に伝えた。

彼らは今まで陰になり日向《ひなた》になり、私たちを守ってくれていたのだ。

恨みにそまった領民たちが反乱しなかったのは、彼らのおかげだった。

老戦士たちは、黙って横にかぶりを振った。拳《こぶし》を血の出るほど握り締め、悔し涙を流し続けていた。

ヴェンデルが帰って来たのは、私の本来の出産予定日の二日後だった。

嵐で船が出ず、夜を徹して馬をとばしてきた彼は、汗と埃《ほこり》にまみれていた。

死後だいぶたっていたが、氷室に安置された私の身体は、生前とまったく変わりなく保たれていた。

硝子《がらす》細工のような澄んだ氷の柱に囲まれ、安らかに眠っているように見えた。

高価な透明な氷は、おとぎ話の水晶の宮殿を思わせた。

私の死を知ったシャイロックの次男エセルリードが、シャイロック所有の氷室を強制解放させたのだ。私の死因となった毒も、皮肉なことに身体の腐敗をくいとめるのに一役買った。私はひそかに堕胎薬の毒を飲まされていたのだ。それが心臓を弱らせ、私を死に追いやった。私が狂ったのは、含まれた麻薬成分のせいだった。

アンブロシーヌの嘲笑と悪意に満ちた言葉の真意を、私はようやく思い知った。

堕胎薬はあの女の指示だ。そして心を狂わす効果も熟知していたのだ。

誇り高い老戦士たちを死に追いやったのも、あの女たちの仕業だ。

許せない。なにもかも。

娘を生まれる前から殺そうとしたことも。

私に子殺しの罪を犯させようとしたことも。

優しい戦士たちの誇りを踏みにじったことも。

……私に毒を盛ったのは、新しく厨房に入った者だった。

彼は病気の娘のため、信条を曲げ、悪事に加担した。そして口封じのため、娘ともどもシャイロック家に殺されていた。どこまでも救いのない話だった。

「……コーネリア……！」

可憐《かれん》な金梅草《きんばいそう》の花に囲まれた私の遺体の前で、ヴェンデルが絶句し、膝《ひざ》から崩れ落ちた。

彼の手には、ドレスが握り締められていた。

ついに元通りにならなかった思い出のドレス。

まったく同じものを、彼は旅立つ前に発注していたのだ。

シャイロック商会の次男のエセルリードが、地に額を擦《こす》りつけるようにして謝罪していた。

私に毒を盛ったのは彼の友人だった。そして、エセルリードもまた、愛しい恋人の命を、シャイロック家によって理不尽に奪われていた。悲痛のあまり自ら引き裂いた頬の傷が痛々しい。

彼はなにひとつ悪いことはしていない。

なのに、なぜ優しい人ばかりが、涙を流さねばならないのか。

「……君のおかげで、美しいままの妻に、再び会えた。ありがとう」

ヴェンデルもエセルリードを責めなかった。

ヴェンデルは私の身体に優しくドレスをかけ、そっと口づけをした。

私のほつれ毛を優しく手直しする。

はじめて私たちがキスを交わしたあの日のように。

「さよならは言わない。その代わり、ぼくはもう一度君にプロポーズしよう。誓おう。ぼくの伴侶《はんりょ》は生涯、君一人だけだ。今までも、これからも。ぼくの人生は君と共に」

それから、横たわる私のかたわらに座り、ぽつりぽつりと生ある者にするように、語りかけはじめた。

そうやって一晩中、思い出話をしてくれた。

出会ったときのこと。私の故郷の大木のこと。プロポーズしたときのこと。

驚くほど小さな日常の出来事まで、彼は覚えていてくれた。

胸が震える。私はこんなにも彼に愛されていた。

口数が多いほうではなかった。

正直なにを考えているのか、わかりづらいときも最初はあった。

無頓着《むとんちゃく》に思えたこともある。変わり者と自分でも言っていた。

けれど、こんなにたくさんの想いを、彼は胸の内に秘めていた。

いつも私のことを考えてくれていた。

今回の密命も、私の故郷のオブライエン領で余生を過ごすためだった。私のために中央から引退する覚悟だったのだ。私ははじめてそのことを知った。気を遣わせまいと、彼は秘密にしていたのだ。

いつだってヴェンデルは心の中に私を置いていてくれた。

王家は彼の能力を手放したくないから、無理難題を押し付けた。遥か昔から燻《くすぶ》っていた民族紛争。

十年かかっても解決は不可能と王家は予想していた。けれどヴェンデルは命懸けでやり遂げた。

私の出産予定日までに帰宅する。ただそれだけのために、命懸けで時間を大幅に繰り上げてまで。

そんな彼が、浮気などしようはずがない。

涙がとまらない。

ひとり語るヴェンデルの背中が、とても小さく見えた。

「……ぼくは結局、君を不幸にしか……できなかった……！」

ヴェンデルが言葉に詰まった。嗚咽していた。

震える肩を、後ろから抱きしめてあげたかった。

そんなことはない、あなたに出会えて、私は幸せだった。そう叫びたかった。

だが、もう私にはなにもできない。

声をかけることさえも。

哀しい。悔しい。ヴェンデルに触れたい。娘を抱き上げたい。

もう一度、もう一度、人生がやり直せたら！

愛する人と共に生きるということが、どれだけ価値のあることか。

それを思い知って、私は泣き崩れた。

……私はそれから先のヴェンデルの人生を見た。

スカーレットと名付けられた娘の人生を見守った。

ヴェンデルは私との他愛ない約束を覚えていてくれ、娘をそう名付けたのだ。

胸が熱い。私の夫はそういう人だった。

二人の数奇な人生を見守る私は、すぐに異常に気づいた。

娘の人生につきまとう不気味な影があった。

娘と同日同刻に生まれた、人形のようにかわいらしい女の子。

だが、その本性は「赤の貴族」たちの悪意が子供だましに思えるほどの、底なしの闇だった。

「あはははは っ! みんな、みんな、かわいそう!!」

スカーレットの大事な人を何人も謀殺し、気づかないところで、笑い転げる悪魔。

泣き崩れるスカーレットを陰から眺め、えへらと不気味に嗤《わら》う。

あまりのおぞましさに私は震え上がった。

それはスカーレットの笑顔を奪うことを生き甲斐《がい》とする、アリサという名の化物だった。

◆

私は、アリサ。

アリサ・ディアマンディ・ノエル・フォンティーヌ。

……ふふ、そうそう、今はフォンティーヌの家名になるのね。

フォンティーヌ家。武にはすぐれど、王家への忠義しか能のない弱小貴族。

そう思った王家のおバカさんたちは、厄介者の私を、フォンティーヌ家に押し付けて、遠ざけた。

それですべて丸くおさまったと安心している。

私がフォンティーヌ家に送られたのは、すべて予定通りなのにね。

ほんと愚かな人たち。大鷲《おおわし》の雛《ひな》が怖いからと、巣から遠ざけただけで安心している小雀《こすずめ》さんたち。

赤子の今なら、あなたたちでも私を殺せたのよ。今、遠巻きにして火攻めにされたら、私でも逃れる術《すべ》はなかったものを。

でも、もう遅い。自由に動けるまで成長すれば、誰も私を殺すことは、叶わなくなる。

王さまたちが私を見逃した理由はなにかしら。肉親の情？　憐憫《れんびん》？　くふうっ、馬鹿ねえ。

この私を、鉄仮面をかぶせられた間抜けな父さまと一緒にしないでほしいわね。

お礼に、あなたたちの大事な大事なお姫さまの命を、啄《つい》ばみに行ってあげる。

かわいそうだけれど、あの子がいると、スカーレットが遠慮して女王にならないの。

さあ、つかの間の一家団欒《だんらん》を楽しみなさいな。

王女のお葬式が、王家破滅のはじまりの鐘となるのだから。

また王や妃《きさき》のあの血を吐くような悲痛の叫びを聞けると思うと、ぞくぞくする。

「神よ、なぜ私を代わりに殺してくれなかったのか！　こんな不幸には耐えられぬ！」

だったかしら。

不幸じゃないわ。必然よ。あなたたちにとっては、はじめての体験でしょうけど、私にとっては一

○九回目になる単純作業。目をつぶってだってこなせるわ。失敗するほうが難しいくらい。私の手から逃れられない、かわいそうなかわいそうな私のオモチャたち。
ええ、私は、人が苦しむ様を見るのが好き。人が悲しみで泣き叫ぶ様を聞くのが楽しい。

本気の感情がはじけるとき、そこには震えるような命の美しさが煌《きら》めくもの。

それが互いの命を懸けたものであれば特にね。

古代のコロシアムの観客たちは、その美を否定しなかった。

だから、剣闘士の殺し合いという素敵な一大娯楽をつくりあげたの。

彼らは狂ってなんかいない。いたって正気だった。賢人たちも数多くいた。哲学と芸術に長けた彼らは、人というものをよく理解していた。名士や貴婦人たちが、剣闘士の死闘にうっとりと頬を上気させ、息をはずませたと言うわ。そこでは命はなにより高価な商品だった。

命の価値を正しく理解しているからこそ、それが儚《はかな》く散る刹那の火花に魅了されたの。

正しい観劇のあり方を、私が教えてあげましょう。

取り澄ました仮面は不要。登場人物の気持ちを、容赦なく貪りなさい。

愛も、哀しみも、怒りも、絶望もよ。遠慮なんてすることないわ。

観客も舞台に本気でのめり込むことこそ、観劇の嗜《たしな》みだもの。食べ残すなんて失礼だわ。

だから、理不尽に死んでいく皆の人生も無意味じゃない。哀《あわ》れな人生という素敵な舞台。

私が全身全霊で、あなたたちの不幸を感じて楽しんであげているもの。

まるで清水で水浴びするように、心が洗われ、生きる力が湧《わ》いてくる。

命が消えるときあらわになる、人のむきだしの本性。誰もが稀代《きたい》の名優となって輝く一瞬。

喜劇、悲劇、風刺劇、みんな、私の魂の活力になって生き続けるの。

あなたたちの、名前も姿も、私はずっと覚えているのよ。

ああ、愛おしい……一滴たりとも、あなたたちの嘆きは無駄にはしないわ。

あははっ！　みんな！　みんな！　かわいそうねえ！

特に私のお気に入りは、一〇八回も繰り返されたスカーレットと五人の勇士たちの物語。

五人の勇士……笑えるわね。

戯れにつけてあげた呼び名だけど、滑稽《こっけい》なあの子たちにはぴったりだわ。

スカーレットがなにものかも知らず、彼女を手にかけるなんて……！

あの子を殺した当事者だけは、その直後に「真の歴史」の記憶がよみがえり、真実を知ることができるの。とても気のきいた特典だこと。そのときのあの五人の顔ときたら……!!

あはははっ！　おかしい！　こんな楽しい見世物、他にないわ！

かわいそうな五人の勇士たち！　もっと、かわいそうなスカーレット！

最高の悲劇と喜劇だわ!!　もっともっと私を愉《たの》しませてちょうだい!!


………………


ああ、それにしてもかわいいスカーレット！

やっとあなたも、私と同じように、ループしている記憶を思い出したのね。

これで少しはいい勝負になるかしら。私に本来の役を演じさせるぐらいだと嬉しいのだけれど。

あなたの嫌悪が伝わってくる。心地よいわ。あら、懐かしさまで感じているの。嬉しい‼

私に追い込まれて殺されたことまで思い出したのに……スカーレットさまって本当にお人好し！

ふふ、まだ、私と顔も合わせていないのに、すでに私のことで頭がいっぱいなのね！

でも、思い出したのは「一〇八回の歴史」だけで、私たちが二人きりで命の火花を散らした「真の歴史」の記憶はよみがえらなかったのね。そこだけは残念だわ。

あら、ブラッドとセラフィが、今度はスカーレット側につきそうね。

いいわ。お祝い代わりに、その二人はあなたにプレゼントするわ。

だって、私、とっても気分がいいのだもの。

人生の最初から、あなたが私を記憶してるなんて、とても素晴らしいことではなくって？

さあ、五人の勇士の残りの三人は、どう動くかしら。

月影の貴公子ルディ。

蒼白《あおじろ》い新月のようにはかなく、少女のようにかぼそい人。

あの大きな狼《おおかみ》を従えて、あなたは獣と人の道、どちらを選ぶのかしら。

闇《やみ》の狩人《かりゅうど》アーノルド。

やり場のない怒りを抱え、猛禽の鋭い目で、人の欺瞞《ぎまん》を見抜こうとする男。

闇をも見通すフクロウの目は、今度こそ、あなたの矢を真実に導いてくれるのかしら。

大学者ソロモン。

学問という名前の鬼道に取り憑かれ、毒も薬も等し並みに愛する男。

あなたが一番私に近いわ。星はあなたに、どんな道を指し示すのかしらね。今回はどうして私についたのかしら。本心のわからぬ毒蛇を飼うのも一興。うふふぅ。楽しいわねえ。

あら、スカーレット、あなたひきこもりたいの。

馬鹿ねえ。そんなこと、この私が許すわけないじゃない。

ハイドランジア中を炎に包んでも、あなたを、遊び場に引きずりだしてあげる。

底抜けにお人好しのあなたに見過ごせるかしら。

真面目《まじめ》なあなたですもの。これから起きる自然災害も、すべて頭の中に入っているんでしょう。

もちろん私もそうよ。

津波で兵士を押し流し、蝗《イナゴ》の群れで敵軍の食糧を喰《く》いつくす。

大地震で行く手をふさぎ、大嵐に紛れ、敵の本陣に奇襲をかける。

きっと私たち二人の戦いは、神の戦いのように、他人の目には映るでしょうね。

それだけのことをして、なおひきこもれると思うなら、やって御覧なさいな。

ふふっ、今回はいろいろ楽しそう！

ああ……スカーレットは、私からの誕生祝いを気にいってくれるかしら。

シャイロック商会に手をまわして、魔犬ガルムを公爵邸に送り込んであげたのだけど。

軽率な長男のデクスターが、魔犬使いの雇い主でよかったわ。デズモンド会頭やエセルリードが相手だと謀略もひと苦労だもの。難易度が高いぶん、達成した歓びもひとしおではあるのだけれど。

ふふ、魔犬ガルム。ジュオウダの魔犬使いの最高傑作にして、大失敗作。この時点ではたしかに強敵だけれど、あなたはスカーレット。私の認めた相手なのよ。どんなにおそろしい敵に見えようと、魔犬ガルムには欠点がある。そんな相手に不覚を取るようなら、また死んで出直していらっしゃい。

ああ、試練を乗り越えたスカーレットに再会する日が待ち遠しい。

さあ、早く、二人の舞踏会をはじめましょう！

ハイドランジアだけでなく、周辺国すべてを巻き込んで。

終わりと始まりの業火をキャンドルにして、私とスカーレットはいつまでも踊り続けるの。

すべてのものを、私たち二人を引き立たせる薪《まき》にしてくべましょう。

みんな！　みんな！　私たちを照らす炎になるがいい!!

◆

私はコーネリア……紅の公爵、ヴェンデルの妻だ。

今、私は眠りについている。

夢とうつつの間でしか会えない顔馴染《かおなじ》みたちが、親愛のまなざしで、私のほうに振り向く。

いつも目を覚ますと、彼らのことを忘れてしまうのが悔しい。

「おお、奥方様。お元気そうでなによりですの。まだ、こちらに来るのは早すぎますぞ」

「まだまだ、あと、お子の二、三人は産んでいただかんと」

「わしらが子守の取り合いをせんですむようにのう」

白髭と黒髭と茶髭のおじいさんたちが笑う。車座になって楽しそうに酒盛りをしている。

手にした頑丈な木製のジョッキを何度も乱暴にぶつけ合うのは喜びからだ。

「一〇九回目にして、やっと待ち望んだときが、やってきましたわい」

白髭のおじいさんが相好を崩す。

「なりはアレじゃが、たいした坊主じゃ。奥方様の死の運命を覆しおった。姫さまもようがんばった」

そうだ。私はこの三人をよく知っている。

夫に依頼され、命懸けで私たちのために戦ってくれた、老戦士たち。

ブライアン。ボビー。ビル。彼らは、見返りも求めず私と娘を守ろうとし、散っていたのだ。

それなのに、私はまた娘を殺そうとした……！　同じ間違いを犯してしまった……！

この人たちの誠意を自ら踏みにじった……！　自分で自分が許せない……！

「なぁに。生きとれば、間違いなんぞ、いくらでも正せますわい」

「奥方様は心を狂わせる麻薬を盛られとったんじゃ。許せんのはシャイロックの馬鹿どもじゃ」

「早く生者の世界へお戻りなされ。悪夢はもう終わりじゃ。あの坊主の毒ぬきの技は見事じゃった。もう二度と奥方様が間違いを犯すことはありませんぞ。安心しなされ」

三人のおじいさんたちは、慈しむように、ゆっくりと私に語りかける。

「わしらは残念ながら力及ばなんだが、奥方様がご健在なら、百人力ですわい」

「魔弓の狩人、その見事な腕前があれば、魔犬如《ごと》きにどうして引けを取りましょうぞ」

「姫さまを、どうかお守りくだされ。あなた様のお力こそが、今必要とされておりますでのう」

でも、私は……我が子を殺そうとした。生きる価値なんてない、最低の心の弱い女。

あの人にどんな顔をして、再会すればいいのか。

娘にも、メアリーにも、この人たちにも合わせる顔がない。恥ずかしい。死んでしまいたい……。

「……あなたはお強い。たぶん若殿よりも。ご自分で気づいておられんだけじゃ。女の強さと戦士の強さを兼ね備えておられる。それに母親の強さも加われば、鬼に金棒ですじゃ。貴族らしく振る舞うことよりも、おのれの心のままに生きてくだされ」

「挫折《ざせつ》を知らん人間は、強いようで案外脆《もろ》いもんじゃ。ほんとに強い人間は、どん底から這《は》い上がった人間ですじゃ」

「嘆くよりも立ち上がりなされ。死ぬのはいつでもできる。まずは生きてみなされ。わしらが言うと洒落《しゃれ》にならんがのう」

まったくじゃ、と三人は豪放に声を揃《そろ》えて笑った。

「……さあ、そろそろ行きなされ。姫さまが、若殿様が、あなたを待っておられる」

白髭のブライアンが優しげに目を細め、口元をほころばせた。

「奥方様が抱える心臓の病は、わしがあの世に持っていきますわ。これで次のお子も授かりましょう。姫さまと、若殿様によろしく」

「はい……！　ありがとうございます……！」

武骨な思いやりが伝わってる。胸が締めつけられ、私は返事に詰まった。

この人たちには、どんなに感謝しても感謝したりない。

「……奥方様。姫さまには、アリサという化物がつきまとっておる。わしらを殺した魔犬などより、よほど危険な相手ですぞ。姫さまお一人を苦しめるために、平然と国ひとつを焼き払う怪物じゃ。どんな手を使っても、必ず姫さまに近づいて来ましょう。決して気を緩めてはなりませぬぞ」

私は浮かんだ涙をあわててこすり、ブライアンの言葉に、唇を噛み締めてうなずいた。

そうだ。思い出した。アリサ。あの化物！

スカーレットを苦しめる、ただそれだけのために、優しいメアリーを殺し、夫が私を思いやる心を利用し、雪崩《なだれ》の中に突き落としたあの悪魔！

ぜったいに許すものか。必ずこの手で殺してやる。

「ここでの記憶は現世には持ち込めん。残念ながら」

悔しそうにブライアンが首を振る。

「ですが、もしかしたら、わずかにでも記憶に残ることを祈り、ひとつだけお教えしておきたい」

ブライアンは、ゆっくりと、一言一言、しみわたらせるように、静かに呟《つぶや》いた。

「アリサと満月の夜に戦ってはなりませぬ。たとえ、どんな状況であろうとも。もし、戦えば、奥方様は必ずその場で命を落とすことになりましょう。ゆめゆめ忘れてくださいますな」

私の身体にその言葉が残ることを祈りながら、彼は言葉を紡いだ。

……彼の忠告が私の脳裏に甦《よみがえ》ったのは、それからずっとあと、私がアリサと対峙《たいじ》し、狂った高笑いを耳にしたときだった。そのとき夜空には、血のように不吉な色の満月がのぼっていた。

「……コーネリアさん、入るよ」

お母様の部屋の外でブラッドが声をかけたけど、返事がない。

ブラッドとメアリーと私は顔を見合わせた。

お母様の感覚は鋭い。声までかけて返事がないなど珍しい。まして今回は、この時分に部屋を訪ねるよう、お母様のほうから私たちに声をかけていたのだ。

「入るからね！」「奥様！」「アウアー！」

ブラッドがあわて気味に部屋に飛び込み、メアリー、そして抱きかかえられた私もあとに続いた。

ブラッドの秘術で抑えられてはいるが、お母様は本来まだ産褥《さんじょく》期だ。毒も飲まされていた。

万が一を想像してしまい、焦った私たちは、前につんのめるようにお母様に駆け寄った。

お気に入りの籐椅子《とういす》に腰かけたまま、お母様は安らかに寝息をたてていた。

私たちはほっと胸を撫でおろした。

読書していた令嬢がうたた寝してしまったような、春風がよく似合う寝姿。

「……ブライアンさん……私のために……」

安心しかけた私とブラッドは、お母様のぽつりと呟いた一言で凍りついた。

メアリーは逆に、おおっと鼻息を荒くしている。

お母様はまだ眠っている。寝言だ。寝顔のまなじりに涙が光っている。

ちょっ、ちょっと、お母様……？　それ、お父様の名前と違う……。

「ボビーさん、ビルさん……あなたたちにどうしても伝えなければ、いけない想いが……」

まさかの三股《さんまた》あっ⁉　いくらお父様が帰ってこないからって、堕《お》ちちゃだめです‼　お母様‼

「……私は三十すぎじゃない……かろうじて、まだ二十代……むにゃ……」

そっちのオチ⁉　なんの夢を見てるんですか⁉　どういう寝言なの、お母様！

もしかして、私に唯一残されたお笑い担当枠を狙《ねら》ってる⁉　私のショバが荒らされちゃうの⁉

お母様の浮気疑惑以上に、私、大ピンチ⁉

◆

「私の実家のメルヴィル家には、代々受け継がれてきた秘密があるの。きっと皆の役に立つと思う」

うっかり寝入っていたことを私たちに詫びると、お母様は板壁の一部をはずした。

内蔵された太い鎖の先端の輪を、ぐっと強く引く。

「説明するより見てもらったほうが早いわね。この先には隠し部屋があるの」

ごとごとっと重々しい音が響き、突き当たりの壁の半分がスライドする。水車がまわるような、ぎしっぎしっという軋みが内部から聞こえる。ゆっくりと壁がずれ動き、隠蔽《いんぺい》されていた空間が現れた。

「おおー！」「アオー！」

ブラッドと私は揃って驚きの声をあげた。

どうりでこの一面だけ壁紙が張られていないと思ったら、こんな仕掛けが公爵邸にあったなんて。

たぶん錘《おもり》を利用したギミックだ。どこか別の場所に巻き上げ機があるはず。

一〇九回目の人生にして、はじめてわかった衝撃の事実。

まあ、前の一〇八回の人生では、私がものごころつく頃には、この屋敷もだいぶ改修していた。このからくり仕掛けそのものがなくなっていたかもしれない。お父様は知ってたんだろうけど……。

壁の開いた先にあったのは、窓が一つもない、まっくらな部屋。

二階にあるせいなのか、密室だったのに空気は乾燥していた。

微《かす》かに埃っぽいにおいが鼻の奥をくすぐる。

お母様が、入り口の燭台の蠟燭《ろうそく》に火を燈《とも》すと、ゆらゆらっと天井に無数の影が揺れた。

「ホアオッ⁉」

見上げた私は悲鳴をあげた。

たくさんの小さなミイラが、所狭しと天井からぶら下がっている！

頸部《けいぶ》のくびれに紐《ひも》を引っ掛けられていた。悪寒が私の背筋を走り、股間《こかん》を尿すじが流れた。

この大きさは赤ん坊⁉　赤ん坊のミイラ⁉

「だいぶ驚かせてしまったようね。皆に見せるかどうか随分迷ったのだけど」

よく目を凝らすと、それらは干からびた植物の根だった。

陰干しにするため、吊り下げられているのだなんだ、よかったよ……まっ、そ、そんなことだろうと思ってたもんね。

でも、なんで、小部屋の天井にこんなものが？

あ、あの……私がちょっぴり粗相したことは内緒ね。

これは、そう！　汗です。新生児は新陳代謝が激しいのですよ！

で、ではこの名探偵スカーレットちゃんが、この部屋の謎《なぞ》を見事解決してみせましょう。

ワトスン君……じゃなく、メアリー、出動だよ！

ふむう、一昔前は館の女主人が、自家製の香水や薬液を作る風習があったがね、それにしては、この部屋、蒸留器もないし、机の上に擂鉢《すりばち》と擂粉木《すりこぎ》と水差しがあるだけだ。あとは椅子にクローゼットが一つ。そもそも、この根っこ、芳香とは無縁に思える。しかし、どこかで見た記憶が……。

「ンーッ、アウオッ！」

擂鉢の中に溜まっているペースト状のものの匂いを嗅げば、なにか思い当たるかもしれない。そう思った私がメアリーを促し、鼻先を近づけようとしたとき、

「近づいちゃだめよ！　それは『毒婦の頭巾』をすり潰したものよ！」

お母様の鋭い制止に、私とブラッドは、ぎょっとなり凍りついた。

「オアッ⁉」「いっ⁉」

「毒婦の頭巾」！　別名、死の女神の花……！

もともとは婦人のかぶる頭巾に似ていることから、「婦人の頭巾」と呼ばれていた花だ。

それが「毒婦」という、険呑《けんのん》な名前に変わったのは、この植物が歴史上、何度も毒殺に使用された

からだ。葉、茎、花、すべての部位が猛毒であり、植物毒に耐性のある草食動物でさえ、食すれば死に至る。人間などひとたまりもない。

特に強力な毒を含むのは根だ。上部が丸く肥大し、その下に先端が分岐した人参がついたような、奇妙な形状をしている。遠目には干からびた赤子に見えなくもない。現に私は見間違えた。

大型動物をも斃《たお》すこの花の毒矢は、二の矢いらずと戦場で恐れられた。

前の一〇八回の人生での私の死因の何回かは、この「毒婦の頭巾」によるものだった。

口腔《こうくう》の灼熱《しやくねつ》感、口唇や手足のしびれからはじまり、痙攣や嘔吐症状、意識混濁、やがて呼吸中枢の麻痺《まひ》に至り、命を落とす。解毒方法はなく、嘔吐させるぐらいしか対処方法はない。しかも経口摂取後、すみやかに体内に取り込まれるため、致死量を飲んでしまったら、ほぼ命は助からない。

ゆえに別名、死の女神の花。

冥府《めいふ》の死の女神の玉座のまわりに咲き乱れる、食せば即死する伝説上の花が、その異名の由来だ。

栽培不可能な、大変希少な植物であり、植生の知識がないとその発見は困難だ。

そのうえ毒性を帯びるのは、花が咲く新月の夜の間に採取したもののみ。それ以外の時期に採ったものは、毒もなく、少し乾燥させるとぼろぼろに崩れてしまい、使い物にならない。

ゆえに「商品」レベルの代物は、目のとび出るほどの市場価値があり、こんな大集合は、女王時代の私も見たことがなかった。

この毒草、実は薬の材料にもなるんだよね。希釈したこの毒には、すぐれた薬効があるんだ。

ハイドランジアではまだ毒の認識のみだけど、大陸のほうでとある薬が開発され、製薬に必須の

「毒婦の頭巾」の価格は高騰する。さらにこの花は、社交界を席捲《せっけん》する貴婦人たち羨望《せんぼう》の特殊なショールの原材料になる。もともと希少なものに付加価値が何重にもつくのだ。もっともショールのほうは、ブームも、製法が発見されるのも、今から二十年もあとのことなのだけれど……こちらは斬《ざん》新《しん》すぎて、現在の社交界に受け入れてもらえるかは、私の腕次第ね。自信はあるけど、新生児や幼女姿じゃ交渉が難航しそうかな。

それでも、これだけ揃っていれば、一財産ものよ。

お母様が……我が家の窮乏の救い主になる。

もうシャイロック商会の手を借りる必要なんかない。ありがとうございます……!!

ブラッドを通じて私の話を聞いたお母様は、目を白黒させたあと、涙ぐんだ。

「……私が……ヴェンデルの役に立てる……夢みたい……」

ずっと胸に秘めていた願いの叶ったお母様を、私たちはほほえましい心持ちで見守った。

ブラッドがこそっと私に囁く。

「……よかったな。だけど未来のことがわかるなんて、おまえ、ほんと何者だよ」

ただの「一〇八回」生きた、知識チートな悪役令嬢です。

私の知識チートがあれば、これを元手に、さらなる富を得ることができる。

離反したヴィルヘルム領の領民の心ごと、一気に引き寄せることもだ。

私は、頭の中でそろばん勘定をはじめた。

まずは、小麦ライ麦問わず、麦類を買い込み、安全な場所に厳重に保管する必要がある。ハイドランジアは、この数年は豊作が続いており、麦値は安定している。春まき麦など家畜の飼料にばんばん回されているくらいだから安価で購入できるはずだ。

飢えの兆候など、この国に欠片《かけら》も見当たらず、粉ひき小屋は小麦ばかりでフル稼働だ。

だが、私の生まれた今年、ハイドランジアは有史はじまって以来の蝗害《こうがい》に遭遇する。

突如大発生した蝗の群れは、ありとあらゆる植物を喰い尽くし、麦の値段は高騰し、貴族でさえ安価な春まき麦しか口にできない悲惨な日々が、あと半年も経《た》たずに到来する。

巷《ちまた》には餓死者があふれ、食糧を求めて各地で暴動が勃発《ぼっぱつ》。混乱は半年にわたり続き、国力は疲弊し、国の威信は失墜する。それを境に、貴族と民衆は、ハイドランジアの現王家を見限りだすのだ。

天候などの自然現象は、人生を繰り返しても変わらない。嵐も地震も洪水も。

前の一〇八回繰り返した人生の記憶を照らし合わせ、私はそれを確認ずみだ。

この一〇九回目の人生でも、必ず同じ自然現象が起きる。蝗害の到来は必然だ。

そのとき、大量の麦の貯蔵は無限の価値を持つ。

飢饉《ききん》の際には、領民の皆が飢えないよう無料配給をすれば、彼らは間違いなく感謝する。噂《うわさ》を聞きつければ、逃げ出した人たちも領地に戻ってくるだろう。飢えの苦しみは遺恨やプライドさえ吹き飛ばすほど凄《すさ》まじいのだ。

言い方は悪いが、ほんとうの飢餓の前では人は理性を保てない。そこに差し伸べられる無償の救いの手は、天から差し込む光に見えるだろう。先代の領主のバイゴッド侯爵夫妻によって地獄に変えられたヴィルヘルム領を、天国に変えるんだ。よその領民が涙を流して羨《うらや》むほどに。

食糧を制するものは、国をも制す。

…………………。

この蝗害のもたらした飢饉では、幼子が何人も飢え死にしたと伝え聞く。

かなり悲惨な状況だったことは、当時の記録を一瞥するだけで、容易に想像がついた。

私も女王時代に何度も似た光景を見た。私は身分を隠し、各地を視察したのだ。

濁流で壊滅した街。疫病で滅んだ村。暴動で焼き出された人々。

両親の骸《むくろ》の横で、死んだ目をして立ち尽くす子供たち。

亡くなったお母さんの乳房にしがみついて、無心に喉《のど》を鳴らす乳飲み子を見たときは、拳を噛んで嗚咽をこらえた。子供たちを抱きしめて、泣いて謝りたかった。

でもだめだ。私に泣く権利はない。

私はこの悲劇を防げなかった最大の責任者、この国の女王なんだから。

そして私がどんな慰めの言葉をかけても、失った命は二度と戻っては来ない。

だから、私は、謝ったり泣いたりせず、事後処理に奔走した。

それだけが唯一私にできる償いだったからだ。

あんな気持ち……あんな無力……二度と味わうもんか。

どんなに悔やんでも、泣いても、起きてしまったあとじゃ、なにもかも無駄なんだ。私は拳を握った。

今の私なら、みんなを救える。未来の知識はここにある。心の中で謝るだけじゃなく、みんな、この手で救えるんだ。だから……！　今度は、きっと……！

「……ん」

ブラッドが横からハンカチを出して、無言で私の涙を拭いてくれた。

あれ、私泣いてたの？　あ、ありがと……こらあっ！　鼻水は出てない！　ちーんを要求するでないわ！

さ、さあ！　大儲《おおもう》けして、ひきこもりを満喫する未来を摑み取るよ！　昂《たか》ぶるぜ!!　ひゃっほう!!

でも、そうなると、有能な商会のパートナーが欲しいなあ。

シャイロックは絶対ごめんだし、どうしようかなあ……

「ここの毒草には、メルヴィル家秘伝の特殊な処理をほどこしているのよ。毒矢に使うためにね。根の毒素量は倍近くになっています。触れないよう気をつけてね」

涙を拭いて気を取り直したお母様に注意され、私は現実に戻った。

「ここにぶら下がってる死の女神の花、全部強化ずみかよ。えげつな……」

「アウオ……」

ブラッドと私は顔をひきつらせた。

これ、そのままで何千人も毒殺できる貯蔵量だよね。しかも毒性は当社比二倍ですと!?

お母様の弓の腕前と合わせて考えると、これは洒落にならんのです。

「ほんとはね。私をいじめた『赤の貴族』たちを毒矢で皆殺しにして、自殺しようと思ったときもあったのよ。でも、臆病な私は踏ん切りがつかず、毒の根ばかりが毎年増えていった……」

私たちに背中を向け、クローゼットに手をかけ、お母様がぼそっと呟いた。

ひえっ！　やっぱり!?

お母様が心を病む原因となった、バイゴッド侯爵夫妻が音頭をとった「赤の貴族」たちの陰湿ないじめ。

本人たちは無力な子猫を蹴飛ばして遊んでいる程度の認識だったのだろうが、実は虎《とら》の尾をがんがんに踏んでいたことに気づいていなかったのだ。なんておそろしい……！

私はお母様の自重に感謝した。

理由はどうあれ、それだけの数の「赤の貴族」たちを殺したら、誰にもかばいきれないところだった。

自殺しなくても、お母様は死刑を免れなかった。そうすれば私もこの世には誕生していない。

ありがとう、お母様。おかげで私は、今ここにいます。

私がそのうちお母様の無念は晴らしてあげるから。

必殺の乳幼児スピンをぶちかまして、あいつらの高慢ちきな鼻をへし折ってみせる。

一〇八回も悪逆女王貫いた経験なめないでよね。本気になれば、私けっこう怖いのよ？

「そして、これがメルヴィル家のもうひとつの秘密です」

お母様は鍵《かぎ》つきクローゼットを開き、変わった形状の弓を取り出した。

Mの字に似たその弓にはすでに弦が張られていた。

「……私は一度弓を捨てました。でも、ヴェンデルはずっと手入れをしてくれていた。おかげで今、この子たちを守れます。ありがとう、ヴェンデル」

お父様に感謝し、そっとその弓にキスをする。

……これ、もしかして複合弓⁉

私は息をのんだ。

一〇八回の女王時代に見たことがある。はるか遠方の騎馬民族が使用するとんでも兵器だ。

彼等は騎乗しながら、長距離射程の矢を放つ。その秘密がこの複合弓だった。

私たちの国が使う単弓は、威力をあげ射程距離を伸ばすためには、長大化するしかない。

それがロングボウ。ロングボウ部隊は騎兵の天敵だ。騎士の鎧《よろい》をぶち抜く弓威があるからだ。

今から数年後に、重税に苦しめられたとある領の農民たちが反乱を起こす。彼らが組織だって運用したロングボウにより、その領ご自慢の騎士団は、壊滅的な打撃を蒙《こうむ》ることになる。農民が騎士に勝利した事態を重く見たハイドランジア軍は、やがて自らもロングボウ部隊を創設するに至る。

ただロングボウはその大きさゆえに、取り回しの不便さが弱点だ。その威力を余すところなく発揮するには、大きく弦を引く動作も必須だ。騎乗して射るなど夢のまた夢である。

対して複合弓は、弓の表に伸張後に収縮する腱《けん》を、弓の裏に圧縮後に急速復元する特殊な繊維を使用している。この腱と繊維の復元を利用し、縮む力とふくらむ力で弓を補助し、矢の速度を倍化させるのだ。これにより大きさは従来のまま、ロングボウに匹敵する貫通力を得ることができる。

理論はわかってはいたが、製造方法が極めて難しく、私の女王時代にも、自分たちでの再現は不可能だった。それが、まさかお母様の実家のメルヴィル家に、製造法が伝わっていたなんて……！

「試射をします。ついてきて。私になにができるか、あなたたちにも把握してもらって役立ててほしい」

着替えたお母様は弓籠手をつけ、髪を束ね、矢筒を装着すると歩き出した。

あの、お母様、胸当ては……ああ、必要ないんですね。そのままでも邪魔にはならないと。

よおく知ってます。私にもその微乳な遺伝がありましたから。

胸元が大きく開いたイブニングドレスを着るとき、いろんな意味で気を遣って大変でした。

それにしても、お母様……その衣装、失礼ながら、ちょっと斬新すぎません？

いろいろ突っ込みたい私の気持ちは、続くお母様の試射が凄まじすぎて、ふっとんでしまった。

⚜

試射の場にお母様が選んだのは、東側のロングギャラリーだった。

絵も調度品もひとつもない、がらんとした空間だ。バイゴッドのごうつくおじじとおばばが、根こそぎ金目のものは持ち去ったからね。これじゃ、ただのだだっ広い廊下だよ。点在するロマリア風の飾り柱が空《むな》しい。

おまけに庭園の池の水脈から浸水し、この真下の地下室は水没状態。湿気が上にあがってきて、じめじめしているので、室内運動場としても使えない。床の木材が腐ってぎしぎしいってる……。

お金がないので修復もままならず放置されているのだ。うう、貧乏ってみじめ……。

でも、お母様、試射するっていっても、狙いはこの廊下の突き当たりに立てかけた的ですよね？　途中にたくさんある柱に、どのラインどりで射っても矢が遮られると思うんですが……。

「……メルヴィル家の始祖は、『魔弾の射手』とも『魔弓の狩人』ともおそれられました。これは、その彼女から伝えられてきた技」

お母様は、弓を構え、すうっと数度調息し、精神を集中した。

「まずは弓技、『蛇行』……四連でいきます！」

言下にカカカカッと矢筈《やはず》を打ち鳴らす音がした。四矢を一気呵成《いっきかせい》に連射したので、音が重なり一つに聞こえたのだ。

それだけでも信じられない神業だったが、真にすごいのはここからだった。

そのまま直進すると柱にぶつかるはずだった矢の軌道が、ぐうんっと曲がった。

左右に分かれ、柱を回避する。さらにその先にある柱もかわす。そのもう一つ先にある柱も。

四本の矢が空間を自在にくねりながら、柱の列をすり抜けていく。

まるで矢が空飛ぶ蛇に変わったかのような、信じがたい光景だった。

なるほど、だから蛇行……！　私は慄然《りつぜん》とした。

この弓技ならば、人混みの間を縫って、標的を捕捉可能だ。

お母様は障害物に遮られず、獲物を射止めることができるんだ。

盾を前面に構えても、お母様の矢は防げない。まわりこんで側面から突き刺さるからだ。

ヒュンヒュンと競うように風切り音がうねる。

四矢の着弾の音は同時だった。お母様は同時着弾するよう、それぞれの矢の速度まで調整して射ったのだ。がんっという音を一回だけたて、ギャラリーの突き当たりの的が揺れた。

『『蛇行』を使うと、やっぱり、だいぶ矢の威力が落ちる……」

的を突き抜けなかったことが心残りらしく、お母様が悔しそうに唇を噛む。

私たちは拍手も忘れ、ぽかんと立ち尽くしていた。

「……すごいです！　奥様!!　素敵!!」

しぃんと静まり返った空気を破ったのはメアリーだった。頬を紅潮させ無邪気に大はしゃぎしている。

「そうやって、公爵様のハートも射抜いたんですね！」

あ、やっぱ、恋愛方面に持っていこうとするのね。

「おっかなぁ……」

ブラッドがお母様を傷つけないよう、小声でぼそっと言った。

「アウ……」

私も同感だった。お母様、すごすぎでしょ！　素敵どころか無敵の才能すぎて怖いよ！

前の一〇八回の人生で、私を何度も射殺した、五人の勇士の一人、闇の狩人アーノルドに比肩する天才だ。しかも、お母様の毒矢は最強クラスの猛毒。かすっただけでも、絶命必至。狙われたら、ほぼ生還は不可能だ。死神に死刑宣告されるに等しい。

「アウウウ……」

私はうち震えた。お母様はさっき、ご自分をいじめた「赤の貴族」たちを皆殺しにしようと思ったこともあるって言ってたけど、はったりじゃなかった!! 虎どころか龍の尾を奴ら踏んでたんだ!!

ブラッドに続き、チート人間がまた一人現れました。私の影がどんどん薄くなります。

これじゃ、私がぶっちぎりで無能じゃないの!! 早く大きくなりたいです……。

「次は弓技、『鎌首』と『蛇腹』……いきます」

どへえっ! まだチートな弓技披露するんですか! お母様、ほどほどに! お手柔らかにお願いします!

私のヒロイン力は、もうゲージゼロなのです! このままじゃ、私、解説専門ヒロイン転落まったなし!?

「ちょっと待って。コーネリアさん」

ブラッドがお母様を遮った。

おお!? ブラッド、あんた、もしかして私のためを思って?

次の瞬間、私の喜びは木端微塵《こっぱみじん》にうち砕かれた。

「コーネリアさん、火矢も使えるよね。もしもの場合、この公爵邸燃やしちゃってもいい?」

あんたあっ!? なに言ってんの!?

おまわりさん! メイド服の放火魔がここにいますよ!

「……火矢は使えます。この屋敷も燃やしてもかまいません」

お母様も、なに即答してるんですか! あっ! もしかして、二人が話してるのは、アレのことか！

「アウオオオオッ。オアアアア」

思い当たった私は、話に割って入った。

だったら、もっといい案があるよ。折角だから二段重ねの作戦で、どかんと、ど派手にやっちゃいましょう！　ちょっとブラッド、通訳お願い!!

「はいよ。コーネリアさん、チビスケが、なんかいい案があるって提案してるぞ」

血液の流れで人の考えを読むチート技を持つブラッドは、私の思考パターンをすっかり把握し、いつの間にか通訳まで可能になっていた。うむ、赤ちゃん国の大使に特別に任命してやろう。

◆

公爵邸の敷地の藪《やぶ》の奥から、四人の亡霊たちは空を見上げていた。

夕暮れが夜に変わろうとしていた。地平に微かにしがみつく夕陽の稜線《りょうせん》は、消えかけた熾火《おきび》のように頼りない。それも間もなく、闇に呑《の》まれる。轟々《ごうごう》と不気味に風が吠えだしていた。

「嵐が、くる。王家親衛隊よりも、公爵よりも先に」

と武人の幽霊が唸る。

「禍々《まがまが》しい化物どもめ。人の悪意と獣の牙が合わさると、かくも醜い怪物が誕生するのか。いったい何人の幼子たちを、その牙にかけたのだ。不快すぎて正視にたえん」

と吐き捨てた。

「冗談じゃないよ！　あの化物犬どもは、とんでもない胴甲《どうよろい》を着込んでるんだ！　矢も刃もはじいちまう！　それで勇敢なじいさんたちもやられちまったんだよ！　それさえなきゃ、あの子の弓の腕なら、あんな犬どもに後れを取らないものを！」

やせた女幽霊が悔しそうに歯噛みする。

あの子というのは、スカーレットの母、コーネリアのことだ。

「ああ！　あたしに身体があったら、弓を持って、隣で一緒に戦ってあげられるものを！」

身をよじって嘆く女幽霊を見て、でぶの幽霊が目をしばたたかせ、ため息をつく。

「そうかあ、姐《あね》さんは、むかし、公爵夫人の先祖の『魔弾の射手』としのぎを……」

鼻をぴくつかせ、気の毒そうに
「鉄と馬と油のにおいは強くはなってる。でも、ここに親衛隊が来るには、あと一時間はかかりそうだねえ。必死に馬を走らせちゃいるみたいだけどさあ。……化物犬のぞっとするにおいは、もう屋敷のすぐそばに来てるよ」

「魔犬どもに殺された三人の老戦士は、王家親衛隊の指南役だったのだ。随分慕われていたらしいな。公爵の報せを受け、親衛隊全員が、怒り狂って報復を誓っている。しかし、間に合わぬか」

「さあてさてい、運命はどう転がるかなア。いっちょ占ってやるかア」

のっぽの幽霊が拍手《かしわで》を打つと、ぽんっと鬼火が二つ現れた。それを手の中で転がし、ぱっと両手をかぶせて、隙間《すきま》から片目で中をうかがう。

「さア！　教えてくんな！　未来に待つのは、光か闇か！」

渋面で顔を離すと、

「はン。もうすぐあの世いきの魂が出るだとさ!!」

女幽霊が形相を変えて振り向く。

「なんだい！　腐れ占いなんか！　コーネリアは、あの子はね！　旦那の公爵への恋心ひとつを頼りに、山奥から出てきたのさ！　泣かせるじゃないか！　それなのに、あんなつらい目に十年間も！　あたしゃ、人の不幸を楽しむ性悪だけどね。あの子は、あんまりに報われなさすぎだ」

女幽霊の剣幕に、のっぽの幽霊が鼻白《はなじろ》む。

「別に死ぬのが公爵夫人と決まったわけじゃ……」

「あたりまえだよ！　あの子は、妻としての喜びも、母としての幸せも、なにひとつ経験しちゃいないんだ！　不幸なまま死んだりしたら、あたしゃ許さないからね!!　ぜったい生き残って、幸せにおなりよ！　あんたはね、この世に未練がないほど、まだ、たくさん笑えちゃいないんだ！」

コーネリアに呼びかける女幽霊の悲痛な声が、風の音にかき消されていく。

「月の女神さん、あたしの好敵手の末裔《まつえい》の娘を、どうか守ってやっておくれよ……」

「さア！　御立ち会い！　復讐の炎、妄執の炎、守り守られるための炎!!　最後に残る命の炎はどいつかなア!!　とまれかくまれ我らは亡霊！　入れ込んだとて無駄なこと。まずは高みの見学だア!!」

飛び上がったのっぽの幽霊が、つむじ風に同化し、姿が薄れていく。蒼白い鬼火がはじけ、ちりぢりになり、亡霊たちと一緒に渦巻く風の中に吸い込まれていく。

「……若狼よ。俺はかつて、おまえのようになりたかった」

最後まで残った武人の幽霊が、目を細めた。

「我ら血族の技は、人を殺す刃のみにあらず。人を守る盾にもなると、おまえなら証明してくれる、俺《おれ》はそう信じている。母と子を、その手で守ってやってくれ」

寂しそうに背を向ける。

「力を求め、鬼に堕《だ》した俺が、言えた義理ではないがな」

ブラッドに届かぬ激励をおくり、武人の幽霊もまた、つむじ風の中に姿を消した。

そして、決戦のときは来た。

CHAPTER 5

第5章

魔犬来襲。
想像を超える力に
追い詰められる私たち。
けれど小さな勇者は
血の奇跡を起こすのです。

第5章

CHAPTER 5

「なあ、コーネリアさん。こいつ、名前つけないの？　いつまでも「チビスケ」とか「こいつ」じゃ、話しづらいんだけど」

襲撃者に備え、各々《おのおの》が準備に余念のないなか、ブラッドが、そう口にした。

私たちは今、毎度お馴染《なじ》み調度品ゼロの正賓室にいる。

暖炉前で矢羽根を点検していたお母様が顔をあげた。

「お嬢様のお名前!?」

お母様以上に喰《く》いついたのがメアリーだった。

「気品ただようお嬢様にぴったりの、素敵な名前を是非……！」

頬《ほお》を上気させ、私に頬ずりせんばかりのメアリー。

「どんなお名前がよろしいでしょうか。エリザベス……エカテリーナ……アグリッピナ……」

な、なんか、血で血を洗う闘争人生が確約っぽい名前ばっかりじゃない!?

ま、今回の人生の私は、闘争じゃなくて逃走本能に満ちあふれてるけどね！

三十六計逃げるに如《し》かず。逃げるが勝ち!!

「……スカーレット」

お母様の思いがけない一言で、私は驚いてフリーズした。

「スカーレット。この子の名前は、スカーレットがいいです」

噛《か》み締めるように、もう一度繰り返すお母様。

お、お母様、どうしてその名前を……？

「夫の、ヴェンデルの髪がお日様に照らされて輝いたときの色。いつか女の子が生まれたら、その名前をつけよう。そう決めていたの」

お母様ははにかみながら答えた。

脳裏を稲妻が貫いた気がした。

ぶわっと記憶の映像が押し寄せて、私は息をするのを忘れていた。


…………………………

…………………………


太陽が昇る。鮮やかな朝焼けが、白くまぶしい輝きに変わる一瞬。

「スカーレット。君の名前は……」

私の記憶よりもっと若々しいお父様が優しく語りかける。

童話の貴公子がそのまま抜け出してきたような凛々《りり》しい姿。

「お日様の光に透けたぼくの髪の色を見て、君のお母様が思いついた名前なんだ。ぼくの髪の色が好きだと褒めてくれた。いつか娘が生まれたら、その名前をつけよう。そう嬉《うれ》しそうに笑っていた」

そして、そっと私の手をとり、恭しくその甲にキスをする。跪《ひざます》き、私を見上げるその瞳は、朝日の色と同じ強い強い赤の色。日に照らされて輝く髪の色。私たち親子の血の繋《つな》がりの証《あかし》。

「君の名前はお母様からの贈り物だ。お母様は、コーネリアの命は、今も君の中に受け継がれている。お母様は君と共に生きている」

大好きで自慢だった私のお父様。私が独り立ちするまでは、亡くなったお母様と共に、ずっと親子三人で一緒に歩いていくと、それが口癖だった。

私が熱を出したときは、寝ないで、一晩中付き添ってくれた。

私が高熱で意識がなかったと思っていたらしく、治ったあとは、そ知らぬお顔をされていたけれど。

お父様の気持ちを思いはばかり、気づいてないふりをしたけれど、自分がどんなに愛されているか知って、嬉しくて嬉しくて、私はシーツをかぶってこぼれる笑みを懸命に押し隠した。

厳しいところもあったけど、つらいなんて一度も思わなかった。

だって、それ以上に深い愛を私は感じられたもの。

私とお父様は、お母様の受けた屈辱をそそぐため、二人三脚でハイドランジアの女王への道を志していた。朝日の中、私たちはそう誓った。その目的のためには、恋をしている暇なんかない。

でも、女王になっても、結婚はできる。私も、お父様みたいな素敵な殿方といつか連れ添いたい。

お母様のように激しく純粋に愛されてみたい。両親の物語のような恋に、私はひそかに憧《あこが》れていた。


…………


お父様との別れは突然やってきた。恒例のお母様の命日の墓参りに出かけ、雪崩《なだれ》に巻き込まれてお亡くなりになった。私を慈しんでくれたオブライエンのおじい様も、メルヴィルの屋敷の火災で天に召されてしまった。

訃報《ふほう》を聞いたとき、私は悲痛のあまり気を失い、目を覚まし、何度も何度も諦《あきら》めきれず事実を確認し、とうとう自分がひとりぼっちになってしまったと悟り、声を殺して泣いた。

人前で弱さを見せるわけにはいかない。私は女王になるのだから。

でも……私の家族はもう誰《だれ》もいなくなってしまった。

つらい。一人は悲しい。寂しくて苦しい。私も、みんなのところに行きたい……

…………

…………

「……オアアアア……」

気がつくと私は、ぼろぼろと涙をこぼしていた。

ちょっと待って……な、なんなの⁉　この記憶は……！　これ、ほんとに私の記憶⁉

私の知っているお父様は、もっと白髪交じりで険しい顔で、常に咳《せ》き込んでいて、私が駆け寄ると、「近づくな」と怒鳴るような気難しい人だったはず。屋敷にも寄りつかず、シャイロックの妾宅に入り浸りで、最期のときも我が家で迎えはしなかった……。

「……名前、気に入らなかったかしら」

お母様が心配そうに首を傾《かし》げる。

いえーっ‼　とってもいい名前ですよ。私はあわてて涙を両手で拭《ぬぐ》い、振り向いて笑顔を浮かべた。

迷っていて「アリサ」とか名づけられてはたまったもんじゃない。

スカーレット、おおいに結構！　私にとっても昔馴染みのお名前です！

また、よろしくね。……「スカーレット」‼

「お嬢様も喜ばれているみたいです。これからもよろしくお願いしますね。スカーレットお嬢様」

メアリーが、ぎゅうっと私を抱きしめる。

「よろしくね。スカーレット。お父様が立ち会わない名づけでごめんなさい。でも必ずあなたを守ってみせるから。そうしたら……」

そしてお母様は伏し目がちにためらいながら、

「そうしたら、私に母親として、やり直す機会をちょうだい。できる限り償ってみせる。貴族の母親らしく、上手にあなたにいろいろ教える自信はないけど、努力してみせるから……」

お母様はまだ私を殺そうとしたことを気に病んでいるらしい。

「アウッ」

私は弓を引く動作をした。

お母様の目が驚きに見開かれた。

貴族の教えなど、一〇八回も令嬢してきた私には不要です。おおよそのことは免許皆伝《めんきょかいでん》クラスゆえ。

むしろ、そのスーパーな弓技こそ教えてほしいです。

さんざん私を射殺した五人の勇士の一人、闇《やみ》の狩人《かりゅうど》アーノルドをやりこめられるよう、私は奴《やつ》の腕を上回らねばならんのです。奴が、私のひきこもりライフに立ちふさがるときに備えて！

「……それを教えるなら得意分野だわ」

お母様は花がほころぶように笑った。その若々しい笑顔に私はあらためて見惚《みほ》れた。

だけど、今日の試射用に着替えたお母様の出で立《い》ちは……いつもの肩掛け《フィシュー》にボディス、エプロンとロングスカートではない。これ……なんとコメントすべきなの……か、あまりにものすごい弓技に圧倒され、頭からとんでいたが、見直すと奇抜すぎるその衣装……。

髪を後ろにひとまとめに束ね、頭には「サークレット」に羽根飾り。手にはお馴染みの弓籠手《こて》。長めの革ブーツ。そこまではいい。問題はそこから先だ。まず特筆すべきはスカート丈の短さだ。膝よりも上だと……！

正確には上着の裾《すそ》にプリーツつけて、下に極短の半ズボンを穿《は》いてるんだけど、襞《ひだ》のせいでミニスカートに見えます。というか、それ以外に見えません。のぞく太股《ふともも》の色が目に毒です。ロングスカートがスタンダードのこの国では危険すぎるファッションセンス。なんで同じ上着の上部分と下部分で意匠がこんなに違ってるのでしょう。スカートに誤認させようという執拗《しつよう》な意志を感じます。

その腰帯の横結びがリボンみたいなのは、なにか伝統的な意味が？

そして背面にマントのように羽織った荒々しい獣の毛皮……お母様、その大きさ、もしかして熊の全身か何かですか？　聞くのが怖いよ……襟巻きの代わりにしては、ちょっと凶悪すぎませんか……。

胸当てはまともだが、なんとそちらはお母様の唯一の弱点、ちっぱいを見事にカバーしていた。胸があるように誤認させるですと⁉　こ、これは貧乳戦士たちのためのバトルドレス⁉

ひとつひとつ注視するとかなりアレな格好のはずなのに、ビッグサイズの荒ぶるケダモノ毛皮のインパクトが突出して強すぎ、他がなんか普通に清楚《せいそ》に見える。錯覚ってこわい……。

「これは、メルヴィル家の女性の正式な戦装束です。断じて私の趣味ではありません」

お母様がきっぱりと断言する。

「神に誓って私の趣味ではありません。この衣装は、私の母も祖母も嫌がっていました」

大事なことなので二回言ったのですね。三代続けて女たちに嫌われる伝統衣装……。

メルヴィル家は女性の弓の達人を輩出したが、その多くは若くして弓を置くことになった、とお母様は続けた。ご自身の衣装をちら見して、察してください、とため息をつく。

な、なるほど。まあ、年いってから、この衣装は、私もちとつらいかな……。

弓の名手で戦場から引っ張りだこのメルヴィルの女性たちを、一線から強制離脱させるための救済措置だったということだが、どうも本当の狙《ねら》いは、弓しか興味がない跡継ぎ娘たちに、婿を引き寄せるための餌《えさ》のような気がするんだよな。だとするとメルヴィル家おそるべしだけど……。

うがちすぎだろうか。

……はっ、もしやお父様も罠《わな》に……やっぱり、これ以上は考えないどこう。

と、とにかく私もこれで名無しのゴンベ子ちゃんを卒業です。

今から私は一〇九回目の人生でも、晴れて「スカーレット」を名乗らせていただきます!!

私の頭を、ぽんぽんとブラッドが叩《たた》く。

「名前ついてよかったな。これからもよろしくな。おまえにぴったりの名前だな」

あら、そう？　まあ、緋《ひ》の名前は、紅《あか》い眼、赤髪の私にこそ相応《ふさわ》しいかもね。わかってるじゃない。

「おまえ、すぐまっかになって怒るもんな。まさに名は体を表すってやつだ」

むきーっ!!　私、そんな簡単に怒ったりしないもん!!　そこに直れ！　手討ちにしてくれるわ!!　許してほしいなら、形で誠意を示せ!!　ほどけかけた私の頭の赤いリボン、かわいく結び直してちょうだいな!!

「わかった、わかった。ずいぶん安い誠意だな。ほら、今なおしてやるから堪忍してくれな」

憤慨する私に、ブラッドは笑いかけ、するっとリボンを取り、御機嫌とりで私の頭に結び直す。

「……？」

その指先がかすかに震えていることに私は気づき、はっとなった。

「さて、姫様に名前がついたところで、タイミングよく、敵さんのおでましだ」

ブラッドの額に、みるみるうちに汗が噴き出してくる。

「悪い予感ばっかり当たるもんだ。ほんと、やになるよな。正真正銘の化物だ。なんて妖気放ってやがる。こんなもん、どうやって……」

年相応の少年の、途方に暮れている不安いっぱいな表情が浮かぶ。

泣きそうな顔を一瞬だがのぞかせたのを、私は見逃さなかった。

それでも、ふうっと息をつき、一度うつむいた顔をあげたとき、ブラッドはもう迷っていなかった。

指先の震えも止まっていた。きゅっと器用に私のリボンを仕上げてくれる。私の視線に気づき、自ら恐怖をねじ伏せたのだ。たぶん、私を怖がらせないように。ただ、それだけのためにだ。

ブラッドはそういう人間だった。

他人を優先し、自分を後回しにする変わらぬ彼の性質に、私は胸が締めつけられた。

彼に比べ、あらためて自分の無力を思い知らされる。

私は自分の手を見つめた。もみじの葉のような小さな手。短い指。

なにもできっこない、ただ守られているだけの存在……。

「まーた、ぐだぐだ悩んでるだろ。スカーレットは黙って守られてりゃいいんだ。それが今のおまえの仕事」

私の苦悩を敏感に感じ取り、ブラッドが呆《あき》れたというふうに、私の鼻をつまむ。

ちょっ……！　息、できない!!　そ、それより、ブラッド、今、私の名前……!?

「オレが守ってやるって言ったろ。どうしても、何か手助けしたいってんなら、オレの勝利を信じて祈っててくれ。それで、オレは絶対負けないから。な、スカーレット」

不敵な笑みを浮かべる。少年の純粋さと男性の頼もしさが同居する素敵な笑顔だった。

理屈にもならない強引な説得。だけど、不思議と信じられた。

うん、だって、ブラッドだものね。期待してるよ、チート生物め!!

まっかになった鼻の頭をこすると、私は素直に手を組み合わせ、みんなの無事を祈った。

私とブラッドの会話を、にこやかに聞いていたお母様が、眉《まゆ》をひそめ顔をあげた。

みるみるうちに表情が険しくなり、その目が屋敷の裏側、庭園のほうに向けられる。

「……力づくで門が破られたようね。殺気を撒《ま》き散らす三匹の獣……と、たぶん人間が一人。門番さんたちがいない夜でよかった。詰めていたら殺されていたでしょう」

万が一の夜襲に備え、我が家のお手伝いの皆様には、通いの勤務をお願いしていた。

「正解だ。なんでわかったの」

ぴたりと襲撃者の詳細を言い当てられ、驚きに目を見張るブラッドに、お母様はほほえんだ。

「気配を探るのは、あなたの専売特許ではないわ。あなたは心も身体も強いから、なんでも自分一人で背負いこもうとする。でも少しは大人を頼りなさい。いえ……大人にもいい格好をさせてください。

スカーレットを守りたいと思っているのは、ブラッド、あなただけではありませんよ」

と言いながら、お母様はメアリーから私を抱き取り、頬に優しくキスをした。

「娘を守るのは母親の務め。気持ちで、あなたに遅れを取るわけにはいかないのです」

「私も、お嬢様が大好きです。私だって、いざとなれば盾の役目ぐらい果たしてみせます」

メアリーが再び私を受け取り、こちらは愛《いと》おしげに頬ずりする。

「……ブラッド、援護は私にまかせなさい。あなたは前だけに集中して」

お母様が静かに語る。

「そして、もし危ないと判断したら、無理せず撤退すること。あなたたちが退避する時間は、メルヴィル家の弓にかけても、私が必ず作ってみせます。たとえ、千の兵士が相手だとしても」

そこには「赤の貴族」たちのいじめで心がへし折れ、対人恐怖症にまで追い込まれた女性の面影など微塵《みじん》も見当たらなかった。頼りがいのある年長者の背中しかない。

メアリーも私を抱いたまま器用に腕まくりして、ふんすと鼻息荒く気勢をあげる。

二人とも頼もしい!!

「ああ、二人に背中は預けるよ。オレは確かに気負いすぎてた。オレはオレらしく全力を尽くさなきゃな。頼りにしてるよ、コーネリアさん。メアリーさん。それに……スカーレットもな」

ブラッドは私のおでこを軽く小突くと、にかっと笑った。

三人を羨《うらや》ましく思い、自分の無力さに引け目を感じた私に、さりげなく心配りした。

打算ない気持ちが心にしみわたる。

おまけみたいな扱いだったけど、好意は素直に受け取っておくよ。

三人の優しいまなざしに、胸が詰まる。不覚にも涙がこぼれそうになった。

無償で私を守ってくれる人たちに囲まれることが、こんなに嬉しいことだなんて。

私は照れ隠しにかたわらのブラッドの頭をぺちぺち叩いてやった。

あのね。成人すればあんたは世界最強になるの。この私が保証したげる。十七回もあんたに殺されたこの身をもって体験学習ずみです。敵にまわすとおそろしいけど、味方にするとこれほど頼もしい人間はない。あんたは本当の天才よ。どんな化物相手にだって負けるはずがない。成人したブラッドは、〈治外の民〉の奥義中の奥義、「血の贖《あがな》い」だって使いこなすんだから。

血の贖いは、体内の大量の血液と引き換えに、身体能力を一時的にブーストする技だ。会得した者は、〈治外の民〉の長い歴史の中でも、数えるほどしかいない。

「オアアアッ、アオオオウッ」私の激励にブラッドは目を丸くした。

「門外不出の『血の贖い』のことまで知ってるのか。ほんと、つくづく何者だよ。おまえは。まあ、そこまでオレを評価してくれるのは光栄だよ」

ブラッドは訝《いぶか》しがりながらも、それを私からブラッドへのエールと受け取ったようだった。

「どんな相手でも負ける気はないさ。チビスケの作戦、早速使わせてもらう。この頭おかしくなるようなイカれた気配は、ぜったい化物の類いだ。屋敷ごとぶっ潰《つぶ》す覚悟でやらなきゃ、たぶん殺される」

えっ、あのトラップ本気で使うの？　私は目を丸くした。

我が提案ながら、過剰防衛突き抜けた代物なんですけど。

相手が人間だったら、死亡確実コースだ。私たち、殺人罪でブタ箱送り決定よ。

次回から、スカーレット脱獄編がスタートになっちゃうよ？

「私もブラッドの意見に賛成です。生き残るために、この屋敷を犠牲にします。残念ですが……」

お母様もブラッドに同調する。

悔しげに……あれ、ちっとも悔しそうじゃない？

「そう、これは非常時の緊急措置。他に手段はないの。決して私怨《しえん》ではないのです。この家が、建主のお義父様とお義母様に見えて、思いっきりぶっ壊してさしあげたいなんて、ふふ、そんなことは微塵も考えていません」

お、お母様、途中から、心の声が、だだ漏れです。どす黒いオーラもです。

そして、なんて晴れ晴れしたお顔を……。

ま、いいか。屋敷が大爆発しても、「毒婦の頭巾」の保管されている部屋は持ち堪《こた》えるはずだ。もとはバイゴッド侯爵夫妻の隠し金庫代わりだったらしく、馬鹿みたいに堅牢《けんろう》にできている。復興の資金源はあるのだ。

「火矢は、いつでも使えるようにしてあるわ。誘い込んだあとは……段取り通りに、すぐに離脱してね。一歩逃げ遅れると、罠に巻き込まれて、一巻の終わりですよ」

お母様の警告に、私たちは気を引き締め、うなずき合った。

「さてと！　化物の面を拝みにいこうか」

ブラッドを先頭に私たちは、身を屈《かが》めるようにして、サルーンを縦断した。もちろん、点在するテーブルの陰に隠れながらだ。お母様は周囲を警戒し、メアリーは私の運搬係。

そして私は、運ばれ役だッ……！　非力な我が身が恨めしい……！

メアリーの右手には抱かれた私、彼女の左手には布団入りのベビーバスケット。日除けつきです。

かさばる荷物で、すみません、マイハウスともども御迷惑おかけします。

「……いた。あそこだ」

テーブルの陰に身をひそめ、ブラッドが親指でくいっと外を指し示す。

サルーンの突き当たりの窓は、庭園も装飾の一部になるよう計算されている。庭園の見どころが、なるべく多く見渡せるように作られているのだ。

月明かりに照らされ、小高い丘の上から、四つの影がこちらを見下ろしている。

まるで影絵芝居のようだった。それもとびきり性質《たち》の悪い悪夢系だ。

四つの影のうち一つは、猫背の小男だった。乱れ髪の獣じみた風貌《ふうぼう》だが人間だ。

だが、人間よりはるかに大きい残り三つの影は……！

ぴんっと尖《とが》った耳、長い口吻《こうふん》、でかい脚、ふさふさした尾……!!

見覚えのある巨大なシルエットに、私の心臓が縮みあがった。

「ホギュアアア!!」と私は恐怖で絶叫した。

「……声がでかい！」

あわててブラッドが私の口をふさぐ。

……だって、あれ魔狼《まろう》ラルフだよ!!　我が絶叫も無理からぬこと！　あの恐怖、忘れられるわけがない!!

よみがえったトラウマに、私の全身は震えあがった。

ラルフは、「一〇八回」の人生で、私を殺した五人の勇士の一人、月影の貴公子ルディのパートナーとして、何度も私の命を脅かした狼《おおかみ》だ。騎士ごと騎馬を地面に叩きつけるパワーを持ち、密集した兵士たちの「上」を地面のように走り、あるいは絶壁をジグザグに駆け登るという離れ業《わざ》で、私めがけて執拗に奇襲を繰り返した。しかも、でかい図体して音もなく背後に忍び寄るし、弓矢は軽々かわすしの、ほんと悪夢の三三七拍子揃《そろ》い踏みの敵だった!!

その人智を超えたとんでも狼っぷりは、女王軍全体を恐怖のどん底に突き落とした。「魔狼」来襲の報せが走ると、歴戦の戦士たちでさえ浮足立ち右往左往したほどだった。知能も高く、奴の天敵であった私の側近バレンタイン卿の留守のときにばかり夜襲をかけてくるんだ。私も、何度、喉笛《のどぶえ》を噛みちぎられそうになったことか。思い出すのもおそろしい相手だった。

連日のストレスで寝不足でふらふらになるし、肌もぼろぼろ、目は隈《くま》だらけ。外国大使には、女王陛下はご病気か、と心配される始末。ラルフのやつ、ほんとに美容の大敵だよ……!!

「アオオオオッ。アオオオーン……」

そんな奴が再び私を害するため、目の前に出現したのだ。警戒せずにおられよか。

みんなあっ、狼だ!! 狼がきたよっ!! 赤ずきんちゃん、もとい赤ちゃんな私を守ってください!!

私は必死にみんなに呼びかけた。

あんなでかい狼がそうそういるはずがない。あれは間違いなく魔狼だ。

一生懸命に伝えようとするあまり、熱がこもり、せつなげな遠吠《とおぼえ》えっぽくなってしまった。

「……落ちつけって。ありゃ、狼じゃない。犬だ」

「……間違いなく犬ね」

ブラッドとお母様が間髪を入れず、私の訴えを否定した。そうなの⁉

二人には遠目でも区別がつくらしい。

わ、私だって……と必死に目を凝らしたが、まったく見分けがつかない。

「頭蓋《ずがい》が直線じゃないし、胸幅と前脚のつきかたが狼と違う。オレ、里の近くでよく狼と遊んだから、知ってるんだ」

ブラッドがしれっと口にし、私は呆れ果て、開いた口がふさがらなかった。

おのれ、ブラッド‼ この人外魔境の住人が！ どこまで人間離れすれば気がすむのよ‼ どうりで見分けがつくはずだよ‼ 言っとくけどね、そんなん、あんただけのどマイナーな判別知識なんだから‼

「犬と狼の違いは歴然よね」

狩人のお母様が他意なくさらっと発言して、私はとどめをさされ轟沈《ごうちん》した。

わあああん‼ 私の知識チートが‼ 看板メニューが‼ ブラッドのあほにまで負けたよ‼

だって、犬と狼の違いなんて、意識したことなかったもの‼ 悪役令嬢百人にアンケートとって聞いてみてよ！ そんな特徴知らないって、きっと大半は答えてくれるはずよ‼

そもそも、私の愛すべきパートナーの犬たちは、みんなつぶらな瞳《ひとみ》のかわいい子たちだったもの‼

あんな奴らなんか凶悪な狼にしか見えないよ!!

ね、メアリー。メアリーもなにか言ってあげて!!

私は屈辱と悲しみに身を震わせ、メアリーに訴えた。

「アウウアーッ!! アオオッ!! ……オオッ?」

メアリーは無言だった。私は首を傾げた。いつも私の一言一句を聞き逃さないメアリーなのに、様子がおかしい。瞳孔《どうこう》が開きっぱなしで、顔面蒼白《がんめんそうはく》だった。丘の上の人影を凝視したまま、顔は強張《こわば》り、まばたき一つしていない。私は背筋が寒くなった。
メ、メアリー、どうしちゃったの!?
沈黙を破るように丘の上の人影が動いた。

夜のしじまを隔てて、奇怪な風貌の老人が、さっと胸に手をあて、上体を屈める。

背後に控える三匹の巨大な犬の影法師は、まるで悪魔の城のようだった。

「……公爵夫人と御令嬢、夜分の不躾《ぶしつけ》な訪問を、まずはお許しいただきたい」

ひっひと癇《かん》に障る声をたて、老人は大声で口上を述べる。

「わしはジュオウダの魔犬使いと申すもの。背後に控えしは、わしのかわいい三匹の魔犬じゃ」

完全にこちらに気づいていた。風向きのせいか、声が遠くを渡り、ここまではっきり届く。

うん、挨拶《あいさつ》するなんて、襲撃者にしてはまともかな。

なんか声に嘲《あざけ》りを感じるが、まあ大目に見てやるか。

あとで壊した門の修理費の請求書出してもいい?

うち、今貧乏なのですよ。よし、少し水増し請求してやろう。

それにしても、魔犬使いか……どこかで聞いたような……私の知り合いだったっけ？

フレンドリーな私の気持ちは、次の老人の言葉で、木端微塵《こっぱみじん》切りとなった。

「……さあて、紅の公爵に奪われたこの片目の借り。奴の大切なものを噛み潰すことで、たっぷりお返ししてくれるわ。ひひっ、無惨に食いちぎられた妻と娘を見て、奴が何を思うか、それを考えると笑いがとまらんわい」

逆にこちらにとんでもない請求を突きつけ、魔犬使いは、潰された片目に手をやる。

「失ったはずの目が、今でも痛みで疼《うず》きおるわ。この借りを返せとな……!!」

こいつが感じているのは幻肢痛と呼ばれるものだ。それが怒りと恨みを余計にかきたてているのか。

残った片目に復讐《ふくしゅう》の飢餓《きが》がぎらついていた。

沈黙し揃って背後で待機している魔犬たちの足元で、ぴちゃりぴちゃりと音がする。抑えきれない涎《よだれ》が、口吻から滴り落ちているのだ。老人の邪悪な命令を、今か今かと待ち望んでいた。

「……喰《く》い殺してよいぞ!!　おまえたち!!　……じゃが、公爵めの嘆く様を見てやりたいからの。判別がつくように、頭だけは喰い残すのだぞ……いや！」

魔犬使いは素晴らしい閃《ひらめ》きに興奮した哲人のように、両手を広げ立ち上がった。

「……夫人とガキを骨に至るまで全部喰ろうて、そのクソを公爵に突きつけてやろうぞ！　これが夫人と娘のなれの果てと、懇切丁寧に教えてやってのお。クソをかき抱いて公爵は咽《むせ》び泣くのじゃ。これほど胸のすく光景はなかろうてッ！」

悪魔の発想に我を忘れ、魔犬使いは口端から涎を垂らしているのにも気づいていない。

魔犬どもと何ら変わりのない、おぞましい本性。外見は人なだけに余計に救いがなかった。

「ガルムよ。今宵《こよい》の餌は、生まれたての赤ん坊じゃ」

首をねじ曲げ、中央の巨大な魔犬に振り向く。

「残らず喰らうてよいぞ。嬉しかろう」

一人と三匹のおぞましい影が、月明かりに伸び縮みしながら、ゆらゆらと揺れる。

「……ジュオウダの魔犬使いの名にかけて、公爵をクソになった家族に引きあわせてくれる!! ひひひっ……!! そうせねば、このわしの腹の虫がおさまらぬ!!」

うわあ、前言撤回します。

こいつ、最低、最低、最々低のクソ野郎だ。

それにしても、ジュオウダの魔犬使いか。思い出した。記録で読んだことがあるな。

他国にも悪名を轟かせた、結構大物の犯罪者だったはず。

お父様に片目を潰されたと記されていたから、その逆恨みか。

魔犬に対する論文も読んだことがあるんだけど……思い出そうとすると身体が痛い。

身体!? 頭じゃなくて!? 痛いっ! あいたたっ……!?

私は体を締めつける圧迫感にもがいた。

メアリーがぎゅうぎゅうに私を抱きしめていた。
メ、メアリー!? ちょっと、ほんとに苦しいんですけど……!?

私はメアリーの腕をぱたぱた叩いて遺憾の意を表明したが、メアリーは腕の力を緩めようとはしなかった。熱病に取り憑《つ》かれたかのように、身体の震えがさらに大きくなる。

「メアリー、やめなさい!!」

「メアリーさん！　スカスケが壊れる！」

お母様とブラッドがあわてて止めに入り、ブラッドがメアリーの手から私を奪い取った。

あわてすぎていて、スカーレットとチビスケが融合したおニューネームが誕生していた。

メアリーは私たちが目に入っていなかった。声も聞こえていなかった。

私がいなくなったのに、私を抱いたポーズのまま、じいっと丘の上の影たちを凝視していた。がたがたと全身を震わせながら、まばたきもせずに、まっしろな顔色で。まるで般若《はんにゃ》の面に見え、私はぞっとした。いつも優しく私にほほえみかけてくれるメアリーではなく、復讐に狂った女がそこにいた。

「……ジュオウダの……魔犬使い……!!　やっと、見つけた……！」

メアリーが呻《うめ》いた。歯の間から押し出すような怨嗟の呻きだった。

私が女王時代に聞いた、断頭台で私を呪《のろ》う反逆者たちの声が耳によみがえる。

いつもの明るいメアリーにまったく似つかわしくない声に、背筋が寒くなった。

メアリーが公爵邸に来る数カ月前、愛する息子と暮らしていた頃の記憶

クロウカシス地方の子守唄《こもりうた》は、渡り鳥に遺族の思いを託した歌だ。

哀切な調べで、愛する人の魂が鳥の翼にのり天に帰ることを願うこの唄が、幼い頃《ころ》のメアリーは嫌いだった。大好きな父と母が、自分を置いて遠くに行ってしまうような気がして、耳をふさいでうずくまり、絶対に歌を聴くまいとした。添い寝する母親をずいぶん困らせたものだ。

そんな自分が、今、子供を寝かしつけるのに、この唄を口ずさんでいる。

「ヨシュアもうそろそろ、ねんねしない？　痛っ!!　痛いって!!　こらっ、かあさんの髪はオモチャじゃないのよ」

「アーアー、マーマー」

もっともあまり効果はなく、今も息子のヨシュアは自分の髪を引っ張る遊びに夢中だ。

メアリーは苦笑せざるをえない。自分に子守唄の才能はないらしい。

子守唄を歌うと、逆に息子は元気いっぱいになって笑い転げるのだから……

「よおし、そっちがその気なら、こっちもくすぐっちゃうぞ。ねんねしない悪い子は……ここかっ。

ここかっ」

メアリーは諦め、くすぐり攻勢に出た。

身をよじって、きゃっきゃっと明るい声をたてるヨシュア。

いいようにもて遊ばれている気がしないでもない……だけど、幸せだった。

ひとしきり遊ぶと、寝つきのいい息子のヨシュアはすぐに健やかな寝息をたて、幸せそうな顔で眠りにおちた。さっきまで、あんなにころころ笑い転げていたのに、とメアリーは顔をほころばせ、起こさないよう気をつけながら、そっと立ち上がり、裏庭の井戸に水を汲《く》みに行った。

クロウカシス地方の冬は厳しい。長い間雪に閉ざされ、戸外に出ることもままならない。雪と氷の白と曇天の灰色、吹きすさぶ風に閉ざされた世界だ。メアリーとヨシュアは寄り添って二人きりの冬を過ごした。

だが、ようやく雪解けの季節が訪れた。これから大地には新芽が萌《も》え、緑の色が大地を潤していく。いろいろなものを、自然の命の息吹を、やっとヨシュアに見せてあげられると思うと心がはずむ。

クロウカシスは春こそ一番美しい。亡き父は幼かった自分に、よくそう語ってくれた。

父と母は早逝してしまったが、その思い出と教わったことは今も自分を支えてくれている。

子守唄もそのひとつだ。いや、あまり役には立っていないかも……。

幼馴染《おさななじ》みだった夫からもたくさんのものを与えてもらった。

彼はメアリーの懐妊に躍り上がって喜び、少しでも稼ごうと危険な仕事に出かけ……働きに働いて、事故に巻き込まれて亡くなった。

村の若衆の中では目立つ人ではなかった。寡黙な夫だった。けれど誰より優しく、他人を気遣う人間だった。メアリーが体調の不良を隠していても、そんなときはいつもより早起きし、さりげなく朝食の用意をしてくれていた。メアリーが風邪をひくと、みっともないくらいおろおろし、自分の着ている服まで脱いで、メアリーをあたためようとしてくれた。

思い出すと、つい笑みと涙がこぼれる。

優しい人たちと、それに関わる記憶は、とても懐かしく美しい。亡くなったばかりのときは、悲しみばかりが先にたったが、それでもやはり思い出はかけがえのないものだ。生きる支えになってくれる。今はそう思う。

自分もそんな思い出をたくさん息子に与えてあげたい。空を、花を、川のせせらぎを、揺れる黄金色の麦穂を見せてやりたい。たくさんの愛情を注いであげたい。

この家には父親もいない。裕福でもない、そんな自分が与えてあげられるものは、思い出しかないのだから。

「わたし、がんばるね。ヨシュアと一緒に……だから、心配しないでね」

メアリーは空を見上げ、亡き夫の名前を呟《つぶや》き、そう語りかけた。

優しかったあの人は、そう言葉にしないと心配で、きっと天国で安心できない。

最期まで私と、おなかの中の子供を案じていたあの人。

「……死にたくない……!!　もっともっと働いて、君を、君たちを幸せに……!!　どんな顔をした子なんだろう。一目でいいから、見てみたい。これからなんだ……まだ、ぼくはメアリーに幸せをなにも残せていない……これからなんだ。これから……」

と泣きながら、静かに息をひきとった。妊娠したメアリーを置いていくことを何度も詫《わ》びた。激痛に苛《さいな》まれていたはずだが、自分の不甲斐《ふがい》なさを罰するように、痛いとは一言も言わなかった。

残りの一生すべてを君のために使う。それが夫のプロポーズの言葉だった。

実直な彼はその約束を違えることはなかった。最期まで自分よりメアリーのことを心配していた。

〝……だからって、そんなに早く先に逝っちゃうなんて、まるで詐欺じゃない……私、そんな約束破ってもらっていいから、もっと長生きしてほしかったんだよ。いつかあの世に行ったら、うんと抱きしめてくれなきゃ、許してあげないんだから〟

メアリーは亡き夫に心の中で文句を言った。

臨終のときを思い出し、涙が出そうになり、唇を嚙み締めてこらえる。

寂寥感《せきりょうかん》を押し殺し、メアリーは顔をあげた。

だいじょうぶよ。私、ひとりぼっちじゃないもの。

ヨシュアがいる。ヨシュアの中には、あなたも生きている。

私は、あなたにたくさんのものをもらったの。

私ね。あなたと暮らせて幸せだったんだよ。

だから、もう泣かないで。謝らないで。

寂しくなんかない。私は思い出の中で、あなたにも笑っていてほしいの。

その笑顔で、思い出で、くじけそうになったときは、弱い私の背中を優しく押してね。

私がヨシュアと一緒にがんばっていけるように……

「……さあ!!　今日もがんばらなきゃ!!」

メアリーはおどけるように声をあげた。

腕まくりして気合を入れ直すと、メアリーは水をいっぱい入れた手桶《ておけ》をぶら下げ、家に戻ろうと歩き出した。ヨシュアがおむつかぶれしないように入浴は欠かせない。といっても、大きめの木桶の中に人差し指の高さ分ほど溜《た》めた水ですませるだけなのだが。それでも、やわらかい乳児の皮膚には、すすぎのような入浴でも大切なものだ。メアリーのせめてもの親心だった。ほんとうはお湯につけてあげたいのだが、来客もいないのに大量の湯を沸かす薪《まき》を使えるほど、母子家庭のメアリーに余裕はなかった。

でも、もう春が訪れる。これからは冷たい思いをさせずにすむ。

陽だまりのあたたかさを早く体験させてあげたかった。

春よおいで、早くおいで、と鼻歌を歌いながら、今日一日の段どりを考えつつ、家に戻ろうとしたメアリーは立ちすくんだ。

家の出入り口からぬうっと巨大な影が現れた。まっくろな闇があふれだしたかのようだった。

思いがけぬ闖入者《ちんにゅうしゃ》の出現に、メアリーは心臓が止まるかと思った。

今でこそ飼っていないが、もとは馬の厩舎《きゅうしゃ》と居住空間がくっついた家だから、家畜が通り抜けられるよう門口は広い。その門口を窮屈そうに巨大な獣が潜《くぐ》り出てきた。熊のいないこの地方では、牛や馬以外にそんな巨大な生物にお目にかかることはない。だから、最初は近所の家畜が間違って迷い込んだのかと思った。

だが、ぞろりと並んだ巨大な牙《きば》とその間にぶら下げられた愛息のヨシュアの姿を見て、メアリーは自分の間違いを悟った。信じられないくらい大きな犬に、自分の息子が咥《くわ》えられていた。ヨシュアはぐったりしていた。健康的な赤い頬はすでに血の気を失っていた。

手桶が地面に転がった。水がばしゃりと広がる音がどこか遠くで聞こえた。

「……ヨシュア⁉」

ついさっきまでころころと楽しそうに笑っていた息子は、ぴくりとも動かない。

自分の見ている光景が理解できない。突然の悪夢に目の前が揺れ動く。氷柱が胸に突き立てられた気がした。頭の中がまっしろになった。息子の名前を呼びながら、メアリーは転がるように駆け寄った。

「ヨシュア‼」

がむしゃらに息子に手を伸ばそうとした。獣の巨大な牙も目に入らなかった。

「わしのかわいい子の食事を邪魔するな。無粋なやつめ」

片目の異相の老人が遮るように進み出て、メアリーの頭を力まかせに杖《つえ》で殴りつけた。

「……っ‼」

目の前に火花が散った。それでも怯《ひる》まず杖を握り締め、押しのけようとしたメアリーの顔が蹴《け》り飛ばされた。杖を離そうとしなかったメアリーは、まともにその蹴りを受けた。がくんっと首がのけぞった。頭と鼻から血が流れ出る。メアリーはそれでも怯まず、前に出ようとした。

メアリーはこのとき知らなかったが、老人は「魔犬使い」と呼ばれる犯罪者で、怪物は子供殺しを専門にする魔犬だった。その魔犬ガルムの訓練とモチベーションの維持を兼ねて、犠牲者を物色していたのだ。ヨシュアはその毒牙《どくが》にかかったのだった。

「しつこい、たわけが。もう子供はとっくに死んでおるわ。ガルムが少し咥えただけで頸骨《けいこつ》が折れてしもうた。いたぶる間もなく、ガルムも落胆しておるわ。役立たずめ」

老人は冷酷に吐き捨て、諦めずヨシュアに手を伸ばそうとするメアリーを、苛立《いらだ》ちを込めて何度も蹴りつけた。暴力を日常茶飯事にしている容赦のなさだった。

メアリーは老人の言葉など耳に入っていなかった。流血も、打ち据えられる痛みも、頭からとんでいた。ひたすら息子を取り返し、抱きしめることしか意識になかった。

「ヨシュアを……かえして……!!　かえしてよ……!!」

その母親の執念に、さしもの魔犬使いもたじろいだ。後ずさりし叫ぶ。

「……な、なんとしつこい！　子供などまたあとで何人でも産めばよかろうが!!　ガルム、とっとと食事を終わらせろ!!」

巨大な獣の牙が鳴った。だんっとヨシュアの身体を打ちつけた。咀嚼《そしゃく》する音が響く。

「あああああっ……!?」

悲鳴をあげ、メアリーは魔犬使いを突き飛ばした。

女の細腕とは思えない力に不意打ちされ、魔犬使いは尻餅《しりもち》をつく。

「やりおったな!!　ガルムよ!!　その女に子供の屍骸《しがい》を突きつけて、現実をわからせてやれ!!」

醜態をさらした魔犬使いは激昂《げっこう》し叫んだ。

「ヨシュア!!」

駆け寄るメアリーの足元に、魔犬ガルムはヨシュアの残骸《ざんがい》を面倒臭そうに放り捨てた。ひどい有様だった。何本か手足がちぎれた血まみれの塊だった。メアリーは飛びつくようにかき抱いた。ひたすらに呼びかけた。

「ヨシュア……!! かあさんが今、助けてあげるからね……だいじょうぶ! きっと助かるよ……だってヨシュアは強い子だもの……」

メアリーは、ヨシュアが再び目を開くことを信じた。諦めようともせず、ヨシュアの顔の血を懸命に服で拭《ぬぐ》い、語りかけ続けた。哀れな光景だった。

「はん、かろうじて顔が半分残った状態で、助かるもなにもあるか。とっくに死んでおると言うとろうが。手こずらせおって」

思わぬ抵抗に不覚をとった魔犬使いが苛立たしげに悪態をつく。

メアリーは気づきもせず、必死に呼びかけ続けた。

「ヨシュア……起きて。ねえ、起きよ。そんなに昼寝すると、夜眠れなくなるよ? だから、そろそろ起きよ。ねえ……ほら、かあさんの髪で遊んでもおこらないから……!」

息をしていないのではない。寝ているだけなのだと、そう思いたかった。悪夢から穏やかな日常に戻ろうとするかのように、いつもの会話を繰り返した。

「……いつもみたいに引っ張って遊んでよ……ほら、笑って……!!」

震える指で髪の束を握らせようとしたが、ヨシュアの小さな手はすりぬけ、力なくだらりと垂れ下がった。

「……ちっ、いつまでもやっておれ。まったく女は頭が固いわい。いくぞ、ガルム」

呆《あき》れたように吐き捨てて魔犬使いは背を向けた。気圧《けお》されて額に汗が浮かんでいた。のそりと魔犬ガルムもあとに続く。

あとには甲斐のない介抱を続けるメアリーと、揺さぶられるのにまかされるヨシュアの小さな亡骸《なきがら》だけが残された。

「ちょっとだけでいいの……目を覚ましてよ……おねがい……ヨシュア!! ……いつもみたいに、かあさんに笑ってよ……ねえってば……!!」

メアリーの悲痛な呼びかけが、いつまでも空《むな》しく続いた。

❖

ヨシュアの葬儀は、村の人々が手配してくれた。

放心状態のメアリーは、ヨシュアの亡骸を取り上げようとすると、狂ったように泣き叫び、かたく抱きしめたまま、まわりを睨《にら》みつけて手離そうとしなかった。その哀れさに、参列した者は皆、涙を流さずにはいられなかった。

墓地に埋葬されたときには、ある程度自分を取り戻していたが、それでも墓の前に跪いたまま、一晩そこから動こうとはしなかった。

だが、嘆いていても時間は止まってはくれない。泣いているだけでは、遺《のこ》された人間は生きていけない。それが許されるのは、一部の恵まれた者だけだ。いつまでも構っている余裕は周囲にもない。皆、日々を生きるので精いっぱいなのだ。メアリーもやがて表面上は平静を取り戻した。一カ月後には、以前と同じ日常生活を送っていた。人と冗談も交わせるようになった。

悲しみを忘れたのではない。

忘れられないからこそ、人は明るく振る舞わねば生きていけないのだ。

…………………

季節は巡る。その日は、眩《まぶ》しいくらいあたたかい日だった。

凍《い》てつく冬はとうに消え、春の光が視界いっぱいに広がっていた。

晴天を無駄にしないよう、メアリーが目を細めながら洗濯物を干していると、庭先に猫の仔《こ》がひょこりと顔を出した。好奇心旺盛な性格らしく、小首を傾げメアリーのほうに寄って来ようとする。

「あら、はじめて見る顔ね。引っ越してきたの？　おかあさんは？」

思わず顔をほころばせて手を伸ばしかけると、あわてて飛び出してきた親猫が、ぱっとその首を咥えて持ち上げた。警戒もあらわにじろりと見上げられ、メアリーは苦笑した。

「心配性のお母さんね。ほら、見て。猫の親子だよ。私たちと同じだね。ヨシュア……」

反射的に足元に声をかけてしまい、はっとなった。ヨシュアを入れたベビーバスケットを足元に置き、話しかけながら家事をしていた頃の癖がつい出てしまったのだ。振り向くと、今も息子がきゃっきゃっと機嫌よく笑っているような気がした。あの子は猫に興味津津《きょうみしんしん》だった。そのベビーバスケットは今は決して目につかないよう、納屋の奥深くにしまいこんでいる。

垣間見えた幸せだった過去の幻は、指を止めるほど、切なく鮮やかだった。

立ちすくむメアリーの手から、洗濯物がずり落ちた。

「……やっちゃった。同じじゃないのに……ヨシュアはもう、ここには、いないのに……」

うつむいてぽつりと呟く。

落下した洗濯物が、草地にばさりと広がる。

びっくりした親猫は仔を咥えて、茂みの中に飛び込み消えた。

それを見送り、メアリーはうつろな目で、洗濯物を拾い上げ、土をはらった。

「今日は天気が良くてよかった……！　おかげで、やれることが、たくさん……」

元気いっぱいに張り上げようとした声がかすれた。

歩き出そうとした足が止まる。メアリーの肩が震えた。

「……私一人しかいないのに……こんなことしたって……!!　……もう誰も!!　……誰もいないのに……!!」

冬は終わったが、父も母も、夫も息子も、喜びを分かち合いたかった家族は、もう誰もいない。

一人で迎えた春のあたたかさに、胸がきりきりと痛んだ。

〝ねえ、ヨシュア……知ってる？　春ってね。とてもあたたかいんだよ……〟

息子にそう笑いかけた日のことを思い出す。

〝春になったら、かあさんと一緒に外にお散歩に行こうか。かあさんの髪なんかよりもっと素敵な、芽や花がいっぱい生えてるんだから。ほら、にょきにょき〜〟

指を土から出てくる新芽に見立てて、ヨシュアの目の前で動かした。

言葉の意味もわからないまま、ヨシュアはメアリーの指を摑《つか》み、嬉しそうに笑った。ヨシュアの嬉しいときや返事代わりの癖だった。

ヨシュアのぬくもりが、声が、笑顔が、強く握り返す感触が、脳裏によみがえってしまい、メアリーは立ちすくんだ。無理に作った笑顔の頬を涙が伝った。

冬の寒さしか知らずに逝ってしまったヨシュア。

春の幸せを迎えられなかった息子。

ヨシュアをいつも寝かしつけていた子守唄を、メアリーは無意識に口ずさんだ。

歌うたびに元気いっぱいにはしゃぎ、笑い転げていたヨシュア。

ヨシュアの魂は、鳥の翼にのって、天にたどり着けたろうか。

優しい夫のそばに行けたろうか。天国でむずからず、安らかな眠りにつけているだろうか。

その子守唄は最後まで歌えなかった。こらえていたものが決壊した。

「……ふぐっ……うっ……あああああっ……!!」

洗濯ものをぎゅっと抱きしめ、メアリーは泣き崩れた。

ヨシュアを寝かせたこともある白布だった。

一人で座れるようになった。

いろいろなことができるようになって、成長の速さに目を見張っていた。

これからだったのに。なにもかも、これからだったのに。いろいろな幸せを与えてあげようと思っていたのに。それなのに…………！

「私……ヨシュアに……なにもしてあげられなかった……!!　……守ってさえ、あげられなかった……!!　……ごめん……ごめんね……！」

後悔の嗚咽《おえつ》が哀《かな》しく響く。

慰めてくれる者も、笑い返してくれる者も、ここにはいない。命が芽吹く春の匂《にお》いをのせ、そよ風が流れる。メアリーがヨシュアに見せることを待ち望んだ美しい緑が、感じてもらいたかった春の日差しが、戸外には、どこまでも穏やかに広がっていた。

◆

「メアリーさん!?」

「アウオッ!?」

顔を能面のように強張らせたメアリーは、丘の上の魔犬たちを据わった目で睨みつけていた。

むりやり私たちを肩で押しのけ、転がるように走り出す。

常に人に気を遣う彼女らしくない行動だった。そんな乱暴な扱いをメアリーから受けたことがない私は、ショックで呆然《ぼうぜん》としていた。

「……あいつら！　あいつら！　殺してやる‼」

メアリーがぽろぽろ涙をこぼしながら、暖炉のそばに立てかけてあった火かき棒をひっ掴み、私たちに声もかけず、サルーンの脇《わき》の出口の扉と閂《かんぬき》を開け放ち、戸外に飛び出す。

「戻りなさい‼　落ち着いて‼　メアリー‼」

お母様の鋭い制止も、メアリーの耳には届かなかった。

「……ヨシュアを……私の、ヨシュアを返せ‼　返してよ……‼」

消え際に残ったメアリーの悲痛な涙声で、私はすべてを悟った。お母様がつらそうに一瞬うつむく。

ヨシュア。……メアリーの亡くなった息子の名前。

私に授乳しながら、その名前を呼んで涙をこぼしていた。

メアリーの息子さんが非業の死を遂げたのは、私も薄々感づいていた。

仲の良かったお母様はすべてを知っていたはずだが、さすがに詳細を口にするのは憚《はばか》り、ただ悲劇がメアリーの目の前で起きたということだけを、悲しそうに教えてくれていた。

あいつらが、ジュオウダの魔犬使いが、メアリーの息子さんを殺したのか。仇《かたき》だったのか。

かつて「一〇八回」の女王時代に閲覧した、「魔犬使い」の詳細を、私は鮮明に思い出した。

高額の報酬と引き換えに暗殺を請け負う、大陸にも悪名鳴り響いた、魔犬をあやつる犯罪者。

その最強の手駒《てごま》だったのが魔犬ガルムだ。

各国の貴族や要人の子供たちを専門に噛み殺した、雄牛よりも巨大な犬であり、訓練とモチベーションの維持を兼ね、無関係の村々の赤子たちを毒牙にかけたと記録されていた。

もしメアリーの息子が巻き込まれたとしたら、その件しかあるまい。

胸が悪くなる話だが、魔犬ガルムの活動期間はわずか三年ほどだった。

巨軀《きょく》に対して、心臓が小さすぎたのだ。犬の心臓は、大型犬も小型犬もほぼ同じ大きさだ。人間の品種改良も、心臓だけは変化させることができなかった。文書に記された短い活動期間と特徴を照らし合わせると、あの中央の巨大な犬が魔犬ガルムで間違いない。

では、メアリーの息子は、赤ちゃんは、メアリーの目の前で、この化物犬に嚙み殺されたのか。

なんてひどい……!! 子供も哀れだが、それを目撃したメアリーの気持ちはどんなだっただろう。

胸の苦しみに私は震えた。メアリーが怒りに我を忘れて飛び出したのは当然だ。

いつも優しく笑顔を絶やさなかったメアリー。でも、その裏でどれだけの哀しみに耐えていたのか、彼女が人知れず流していた涙を、私はよく知っていた。

本当に強い人間というのは、メアリーのような人のことを言うのよ、とお母様も私にいつも語っていた。悲しさに負けないで優しさを失わない人間こそ、真の強さを持つ人間なのだと。自分の強さはメアリーの足元にも及ばないとまで言った。弓の達人でありながら、力に溺《おぼ》れずそう断言できるお母様を、私はとても誇らしく思った。もちろんメアリーのこともだ。

二人とも、もったいないほど最高の、私の大切な母親だ。

そのメアリーを！ 私の家族を、私の自慢のお母さんを！

よくも泣かせたな！ 悲しませたな！ 許さない！

私は怒りで歯嚙みした。……まだ歯がない。解せぬ。

「オアウ‼」

ブラッド‼　お願い‼　私に代わって、あいつら、ぶっ飛ばして‼

「心得た。あいつら、メアリーさんの子供の仇なんだな。チビスケの怒り、メアリーさんの無念……オレの分もこめて、あいつらに叩き込んでやる」

ブラッドは片目をつぶって応じた。

さすがチート生物。血液の流れや会話の切れ端で、大体の事情を察したらしい。話が早い！

「……獲物がのこのこ自分から飛び出して来おったわい。なんと殊勝な」

魔犬使いが小馬鹿にした笑みを浮かべ、ざっと手を前に振ると、左右の魔犬が進み出て、矢のような速度で丘を駆けおりた。もちろん獲物とはメアリーのことだ。遠目でもわかる加速と勢いに、私は
戦慄《せんりつ》した。体当たりするだけで牛を転倒させる威力があると直感する。あいつらにとっては、火かき棒なんか、枯れ枝ぐらいにしか思えないだろう。まして牙まで加われば、メアリーの華奢《きゃしゃ》な身体など一瞬でぼろ屑《くず》に変えられてしまう。

……メアリーが殺される‼

自分の手で子供の仇を討ちたいメアリーの気持ちは痛いほどわかる。でも、あんな化物たち相手に闇雲《やみくも》に飛び込んだら、完全な無駄死にだ。自殺行為でしかない。そんな死に方、息子さんだって望むはずがない。

……それに私の大事な家族を、絶対に私の目の前で死なせたりするもんか‼

〝……もう嫌‼　お願い‼　これ以上大事な人たちを、私から奪い去らないで‼　殺すなら、私から

殺して!! お願いよ……!!〃

またか……!!

私の想いに重なるように、違う声が心に響く。

突然胸の奥から噴き出してきた悲痛な情念の叫びを、私は唇を噛み締めてこらえた。

歯がないから、噛めません! 決まらぬ、無念。私の乳歯さんはまだですか。

リンクするようにあふれて来たのは、私だけど私でない感情。「今の私」の性格のベースになっている「一〇八回」の自分と明らかに異なる誰か。こうも繰り返されると、さすがに私も気づかざるを得ない。私には「一〇八回」の記憶以外のアンノウンが混じっている。いったいどういうことだろう。私が今まで繰り返し、記憶している「一〇八回」以外にも、私は人生を体験しているのか?

その記憶は、ジグソーパズルの端っこのように断片的に閃くだけだが、感情はおそろしい強さで胸を締めつける。

「一〇八回」の私も大概な目にあったけど、彼女の受けた絶望はさらに深い。これは自分の不幸や痛みを嘆く涙じゃない。今のメアリーが流しているのと同じ、愛する人を失った血の涙の痛みだ。そう直感する。

覚悟を決めた人間は、自分の身のことだけなら、死よりもつらい苦痛にも耐える。「一〇八回」での女王時代の私だってそうだった。

だが、愛する人たちが傷つけられたり殺されたりする苦痛は、どんな勇士をも打ちのめす。どれだけ拷問されても口を割らない剛毅《ごうき》な戦士も、目の前で愛娘の指を一本潰されることには耐えられない。

もっとも効果的で迅速な拷問は、家族や恋人を目の前でいたぶることなのだ。私が女王時代に何度も見聞きした、心底胸の悪くなる光景だ。

大切な人が無惨に殺される痛みは、体でなく心を殺す。

愛する者を失った遺族は、泣くこともできないほどの絶望的な痛みを負う。

このアンノウンっ娘は、それを何度も何度も体験したんだ。発狂寸前の後悔と悲痛。なにもできなかった無力な自分が、憎くて、大嫌いで、悲しくて、自分のせいで誰も救えなかったと、涙が枯れ果ててなお、悔み続けたんだ。

時間にしたらまばたきほどの一瞬だったが、押し寄せた「彼女」の悲痛な感情は、津波のように凄《すさ》まじかった。私はその波に流されまい、引きずられまいと必死に耐えた。

なんとかこらえ、ふうっと息をつく。

あなたの気持ちはわかるよ。今の新生児な私だって似たようなもんだから。

だから、私は、頼れるあいつに、私のすべての想いを託すんだ。

それが、あいつの力になると信じて。

ここに今、あいつが、ブラッドがいる。

なにもできない私だけど、祈るしか能がない自分だけど、あいつは「おまえの祈りが力になる」って言ってくれた。オレを頼れと声をかけてくれた。だから、私は祈るんだ。ブラッドなら、なんとかしてくれるって信じてるから。

あほだけど、あいつはすごいんだよ。

正体不明の私、アンノ子ちゃんも、私と一緒に見届けなさい。世の中捨てたもんじゃない。メイド姿だけど、理不尽な哀しみをぶっとばす、頼れる男の子だっているんだってことを!!

……こんだけ、よいしょしたんだから、とっととあいつら、ぶっ潰して、メアリー助けてよね。ブラッド!!　……うひゃあッ!?

「……おうっ!!　行ってくらあっ!!」

血の流れで考えを読み、彼は私を乱暴にベビーバスケットの中に放りこんで走り出す。

「オアアッ!?」

ちょっと、ブラッド!　乙女はもっと丁寧に扱いなさい!!

いま私のこと一メートルくらい放り投げたでしょ!!

乳児虐待反対!!　ぼふんっと布団に受け止められながら、私は拳《こぶし》をつきあげた。

……だけど抗議のためじゃない。激励のためだ!!　いっけえええええ!!　チート生物!!

ブラッドが稲妻の速さでメアリーを追いかける。

「ヨシュアの……息子の仇!!」

メアリーが決死の覚悟で振り下ろした火かき棒は、あっさりと魔犬に噛み止められた。

「……ヨシュア。ヨシュア。はて、どこかで聞いたような」

火かき棒を取り戻そうと懸命に力をこめるメアリーだが、魔犬の口は万力のようにぴくりとも動かない。甲斐のない奮闘を続けるメアリーを、うろんげに凝視する魔犬使いの目が、かっと見開かれた。

「誰かと思えば、そうか!　おまえ、クロウカシス地方の娘か!　そのしつこさで思い出したわい!

ガルムの食べ残しの息子を抱いて、目を開けてくれと、泣き叫んどったが、どうじゃった。頭が半分ない息子は、ちゃんと願い通り生き返れたかの。ひひっ」

目を愉悦にぎらつかせ、残虐な笑いを浮かべる。

ふ、ふざけんな……！ こんなゲス野郎に、メアリーは息子を奪われたのか……!!

それも、化物のモチベーションを保つための餌なんて、くだらない理由のために!!

「……殺す！ 殺してやる！ あの子は春も迎えられなかったんだ……！」

怒りに燃えて睨みつけるメアリーに、魔犬使いは嘲笑《ちょうしょう》を浴びせかけた。

「母親なのに守れんかったおのれの力不足を嘆け。今夜は予約でいそがしいでな。おまえなぞの相手をしている暇はない。身の程知らずにわしらに挑みおって。息子の仇、じゃと。笑わせる。おまえ如きが、ガルムを引っ張りだすことなど、百年たっても叶わぬわ」

魔犬使いの言葉通り、元凶の魔犬ガルムはメアリーを一瞥《いちべつ》さえしなかった。丘の上に立ったまま、身じろぎもしない。路傍の石へと同じく無関心であった。胸が痛くなる無惨な光景だった。

「ちくしょう!! こっちぐらい向け!!」

メアリーの、喉《のど》を振り絞るような悲痛な叫びにも、耳さえ動かそうとはしなかった。

「そんなつまらんこと、とうにガルムは忘れたとよ。きゃんきゃんうるさいわい。ガルムが出るまでもない。おい、ギャルド、もういい。おまえたちで片づけろ。とっとと殺《や》れ」

鬱陶《うっとう》しそうに、魔犬使いが、ぴっぴっと水滴を払うように手を動かした。

きゃんきゃんって何よ!! あんたらなんかワンワンでしょうが!!

メアリーの火かき棒を咥えた魔犬が、言葉に応じ、ぐうっと顎《あご》に力をこめる。金属製の火かき棒が、ぺきんとへし折れた。メアリーの顔の大きさの倍ほどもある頭だった。人間の骨なんて簡単に噛み砕ける咬合力《こうごうりょく》だった。そのまま、ぐいっと頭を横に動かす。

「非力を思い知らせて殺せ」

魔犬使いが吐き捨てる。

ギャルドと呼ばれた魔犬が無造作に首を振っただけなのに、折れ残った棒に、諦めず必死にしがみついていたメアリーの足が宙に浮いた。人間一人を軽々と宙吊《ちゅうづ》りにして振り回す、信じがたい怪力だった。もう一度首を振ると、火かき棒が手からはじき飛ばされた。摑むものを失い、落下するメアリーに、魔犬のぞろりと並んだ牙が迫る。

「ヨシュア……ごめん……！　かあさん、終わっちゃった……仇、取れなかった……なにもしてあげられなくて、ごめんね……」

メアリーが悔し涙を浮かべ、亡くなった息子に涙声で謝る。

ぎゅうっと心臓を握り潰されるような恐怖に私は叫んだ。

いけない！　空中では逃げ場がない!!　メアリー!!

「……まだまだあっ!!　終わらすもんかっ!!」

間一髪、ブラッドが追いついた。メアリーの後ろ襟元を引っ摑み、大きく後方に引きずり落とす。のけぞったメアリーの鼻先で、空ぶった牙ががちりと噛み合わされた。

「よう……仇討ちは代理も認められるんだぜ。選手交代。今からオレが、その代理人だ!!」

唸《うな》る魔犬に歯をむいて笑い返す。

メアリーを後ろに放り投げた勢いを利用し、ブラッドが回転する。

「水臭いぜ、メアリーさん！　オレたち仲間だろ。あんたの息子の仇は、オレたちの仇！　オレの腕はあんたの腕だ‼　一人だけで悲しみや苦しみを背負うなよ。断ったって、助太刀させてもらうぜ‼」

「ブラッド……！」

涙を浮かべるメアリーに、ブラッドは余裕のある優しい笑みでうなずく。閃く魔犬の牙を軽々とかわし続け、さらに回転速度をあげた。スカートが花のように美しく開く。遠目には無邪気な少女が、スカートをふくらませて遊んでいるようにも見える。だが、遠心力をつけて繰り出された裏拳《うらけん》は、風を巻き込み、魔犬の脇をとらえていた。心臓の直上に、情け容赦ない一撃が叩き込まれる。

「受け取れ……メアリーさんとヨシュアの無念を‼」

一拍遅れ、パアアンという乾いた音が響き渡った。

やった‼　心臓止めだ‼

私はブラッドの勝利を確信し、ぐっと拳を握り締めた。

あれならどんな化物でも打ち倒せる。

当たれば生物の心臓を停止させてしまう、文字通りの必殺技だ。

「……ちっ⁉」

だが、ブラッドは顔をしかめ、後方に大きく飛び退《の》いた。

魔犬が反撃の牙を閃かせたのだ。致命の心臓止めを喰らったのに、まったく平然としている。

驚愕《きょうがく》した私は、ブラッドに迫る影を見て凍りついた。

巨大な魔犬ガルムは相変わらず傍観を決め込んで動かない。

しかし、ブラッドと交戦するギャルドと呼ばれた魔犬以外のもう一匹が、巧妙に身を沈めるようにし、いつの間にか横から回りこんでいた。ブラッドの避ける方向をあらかじめ予測していないと不可能な動きだった。

こいつら計算尽くで襲撃してきている。

私は戦慄した。

ブラッドが手強《てごわ》いと瞬時に判断し、二匹の連携攻撃に切り替えたんだ‼

しかも背後にはメアリーが倒れ伏している。守るためにブラッドは逃げられない！

奴ら、そこまで織り込みずみなんだ！

ブラッドが殺される‼

「……大丈夫。私の矢は奴らよりもずっと速い」

弦の音が鳴る。

お母様の手から放たれた弓矢が、一直線に空を閃き飛んだ。

扉が開け放たれたままの出入り口をすり抜け、魔犬たちに襲いかかる。

まるで待っていたかのようなタイミングだった。もしブラッドが間に合わなければ、即座にメアリーを助けに入ろうと構えていたのだとわかった。

矢に気づいた魔犬たちが、ブラッドの背中に身を隠すように動いた。

ブラッドを盾にする気だ。こいつら、強いだけの獣じゃない。おそろしく狡猾《こうかつ》なんだ！

「オアアアッ‼」

私は悲鳴をあげた。ブラッド、よけて‼　毒矢にあたる‼

「……スカーレット、心配無用です。母は弓では、どんな相手にも引けは取りません。……弓法、蛇腹……」

お母様はまったく動じず、静かに呟いた。

飛翔《ひしょう》する矢が、ブラッドの手前で、ぐんっと急激に沈んだ。

地面に突き刺さる！　射損なった⁉

だが、予想に反し、矢は地面すれすれをかすめ、また縦Vの字を描くように跳ねあがった。

ブラッドの両脚の間、スカートの下を潜《くぐ》り抜け、その向こうの魔犬に襲いかかる。

「うおっ！　ひゅんっとした‼」

ブラッドが身を縮める。何がひゅんっとしたのかは気づかないふりをしておこう……。

自分たちの盾にするつもりだったブラッドの身体が、今度は逆に魔犬たちの視界を遮った。

しかも予測しづらい足元からの跳ねあがる攻撃だ。いくら化物犬でもかわせるわけがない。

どどっと命中音が連続した。魔犬二匹の巨体が揺らぐ。

……二匹⁉　一匹じゃなくて⁉

「……弓法、蛇行」

ふうっとお母様が息を吐く。

試射で見せた、横くねりで障害物を回避する弓技だ。

今のVの字に跳ねた「蛇腹」の一の矢のあと、間髪入れず二の矢を放っていたのだ。

最初の矢と同じく、ブラッドを目隠し代わりにし、あっという間にもう一匹の魔犬も仕留めてしまった。なんという神業。これ、もうこちらの戦力過剰じゃない!?

だが、お母様は眉をひそめた。

「……だめ。仕留め損なった。あいつら普通の毛皮じゃない」

命中したはずの矢が、二本とも魔犬たちの身体から抜け落ち、力なく地面に転がった。

「だめだ!! コーネリアさん!! こいつら、なんか妙なもの着込んでやがる!!」

再びはじまった魔犬たちの猛攻をしのぎながら、ブラッドが警告する。

そうか! 毛皮に偽装した鎧《よろい》かなにかを着用してるんだ。

だから、ブラッドの必殺の心臓止めも威力が遮られて、効果がなかったんだ!

「どうじゃ!! 〈治外の民〉の宗家の心臓止めを、見事に食い止めおった! これで、わしの魔犬を倒せるものは、もうこの世におらんわい!!」

狂喜して躍り上がり、まくしたてる魔犬使い。そのあと、我に返ったようにふうっと息をつく。

「それにしても墜《お》ちた天才が復活しておったとは……正直肝を潰したわい。シャイロックの情報も当てにならんわ……じゃが、メルヴィルの魔弾さえ、わしの魔犬には通用せんと証明された!! 魔犬こそが最強よ!!」

魔犬使いはどうやらお母様の過去を知っているようだった。

かなりの強者《つわもの》と記憶していたらしく、矢が魔犬に通じないとわかって、明らかに安堵《あんど》していた。

勝ち誇ったように魔犬二匹が、ブラッドとメアリーに襲いかかる。

「んっなろっ！　拳がだめなら、こいつでどうだ！」

ブラッドが飛び退きながら、スカートの下に手を突っ込んで、袋を引っ張りだした。

あんた、また、なんてところから……。

嚢《ふくろ》じゃないですよ、袋ですよ。布袋。念押ししときますね。

ブラッドはスカートの中にいろいろ物騒なものを仕舞いこんでいるのです。

右、左と投げつけた袋は狙いあやまたず、魔犬の鼻づらに命中し、盛大に中身をぶちまけた。白い粉塵《ふんじん》が派手に散華し、追撃しようとした魔犬二匹はそこにまともに顔から突っ込んだ。砕いた生石灰に刺激物を混入した目潰しだ！

「どうよ。オレのふたつの隠し玉は‼」

ちょっと！　私のフォロー、踏みにじらないで！　私は赤面した。

あんた、その台詞《せりふ》わざと選んでないよね？

生石灰は水分と激しく反応し、粘膜を爛《ただ》れさす。劇物をもろに吸い込み、魔犬たちが咳き込んだ。

悲鳴こそあげなかったが、前脚で顔をかきむしって苦悶《くもん》する。

その隙《すき》に、ブラッドがゆらりと陽炎のように音もなく跳躍し、ふわりと倒立する形で二匹の間に位置どった。二匹の首筋に指先で触れる。スカートがまくれて見苦しくならないよう、器用に閉じた両《りょう》膝《ひざ》で挟み込んでいた。そのおしとやか動作必要？

「そっか。胴体は防具着てるけど、やっぱり首筋はむきだしみたいだね……」

冷たく囁《ささや》きかける。

「……じゃあね」

「いかん!! 避けろ!! ギャルド!! シャッス!!」

魔犬使いが喚《わめ》き立てたときにはもう遅かった。

魔犬二匹が反応する暇さえ与えず、ブラッドの掌撃が炸裂《さくれつ》した。ぐんっと身体がスピンする。

「まずは二匹……メアリーさんの哀しみを思い知れ」

ぱぱんっと独特の鋭い破裂音が響き渡り、魔犬二匹の身体が跳ねあがった。

不可視の電撃に貫かれたかのようだった。

どさりと横倒しになり、白目を剝いて口から泡をふいて痙攣《けいれん》する。

失禁した尿が黒々と地面を濡らした。

ゆるやかに横回転しながらブラッドが着地する。

魔犬使いが絶叫した。

こけつまろびつ丘の上から駆けおりてくる。

「……頸動脈《けいどうみゃく》の血流を完全に停止した。血流なしでは、脳は活動を停止する。意識がとんだまま、すぐに壊死《えし》しはじめる。もう絶対に助からない」

血を操るブラッドだから成し得る技。魔法のように鮮やかで、そして凄惨《せいさん》な技だった。

いつものブラッドに似合わない厳しいまなざしで、のたうつ魔犬たちを見下ろす。

「犬のおまえたちに善悪の判断はつかなかったろうけど、おまえたちは裁かれるだけのことをやったんだ。恨むなら、おまえたちを殺人の道具に仕立て上げた馬鹿な飼い主を恨め」

それでも口調にはわずかに哀れみの色があったのがブラッドらしかった。

「……ブラッド……ごめんなさい……私……」

おずおずと涙を浮かべて謝りかけたメアリーに、ブラッドは屈託ない笑顔を向けた。

「……メアリーさんは戦闘なんかしなくても、すごい人だ。オレたちはいつもたくさん助けてもらってる。だから戦いぐらいは得意なオレたちにまかせてよ。オレたちはみんなで一つのチームだ。メアリーさんの無念は、オレたちみんなの無念なんだよ。それにオレ、メアリーさんのお茶、気に入ってるんだ。早くあいつら、ぶっ倒さないと、メアリーさんがお茶……」

淹《い》れてくれないだろ、かな。

「お茶の淹れ方、オレに教えてくれないだろ」

あんたが教えてもらいたいの!?　どんだけメイド業にはまってんのよ！

笑いかけるブラッドに、メアリーもようやく笑顔を見せてうなずいた。

そこにいるだけで、みんなの不安を払拭してしまう頼もしさ。

たとえメイドに女装していようと、やはりブラッドは〈治外の民〉の長《おさ》の息子だった。

さすが後の世界最強の殺し屋。その名に恥じない息をのむような技の冴《さ》え……って、あんた、なにスカート、ぱたぱた煽《あお》いで遊んでんの!?　決めのシーン台無しじゃないの！

「ふむふむスカートって、いろいろ仕込めて便利だ。だから、女の人はスカート穿《は》いてるのか。〈治外の民〉の男衆にも勧めてみるかな」

変な勘違いをして、とんでもないことを思いつくブラッド。

〈治外の民〉の壮年マッチョどもがスカートを穿いて闊歩《かっぽ》する、身の毛もよだつ未来予想図に、私は心の底から戦慄した。それも全員、メイド服着用だ。やめてよね！　そんな地獄絵図!!

中身化物軍団が、外見まで化物軍団と化すじゃないか！

恐れおののく私は、さらに震えあがる光景を目撃し、凍りついた。

それまで様子を窺《うかが》っていた魔犬ガルムが、いつの間にかブラッドめがけ、肉迫していた。

「……ブラッド、前!!」

目ざとく気づいたメアリーが叫ぶ。

速すぎる!!　こいつ、さっきまで丘の上にいたはずなのに!!　どういう速度よ!?

近くで見ると、さっきまでの魔犬たちの倍以上の筋肉の質量なのがよくわかる。

あの二匹をつむじ風とするなら、こいつは嵐の塊だ！　ふきつける鬼気は、先の二匹と比較にならない。仔牛ほどの大きさだった二匹が、文字通りの仔犬に見える。

もはや獣どころか魔物としか思えない。地獄の燐火《りんか》のように小さな目が緑色に輝いていた。

「……化物の親玉のおでましかよ!!」

蒼白になってブラッドが迎撃の構えを取る。

近くになると体格差が際立つ。

ブラッドが子供なこともあるが、まるで小山が音をたてて迫ってくるような威圧感だ。

「……さて、ここからが正念場ね」

ひゅんひゅんっと矢鳴りがした。お母様は冷静に魔犬ガルムの動きをとらえていて、接近のタイミングに合わせて、矢を放っていたのだ。

よくよく見るとブラッドも、お母様の援護を予測して動いていた。

さりげなく矢の射線、開け放たれた出入り口の延長線上に移動していたのだ。

あんな怪物を前にしても、二人は冷静な判断力を失っていない。頼もしい。

すごいな、この二人。私はあらためて感嘆した。

でも、お母様。その矢、魔犬ガルムから、かなり横に離れたところを通過しそう……このままではかすめもせずに飛び去ってしまいます!!

「いえ、これでいいのです。弓に関しては、母は期待を裏切りません……弓法、鎌首」

私の懸念を払拭するように、矢がヴンッと突然横にぶれた。またスーパーな弓技ですか!?

急速変化した矢の軌道の先は……魔犬ガルムの顔面直撃コース!!

ガルム視点だと、貌《かお》の前にいきなり弓矢が出現したように見えたろう。

胴体の守りは防具で鉄壁と悟ったお母様は、むき出しの箇所狙いに切り替えたのだ。

絶対かわせない!! あったれええっ!!

私は思わず拳を握り締めた。

だが、突き立つはずの矢は、あっさりとその剛毛にはじきとばされた。

ええっ⁉　なんでええっ⁉

魔犬ガルムはかわそうとする素振りすら見せず、そのままノンブレーキで突進して来た。

「……うっそだろぉ」

唖然とするブラッド。それでもスカートの下から電光石火でスローイングナイフを取り出し、投げつけたのはさすがだった。しかし、それも空しく体表ではじかれる。

「……っこれなら‼」

ブラッドが身体をねじり、魔犬ガルムの首筋めがけ、拳をめり込ませる。

両手を打ち鳴らしたような鋭い音が響く。さきほど他の魔犬二匹を倒した血流停止技だ。

さらに、二度、三度……。

「こなくそっ……かわす気もないってかよ……馬鹿にしやがって……！」

魔犬ガルムは避けようともせず、わざと足を止め、ブラッドの攻撃をすべて平然と受け止めた。

体表が頑丈すぎ、素でブラッドの攻撃をはじいてしまう。ダメージがまったく通っていない。

さらに蹴りを五発ほど叩き込まれたところで、うっとうしそうに身体を振った。

犬が体毛についた水滴をとばす仕草だ。

それだけでブラッドは、蠅叩きを当てられた蠅のように吹き飛んだ。

その気になればいつでもブラッドをまっぷたつにできる底知れない力が垣間見えた。

「やべえ……勝てない。反則だろ、こんなん」

身軽に跳ね起きたブラッドの顔は笑っていたが、語尾が震えていた。

「いつでもオレなんか殺せるって顔しやがって……」

私でもわかる。こんな相手倒しようがない。戦力が違いすぎる。いくらブラッドでもあの化物には絶対勝てない。頼みの綱の心臓止めも、こいつには通用しない。防具なしでも、お母様の弓矢をはじき、ブラッドの技を寄せつけない怪物に、打つ手などあろうはずがない。

それでも背後のメアリーを守るため、ブラッドは挑み続けるしか道はない。

「お、おおう……わ、わしのかわいい子たちが……!!」

ようやく丘からたどり着いた魔犬使いが、息絶えた魔犬二匹の横に、へなへなと崩れ落ちる。

「よくも……よくも……よくも、わしの芸術作品を!!　絶対に許さんぞ!!!　殺せ、ガルム!!　一人残らず皆殺しじゃあっ!!!」

口角から泡をふき、怒り狂って魔犬使いは命令した。

め、迷惑な芸術作品だな。どこの美術館も展示を拒否すると思うよ。

それまでこちらの攻撃力を見切り、悠然と構えていたガルムが、のそりと動き出す。

山崩れを目前にしたかのような圧迫感に、ブラッドの顔色が変わる。

「メアリーさん!!　下がれ!!　あんたが下がらないと、オレが逃げられない!!」

ブラッドがメアリーを守る真正面に飛び出して絶叫する。

それまで壮絶すぎる戦闘にのまれ、呆然と座り込んでいたメアリーが跳ね起きた。

「でも、ブラッドは、私を守るために……私だけ逃げるなんて……!」

躊躇《ちゅうちょ》するメアリーだったが、

「オレはいいから、スカーレットを守れ‼　背後はまかせると言ったろ‼」

ブラッドの叱咤《しった》で、はじかれたように私たちのほうに向かい走りだす。

魔犬ガルムは追うそぶりすら見せなかった。いつでも殺せる相手と侮っているのがわかる。

ひ弱な人間たちの甲斐のない抵抗を嘲笑《あざわら》うかのように、魔犬ガルムの眼光がいびつに輝く。

「嗤《わら》いやがったな！　やるだけやってやらあっ‼　土壇場の人間なめんなよ‼　この化物犬‼」

ブラッドが自らを奮い立たせるように怒鳴ると、魔犬ガルムに戦いを挑んだ。

それは絶望的な戦いだった。

いや戦いの体を成していなかった。

ブラッドの身体が旋風となり、援護するお母様の弓が鳴る。拳と蹴りと矢の連携が、幾度となく魔犬ガルムに突き刺さる。それなのに魔犬ガルムはまったく無傷だ。小馬鹿にしきり、欠伸《あくび》までしている。たまに煩わしげに肩を揺らし、そのたびに矢が落下し、ブラッドがはね飛ばされた。

前衛のブラッドは疲労困憊《ひろうこんぱい》している。魔犬ガルムは、まだ牙を一回も振るってさえいないのにだ。

ブラッドは体力配分を無視し、全力攻撃を繰り出しているのだ。もう何百回と技自体は命中している。

「ブラッド‼　下がりなさい‼」

攻撃がまったく通用しないと判断し、お母様が呼びかける。もはやどう考えても勝ち目はない。

それなのにブラッドは退こうとしない。……いや、違う‼　退けないんだ‼

ブラッドがわずかに身を引くと、それにタイミングを合わせ、魔犬ガルムが前傾姿勢をとる。まるで息ぴったりのダンスのパートナーのように。

退避に移った瞬間、ブラッドを抜き去り、後ろの私たちを襲うと、動きで宣言していた。

その気になれば、いつでもブラッドを蹂躙《じゅうりん》できるのに、こいつは愉《たの》しんでいた。

必死に私たちを守ろうとするブラッドの努力を嘲笑い、いたぶる遊戯にうち興じていた。

こいつにとっては遊びでも、私たちの安全にまで気を張り巡らせているブラッドは、対峙しているだけで気力を消耗する。

ブラッドの額から汗が噴き出し、疲労の色がますます強まっていく。

「…………っ!!」

魔犬ガルムを睨みつけ、注意を引きつけたまま、後ろ手の手振りで私たちに合図を送る。

ブラッドの思惑を見抜き、魔犬使いが嘲笑する。

「ここで食い止めねば、瞬殺されるとわかっておるようじゃな。夫人と娘に逃げるよう合図したな。囮になって時間稼ぎする気か。ガキの浅知恵が笑わせおる！」

もともとの憎悪に魔犬二匹を殺された怒りが加わり、世にも醜い形相になり喚き立てる。

「ガルムの足の速さからは、鳥でも逃げられん!!　皆殺しと言うておろうが!!　そのうえおのれらの攻撃が一切通用せん以上、望みなどないに等しいわ!!　無力を嚙み締めて、あの世に逝けいッ!!」

ああっ、もうっ!!　嵩《かさ》にかかって、ぺらぺらと!!

ぶん殴ってやりたいほど悔しいが、魔犬使いの言うとおりだ。

足手まといの新生児の私を抱えては、あの怪物の追跡は振りきれない。

こちらにガルムを倒す決定打もない。今、睨み合っているこの場には、だけどね。

魔犬使いたちは知らない。

ガルムをも倒せる罠が、この屋敷に仕掛けられていることに。

こちらの手に負えない敵の襲来に備えての最終手段。そこに誘い込めば、勝機はある。

ブラッドは私たちに後退をうながしただけではない。あれは罠の位置まで後退する合図でもあるんだ。

私たちは緊急時用として事前にいくつかのサインを決めていた。

ただ、大きな懸念がひとつある。魔犬ガルムが予想をはるかに超えて強すぎる。

これでは罠へ誘導する前に確実に全滅だ。

ブラッドの新たなサインを見てとり、お母様の目が鋭くなる。

〝オレが、時間を、稼ぐ。その間に、逃げて〟

と私にも伝わった。

あの怪物相手に時間をかせぐ⁉ そんな策があるはずがない……！

今この場には「ロマリアの焔《ほむら》」もないのに‼

愕然《がくぜん》とする私と違い、お母様はどこまでも冷静だった。

「……どのみちこのままでは遅かれ早かれ全滅です。ブラッドの手段に賭《か》けてみましょう。魔犬ガルムを後退させて、ブラッドの援護をします」

後退⁉ あの無敵の怪物をですか⁉

お母様はうなずくと、再び矢をつがえる。

「将を射んと欲すればまず馬を射よ。馬がだめなら……将を射よ!!」

お母様の弓矢がうなり飛ぶ。

その狙いは、魔犬ガルムではなく……後方の魔犬使い!!

魔犬使いの目が、急接近する矢を見て、大きく見開かれる。

思いがけない突然の急襲に、驚きのあまり金魚のように口をぱくぱくさせた。

そうか!! 無敵のガルムは無理でも、その手があった!!

「うおおっ!? ガルム! わしを守れ!!」

ようやく反応した魔犬使いがあわてふためいて喚き立て、魔犬ガルムが主を守るべく身を翻して後退し、あっという間に続く矢を叩き落とした。ぞっとするような動きと反応速度だった。

もしブラッドが、魔犬ガルムに下手に背を向け、退避行動に移っていたら、一瞬で背後から喉を噛みちぎられたろう。肉食獣は逃げる獲物を狩るときこそ真価を発揮する。

ガルムが魔犬使いの警護に入ったその隙に、

「コーネリアさん、ありがとう!!」

礼を言うと、ブラッドはきっと魔犬ガルムを睨みつけた。音をたて大きく息を吸い込む。

「人のこと虫けら扱いしやがって!! なめんなよ!! 虫けらにだって命があらあっ! ……どうせなにやっても勝てない相手なら、いちかばちかに賭けてやる!! ほえ面かくなよ! 化物犬! これがオレの奥の手だ!!」

歯をぎりっと食いしばり、恐怖を振りきるように、ブラッドはぐっと全身に力を込めた。

自らの胸に手をあてる。キイインと甲高い音が響き渡った。

「……ぐっ!!」

苦悶の呻きをもらすブラッド。ブラッドのまわりの空気が陽炎のように揺らめく。

魔犬ガルムの目に警戒の色が浮かぶ。

「オアッ!?」

予想もしなかったブラッドの行動に、私は息をのんだ。

これは、自らに心臓止め……ではない!! まさか!!

ブラッドの目の色が変わっていく。私と同じ、真紅の色に……。

……私は、この技を目撃したことがある。

私の「一〇八回」の記憶でも、ほとんど見せたことのない、ブラッドの本当の最終手段。

成人したブラッドが〈治外の民〉最強の男と謳《うた》われた理由の源。

この世でブラッド以外は誰も使えなかった技。

でも、ブラッドが「あれ」を完全に習得したのは、二十歳を過ぎてからだったはず。

今のブラッドに、まともに使えるはずがない。でも、もし、もしも、奇跡的に使えたら……!!

ブラッドはこの歳《とし》で、〈治外の民〉最強の座に手をかけることになる。

歴史が、変わる……!!

それは、大量の自身の血液と引き換えに、一時的に武神の域におのれをひきあげる神業。

人の身で奇跡を起こす脅威の奥義……

私はごくりと生唾《なまつば》をのみこみ、心の中で技の名を呟いた。

血の……あがない……!!

◆

公爵邸の敷地の闇の狭間《はざま》で、武人の幽霊は空を見上げる。

古《いにしえ》の時代のマントがたなびく。

「……若狼よ。その幼さで『血の贖い《あがない》』を使おうというのか。我らが開祖でも、おまえの齢《よわい》では、実戦にては成し遂げられなかった。だが、誰かを守らんがための想いこそが、奇跡を呼ぶのだと、真の強さなのだと、おまえは俺に証明してみせてくれるのか……」

「……はン!! なんと『血の贖い』とは!! あの坊主も、驚きの手を隠し持っていたもンだ! だが、奇跡はそうそう簡単に起きないわなア。それゆえの奇跡! まして稽古《けいこ》どころか化物向こうに回しての大博打《おおばくち》! いちかばちかと小僧本人も認めている。だが、起きるなら面白い! 面白いことに乗らぬ手はなし! ……さア、犬コロめは手強い! やりそこなったら、夫人も赤子も皆殺しだア!! さあさ、成功、失敗、皆はどちらに賭ける!!」

のっぽの幽霊が、鬼火のサイコロをくるくる掌《てのひら》の中で踊らせる。

「んんー、どうしようかなあ。気持ち的には、おいら成功させてやりたいんだけどなあ。でも、世の中はままならないのが、真実だしなあ。やっぱ失敗かなあ」

でぶの幽霊がため息をつく。

「……よしとくれ!! あたしは、賭け事なんて、そんな気分じゃないんだよ! ああ、もう!! 旦那の公爵も、王家の親衛隊もなにしてるんだい!! まったく、男どもの頼りないことといったら!! 坊やとコーネリアが命がけで戦ってんのに、肝心なときに間に合いやしない!!」

女幽霊はもう心配を隠そうともしなかった。

落ち着きなくうろつきながら、組み合わせた両手の指を、やきもきしながら、ぎちぎちと絡め合う。

「俺《おれ》は、若狼の勝利に賭ける」

武人の幽霊は迷いなく断言する。

「ほお、ならば、なにを賭ける。どこまで、その勝利を信じている」

のっぽの幽霊の問いに、武人の幽霊は微笑を刻み、静かに答えた。

「……この俺の、わずかに残った武人としての誇りのすべてを賭けよう」

驚きに目を見開いたでぶの幽霊が、はっと顔をあげ、鼻をぴくつかせ、ばっと振り返る。

「……公爵の依頼した王家親衛隊の連中が、壊された門まで到着した! ほへぇー、魔犬どもの足跡を見つけたよ! 公爵邸が襲撃されてることに気づいて、顔色が変わったよ。臨戦態勢で馬を飛ばしてくる!! ほら、蹄《ひづめ》の音がもう聞こえてくる!!」

「いくら馬を飛ばしても、屋敷に着くまで、まだ時間がかかるよ!! ああ、なんだって、この屋敷の敷地はこんな無駄に広いんだい!! バイゴッドの腐れ侯爵夫妻の見栄のせいだ! 村を潰してまで庭を広げやがって!!　どこまであの子の邪魔をすりゃ気がすむんだい!!　……コーネリアが殺されるようなことになったら、あの子に代わって、あたしが奴らを呪い殺してやる!!」

スカーレットの母、コーネリアに肩入れしている女幽霊が歯噛みする。

コーネリアの先祖と好敵手の間柄だった女幽霊は、その面影を色濃く残すコーネリアに好意的だ。

彼女が一度捨てた弓を再び手にしてからは、まるで自分の娘のように身を案じている。

「ひゃー、あの姐《あね》さんが他人の心配ねぇ。変われば変わるもんだ」

信じられないというふうに首を振るでぶの幽霊。

「凍てついた亡霊の心を溶かすほど、人の心は熱い。限りある命だからこそ、神は人に奇跡を起こす力を与えたのだ。ならば、若狼よ。俺も、あの不思議な少女のように、おまえをひたすらに信じてみよう。人が可能性という奇跡の扉を押し開く、その瞬間を」

武人の幽霊の身体が青白く光り輝く。つむじ風が巻き起こる。マントが風をはらんでふくらんだ。

「おまえは元々遅かれ早かれ『血の贖《あがな》い』を習得する運命にあった。亡霊の俺でも、この地ならばわずかながら力をふるえる。ならば先輩のはしくれとして、勝手に助勢をさせてもらうぞ」

燐光に武人の貌が照らされる。成人のブラッドにどこか似た沈痛な面持ちだった。

「おまえが守ろうとする少女は、国の未来を左右するほどの力を内包している。彼女を通せば『血の贖い』発動時の感覚も送れるだろう。おまえと彼女からはただならぬ縁を感じる。きっと伝わるはずだ。その感覚をきっかけとして生かすか、錯覚として殺すかは、おまえの才覚次第だ」

ばっと真紅のマントを翻す武人の幽霊は、侵しがたい威厳に満ちていた。

「開祖の道を超えろ。そのとき、おまえは真祖の道に足を踏み込むことになる。……真祖帝と歩みたかった我らの悲願をきっと……」

夜風が渦巻く。雲が流れ、月を隠し、また他の雲を巻き込んで流れ去る。

のっぽの幽霊がつばの広い帽子を片手で押さえ、月を仰ぎ見る。

「……月は無慈悲な夜の女王か。それとも闇夜を照らす希望の光か。運命もまた月のようなもの。併せ持ちたる二つの顔。ともあれ公爵邸の攻防もいよいよ大詰めだア。……さアて、運命は吉と転がるか、凶と転がるか」

のっぽの幽霊は、鬼火のサイコロを空中に放り投げた。

「残る役者もまもなく到着。さて、さて、開演した幕の向こうに待つのは、光か闇か。ご一同さまア、とくとご覧じろ」

◆

「ぐっ……!! いてぇっ……!」

ブラッドが歯をくいしばり、全身を震わせる。

そうだ。「血の贖い」は、体を引きちぎられるような激痛を伴う。

そして、死の危険と隣り合わせだ。身体にかかる負担が尋常ではないのだ。

一歩コントロールを間違えると、全身の血管が破裂して死亡する。

「……‼」

ブラッドが身をよじるようにし、膝をつき地面をかきむしる。鼻孔から、どろっと鮮血が流れ出す。

「血の贖い」は幼い今のブラッドの身体に耐えられる代物ではない！　無謀すぎる試みだった。

もういい‼　やめて‼　ブラッド‼　そのまま続けたら、あんたが先に死んじゃうよ‼

「アアアアアアアアッ‼」

私は悲鳴をあげて、ブラッドを制止しようとした。

だけど、だめだ‼　激痛のあまり、ブラッドの耳には届いていない。

かわりに魔犬ガルムが、ぎょろりとこちらを見た。

な、なによ。その熱視線。私に遊んでほしいの。

でも、私、躾《しつけ》ができてないワンちゃんと遊ぶ趣味ないの。せめて、お手ぐらいできなきゃね。

あんたなんかお呼びじゃなくってよ。

「……血の贖いじゃと⁉　バカな‼　はったりじゃ‼　なにをしておる、ガルム！　わしのかわいい子たちの仇じゃあっ‼　とっとと〈治外の民〉のガキを八つ裂きにせんか‼」

なにを言っているの‼　あんたらはメアリーの息子を殺したんでしょ！

いえ、もっとたくさんの無辜《むこ》な子供たちの命を奪ったんだ。

自業自得、因果応報、天網恢恢疎《てんもうかいかいそ》にして漏らさずよ‼

「オアアアアアアッ‼!　アオオオオオッ‼」

自分勝手な言い分に頭にきた私は、怒りのスカーレットシャウトをあげた。

ブラッドのほうに向き直りかけていた魔犬ガルムが、再びぐるんっとこちらを振り向く。

え、こいつ私の声に過敏に反応しすぎじゃない？

「わ、わしの言うことを聞かんか!!　……ガル……ム？」

呆然としている魔犬使いをよそに、魔犬ガルムは完全にブラッドに興味を失っていた。

じいっと私を凝視している。その口元から涎が滴り落ちるのを見て、私は背筋が寒くなった。

「……ちっ、好物の赤子にとち狂いおったか。まあ、いい!!　ならば、あちらを先にするまでよ！

あの赤ん坊が公爵の娘じゃ!!　さっさと喰い殺せ!!　絶望させたあと、母親もじゃ!!」

魔犬使いの老人が余計な煽りを入れ喚き立てた。

魔犬ガルムが暴走をはじめたと判断し、お母様の弓矢が届かない遮蔽物《しゃへいぶつ》の影にそそくさと移動する。

こ、こら、指導者が軽々しく方針変更するのはＮＧでしょうが!!

あっさり監督業務放棄するんじゃない!!　跳ねあがる選手ぐらいコントロールなさいな！

魔犬ガルムが片足を、ばんっと地面に叩きつけた。

げ、目が合った。

敵意よりももっとおぞましい飢え狂った目。おあずけされた餌に向けるまなざし。

……ひえっ！　今のもしかして、お手じゃなく、おかわりですか!?

私、「一〇八回」の人生スパイスにどぶ漬けだから、「赤ちゃん」味なんかしないですよ!!

こちらの願いも空しく、魔犬ガルムは、ブラッドを置き去りに、私めがけ猛スタートをきった。

弾丸のように吹っ飛んでくる動きに血の気がひく。だが、不意に奴は急停止した。

「……待てよ……クソイヌ……おまえの相手は……オレだろうが……背中向けると後悔するぜ……！」

歩けないほどの激痛に身をよじりながら、それでもブラッドが必死に魔犬ガルムの前に立ちふさがってくれていた。あれ、でも、あんた倒れてたよね。いつの間に移動したの!?

「……馬鹿な。なんじゃ、今の動きは。本気のガルムを相手に先回りだと!?」

魔犬使いが衝撃を隠せず呻く。ブラッドが一瞬見せた速度は、まるで瞬間移動だった。

ブラッドになにかを感じ取った魔犬ガルムは警戒し、その場から動けない。

だが睨み合いは長くは続かなかった。

魔犬ガルムは息絶えた仲間の魔犬の死体を咥えると、ハンマー投げのようにぐるぐると振り回し、ブラッドめがけて投げつけた。ブラッドの未知の力を警戒し、直接の戦闘を避けたのだ。

「わ……わしの魔犬が……」

呆然と呟く魔犬使いにもお構いなしだった。

こいつ、無茶苦茶だ!!　魔犬使いの制御なんかぶっちぎっちゃってるじゃない!!

大人数人分の体重の魔犬の死骸が軽々と宙を飛ぶ。

「……ぐっ!?」

「血の贖い《あがな》」の激痛で身体が硬直していたブラッドは、かわすことができず、それをまともに食らった。はね飛ばされ転倒する。脳震盪《のうしんとう》でも起こしたのか、動かなくなったブラッドを黙殺し、魔犬ガルムはその頭上を軽々と越えて跳躍した。

ごうっという風圧で、倒れたブラッドの髪とスカートが大きく揺れる。

なによ、このでたらめな跳躍力！

さらに、続く跳躍で、懸命に私たちのほうに駆け寄ってくるメアリーのはるか上を、一跨《ひとまた》ぎで跳び越える。ひえっ、加速がついて飛距離がまた伸びてる！

必死に引き留めようと伸ばしたメアリーの手がかすったが、あまりの勢いに逆にはじき飛ばされ転倒してしまった。ガルムは空中でメアリーを追い抜き、さらに加速する。

「お嬢様‼　奥様‼　逃げてえええっ‼　逃げてえええっ‼」

はじかれてごろごろ転がりながら、必死に飛び起き、メアリーが声を枯らして叫ぶ。

あっという間に屋敷の出入り口にたどり着いたガルムは、勢いを殺さず、そのまま身体を無理矢理木枠の中にねじこんだ。ぼこんっバキバキっと、周囲の漆喰《しっくい》と中の木材が、紙細工みたいに引き剝がされる。木枠が麻がらのように音をたててへし折れる。

破損した出入り口の木枠を身体にまとったまま、ガルムがのそりと室内に入ってきた。まるで一枚のシュールな浮き彫りの絵みたいだ。でも、ちっとも笑う気になれない。人食い熊が窓枠突き破って侵入してくると、きっとこんな気分を味わうのだろう。

魔犬ガルムが身を一振りすると、木枠はばらばらになって四散した。

「大丈夫。至近距離の今なら、私の矢もあいつに通用する。むしろ、好機です」

慌てふためく私に、お母様がおだやかに語りかけ、安心を与えてくれた。

おおっ、お母様、こんな窮地でも冷静な分析とは、頼もしいですねっ。

さすがはスカーレット最終防衛ラインです！

だが、私にかける優しい声と裏腹に、その横顔は峻厳《しゅんげん》な冬を思わせる厳しいものだった。

「……スカーレットを、私の娘を、私の目の前で嚙み殺すですって？　その台詞、どれだけの母親たちに投げつけてきた。どれだけ子供たちの命を踏みにじった！　みんな、さぞ悔しかったでしょう……その無念の万分の一、私が奴らに返してあげる……私たち女を！　母親たちをなめるなあッ!!

メルヴィルの裁き、受けてみるがいい!!」

きりりと柳眉《りゅうび》を逆立てて鋭く叫ぶと、お母様は、六本もの矢をほぼ同時に発射した。

私はしびれるような感動に貫かれた。涙が出た。

私たちと言った。母親たちと言った。この人が私のお母様で本当によかった。

お母様の烈《はげ》しく透明な怒りに、メアリーの、母親たちの無念が上乗せされた、必殺の一撃……いや六撃が空を切り裂く。

「……弓法、蛇がらみ。この矢からは、何人たりとも絶対逃れられない」

六本の矢が、水の吸い込み口にひきこまれる木の葉のように、弧を描き、魔犬ガルムに襲いかかる。逃げ場のない包囲網が形成され、ひき絞られていく。すべての退路をふさぐ、完璧なタイミング。大蛇が獲物に巻きつき、一気に締め上げる様を見ているようだった。お母様の宣言通り、この矢の包囲から逃れる術《すべ》はない！

ベビーバスケットから見上げるお母様の凛々しい姿に私は見惚れた。

お母様の弓矢の腕前は達人を超え、神域のレベルに踏み込んでいた。

槍《やり》を持った人間が獅子《しし》を狩るときの常套手段《じょうとうしゅだん》は、包囲しての多方向からの連続攻撃と聞いたことがある。あちこちに注意力を散らされての同時攻撃には、百獣の王でさえ対応できないということだ。

お母様はたった一人の弓矢の離れ業でそれをやってのけた。

ブラッドが、お母様が決戦の決め手になると評価したのも当然だ。規格外にも程がある。

魔犬ガルムはもう終わりだ。

「一〇八回」の私を何度も射殺した五人の勇士の一人、弓の天才アーノルドと撃ち合っても、あの忌々しいフクロウ抜きならば、お母様のほうが勝ちをおさめるのではないか。

そんなことを思い巡らしていた私の楽観モードは、次の瞬間、驚愕で雲散霧消することになった。

魔犬ガルムがダンッと床を蹴ると、空中でダンゴムシのように身を丸めた。巨体にそぐわぬ俊敏な動きだった。最初大きく伸ばした手足と首を急速に縮めることで、標的を小さくしつつ、高速で縦回転する。金属同士の激突音が響き渡る。車輪のようにつむじ風を巻き起こしながら、お母様の矢をすべて、胴甲部分で受け止めてしまった。

うそでしょ‼　こいつ、この図体でどういう反射神経と運動能力してんの⁉

着地すると、ガルムはぶるっと身を震わせる。

胴甲にかろうじて突き立っていた矢がすべて振り落とされた。

刺さりが浅すぎる。ガルム本体はまったく無傷だ。

至近距離でのお母様の矢の威力でも、ガルムの装甲は貫けないのか……‼

「……胴甲でわざわざ全弾を受けた。つまり生身では、至近距離のこの矢は受けきれないと白状したも同じこと……次ははずさない」

戦慄する私とは対照的に、お母様はすでに次なる手を打っていた。

あっという間にかたわらの予備の矢筒を装着し直す。

「弓法……蛇行、蛇腹、鎌首、蛇がらみ……！」

弦が唸る。矢羽根が鳴る。九本の矢が、魔犬ガルムめがけて閃き飛ぶ。

窮地においてもまったく怯むことのない弓技全開の一斉射撃!!

むしろ一点の曇りもなく、ますます冴え渡る神業。

これが、私のお母様……！

水が流れるような美しい技の連続に私は感動した。

この手数で押しきる攻撃は、魔犬ガルムでもかわせない。

さっきのように身を丸めて胴甲で受け止めようとしても、必ず身体の一部には被弾する猛攻だった。

魔犬ガルムが、ぐうっと身を沈めた。力を溜めているのがわかった。

跳躍してかわす気か。でも、もう遅い。矢が命中する!!

魔犬ガルムが竜巻のように横回転した。風切り音が空間をつんざく。

なんだ！　こいつ、今度はなにをする気!?

「アオオッ!?」

風がこちら側まで押し寄せてきて、私は思わず目をつぶった。

ダダダンッと矢が物体を貫く鈍い音が響き渡る。

「……うそでしょう……！　なんて化物……！」

お母様の声がはじめて震えを帯びた。

その驚愕の意味を、そろそろと目を開け、魔犬ガルムをのぞき見た私も思い知らされた。

ガルムは大人三人抱えほどもあるテーブルを軽々と咥えていた。

本来は地階で使用人たちが使用していた頑丈一点張りの机。

金銭的価値があるものではなかったので、バイゴッド侯爵夫妻がうち捨てていったものだ。

矢はすべてその分厚い樫板《かしいた》で食い止められていた。

老齢のお手伝いさんたちでは数人がかりでも動かせない重さだった。

だから放置されていたのに、魔犬ガルムはそれを張りぼてでも扱うように振り回し、盾にしたのだ。

こいつ、咄嗟《とっさ》に道具を使う奸智《かんち》まで備わっているのか……!!

だが、私たちがガルムの狡猾さに本当に恐怖したのはそこからだった。

「……スカーレット!!」

お母様が悲鳴をあげた。

ガルムが首を振った。巨大な机がぶわっと宙に舞い上がる。

奴は間髪入れず、片っぱしから身の周りの机と椅子《いす》を咥え、空中に放り投げた。

ガルムは巧妙に後退し、サルーンの端の不要物を積み重ねてある壁際に陣取っていたのだ。

矢継ぎ早に放られた机と椅子が、まるでスローモーションのように放物線を描く。

魔犬ガルムが力感さえ感じさせず、軽々と動作したのでそう錯覚したのだ。

実際は、凄まじい質量の塊が雪崩をうって、空中から私たちに襲いかかっていた。

私たち……？　いや、これロックオンされてんの私!?

「……どうじゃあっ!!　飛び道具には飛び道具じゃ!!　母親の愛とやらで受け止められるなら、受け止めてみるがよい!!」

それまで隠れていた魔犬使いが飛び出してきた。勝ち誇って哄笑《こうしょう》する。

なに威張ってんのよ！　これ、あんたの指示じゃなく、ガルムの独断でしょうが!!　暴走されといて偉そうに!!　逃げられない私に集中砲火!!　いたいけな赤子に対して！　ほんとこの犬、性格悪いな!!

私が狙われていることに気づいたから、お母様は悲鳴をあげて、私の名を呼んだんだ。

悲鳴をあげる前に、お母様は飛来する机に矢を放っていた。

矢は机を見事に貫いた。だが、落下の軌道は変えられなかった。

変えられるはずがない。獲物と違い、無機物には貫くべき命がない。

いくらお母様の神懸った弓矢でも、降り注ぐ単純な質量を押しとどめるのは不可能だ。

まして落下物は一つではなく、無数の落石のように視界を覆っている。

どうにもできない、完全に詰んだ状況だった。

「…………!!」

万策尽きたことを悟ったお母様は、無二の武器である弓を放り捨てると、私の上に覆いかぶさった。

ぎゅっと身を縮めるようにして、ベビーバスケットごと私を抱きしめる。

……私をかばって死ぬ気だ‼

「オアアアッ‼　アオーッ‼」

私は必死にお母様を、ぺちぺち叩いて押しのけようとした。

逃げて‼　お母様‼　お母様一人なら逃げられます‼　二人揃って死ぬことはありません！

お母様は、さらにぎゅっと私を抱きしめることで、抗議に応えた。

「ごめんなさい……弓で守ることさえできなかった……私、母親失格のままね……せめて一緒に逝ってもいい……？」

お母様は悔しそうに泣いていた。涙が私の頬をうつ。

そのとき、私たちを隔てていた微《かす》かな他人行儀な最後の一線が崩れた。

その瞬間、私は頭でなく、心で、この人が私のお母様なんだと理解した。

ずっと抱きついていたい感情が全身にふくれあがり、私の目から涙があふれだした。

「お嬢様あっ‼　奥様あっ……‼」

もう一つの人影がさらにその上に覆いかぶさる。

メアリーだった。

山崩れが頭上にあるような死地も顧みず、私たちの元に半ば滑り込むように駆けつけてくれたのだ。

飛び込めば圧死を免れないとわかったうえで。

「ごめんなさい‼　私が勝手したばっかりに‼　せめて、私も盾にならせてください……‼」

泣きじゃくりながら、かたく抱きつき、謝るメアリー。

謝らなくていい!!　勝手なんかじゃない！　母親が殺された子供のために我を忘れてなにがいけないの！　親子の愛を、メアリーの行動を咎《とが》める権利なんか、この世の誰にもない!!

……私の大事な二人の母親が、私に詫びながら、泣いている。

こんなにも私を愛してくれているのに、理不尽な運命に、その想いが踏みにじられようとしている。

「……次に生まれ変わっても、きっと私の娘として生まれてきて。私……次こそ、ちゃんと母親するから……」

「私も……また……お世話させてくださいね……」

いえ！　いえ！　お母様、メアリー、諦めるのはまだ早い。

まだ、あいつがいます。あいつがこんな結末許すわけがない。

こんな非道、こんな理不尽、許されるわけがない。

そうでしょう！　ねえ、そうでしょう！

私は両手をきつく握り締め、目をぎゅっと閉じ、そして祈った。

ねえ、応えてよ！　私、死ぬ瞬間まで、あんたのことを信じてるから!!

「アアアアアアアッ!!」

私は思いの丈のすべてを込め、絶叫した。

どくんっと心臓が鳴った。

ブラッドがすぐ横で私の頭を撫でている気がした。あいつの体温が呼吸が鼓動が、まるで自分のもののように感じられた。そして、灼熱《しゃくねつ》の渦が身体の中心から湧《わ》き出した気がした。

この感覚……どこかで……。

………………

………………

一面の紅蓮《ぐれん》の炎の幻が見えた。

感謝と愛《いと》おしさと泣きそうな想いが、胸いっぱいにふくらむ。

これは、「一〇八回」の私以外の私、未確認のアンノ子ちゃん（仮称）の記憶と感情……!!

〝……ありがとう……ッドは、最後にこうなるって、わかってたのね。だから、私が逃げられるよう、この力を……ありがとう、最後まで私のことを想ってくれて……でも、ごめんなさい……私は、あの人と最後の決着をつけるため……この力を使います！〟

疲労困憊していたアンノ子ちゃんの全身に、再び力がよみがえる。今、私が感じているのとまったく同じ灼熱の活力。周囲の炎に負けない強さで、力が彼女を再び後押しする。

長かった戦いの決着をつけようと、炎の中、彼女はさらに足を踏み出す。

剣と剣が激しくぶつかり合う音。衝撃に手がしびれる。

打ち合っている相手はだれ？

緋色《ひいろ》に包まれた視界に、長い金髪がかすめる……。

鍔《つば》迫《ぜ》り合いでもしているのか、近すぎて顔が見えない。

狂ったような高笑いが耳をうつ。

だが、その声には、ありえない事態に驚愕する感情が混じっていて……。

誰？　この声、どこかで聞いたような……。

そして、冷たい刃と灼熱の激痛の刺される感触と、一瞬の抵抗感ののち、刃が相手に入り込んでいく嫌な感触が手に伝わった。私たちの剣は互いを貫いた。

遮るものがなくなった二人は密着した。足元が崩れ、抱き合うようにして落下していく……。

記憶は、押し寄せる力にのみ込まれ、うたかたの飛沫《ひまつ》のようにはじけて消えた。


…………………………

…………………………


ブラッドと繋《つな》がった感覚を通し、力の渦がブラッドに向けて吸い込まれていく。

渦が輝く龍となりブラッドの身体を駆け巡る。細胞すべてが活性化されて脈動する。

私が感じているブラッドの生命力が、とてつもない気配を放ちだした。

〝……奇跡は、成った〟

低い男の声がした気がした。

〝……だが忘れるな。二人が共にあるときのみ、力の扉は開かれる〟

大気が、轟いた。突然の落雷だった。

凄まじい大音響で、屋敷全体が鳴動した。

視界が稲光で覆われ、私たちの頭上いっぱいに迫っていた死の影が、一瞬で吹き飛んだ。

圧倒的な力で押し返され、はねのけられたテーブルや椅子が、壁や床に叩きつけられる。

木材がひしゃげる音と、石と木材に大重量が激突する重く鈍い音が、嵐のように飛び交った。

爆音がやみ、私はそろそろと目を開いた。誰が来たかは見る前からわかっていた。

漆喰のかけらが、ぽつんぽつんと床に落下し、音をたてる。お母様とメアリーが驚きで息をのむ。

頼もしいメイドの後ろ姿が見えた。私たちをかばうように立っていた。

夜の月光が、夜明けの日光の差し込みに見えた。

津波のように落下してきた木材の塊を、拳と蹴りをもって、一つ残らずはねのけた、不可能を可能にする、決して私の期待を裏切らないその背中を見て、涙がこぼれた。

まったく遅いのよ!! チート生物のくせに!

「……寝ぼけた脳天に響いたぜ、おまえの祈ってくれる声。最っ高の目覚ましだった。奇跡ってのを起こすのに、少しばかり手間取っちまったけど勘弁な」

振り向いたブラッドが笑う。

その瞳は真紅に輝いていた。血煙を湯気のように全身にまとっている。

そうだ、これがブラッドの最終戦闘形態。

おのれの血を贄《にえ》にして、爆発的な身体能力を発揮する「血の贖《あがな》い」発動時の姿だ。

「一〇八回」の記憶と寸分違わぬ姿に、私は感動でうち震えた。

さすがのちの世界最強の男。あんたがその気になれば、きっと死神だって殴り倒せるよ。

ブラッドが、私を安心させるよう、にやっと笑ってみせる。不覚にも胸が高鳴った。

あ、あんたが必ず来てくれるって、私、信じてたよ！

「……なあなあ、今の言葉、寝ぼけたと奇跡と目覚ましをかけたんだ。わかった？」

いちいち振り向いてまで、くだらない解説すんな！　わかってるよ！

感動が台無しじゃない!!　信じられない！　乙女のときめき返せ、このアホ!!

いつものブラッドと寸分違わぬあほな言動に、私は憤りでうち震えた。

「ブラッド……あなた、その姿はいったい……」

「たいへん!!　ブラッド、こんなに血を噴いて！　手当てしなきゃ!!」

ちょっとメアリー!!　私の予備のおしめの布取り出して、包帯代わりにブラッドに巻きつけようとしないで!!　これは怪我《けが》じゃないの！　そういう仕様なの！　……っていうか、そのおしめ、どこから出したの!?

「……待たせたな。みんな、格好よかったよ。ここからはオレにも少しは格好つけさせ……もがもご……」

布に口をふさがれてもがくブラッド。私は呆れた。格好悪いなあ、もう……。

「こ、これ……包帯じゃなく、スカーレットのおむつかよ……うえ、きったな。ぺっぺっ」

し、失礼な奴だな！　ちゃんと使用後は洗ってるよ！　メアリーがだけど……。

「まあ、この姿の説明はあと。まずは、あの化物を片づけなきゃ……ケリつけようか、犬っコロ」

ブラッドは魔犬ガルムに不敵に嗤いかけた。

ガルムがはじめて咆哮《ほうこう》した。ブラッドを脅威と認めたのだ。

洞窟《どうくつ》の中で巨人が叫んだかと思った。は、腹に響いた。腰骨がずれそう。

なんなの、これが犬の鳴き声？　まるで憎悪に狂った獅子の吠《ほ》え声。

こんな声では、犬社会でのコミュニケーションは諦めるしかあるまい。

あんた、ぼっち決定よ。のけもんゲットだぜ!!

低く不気味で魂を消し飛ばすような声圧にも、ブラッドはまったく動じなかった。

「うっせえよ。チビスケが怯えて、ちびるだろうが……」

え、わ、私、平気だよ。……ん？

あ、あんたあっ！　まさかまた血液の流れで、私の気持ち読んだなあっ！

プライバシーの侵害で訴えてやる！

「オアアアアッ!!」

私の抗議の声が届くよりも早く、ブラッドがだんっと床を蹴った。

そこまでしか私の目には追えなかった。速すぎて目がついていけない。

「……速い！　まわりこんだ！」

お母様が唸る。弓矢の高速に慣れたお母様は、ブラッドの動きが見えたらしい。

「犬なら犬らしく……伏せでもしてろ!!」

轟音《ごうおん》がした。あの巨大な魔犬ガルムが、下顎から床に叩きつけられた。

震動で私のベビーバスケットが床から浮き上がる。ブラッドが耳を引っ摑んで、ガルムを力づくで押し潰したのだ。そのまま肘《ひじ》打ちまで眉間《みけん》にめり込ませていた。

「おまえは一線を超えた……芸をしたって、もう許してはやらないけどな」

信じられない！　あの怪物が反応できなかった！

なんという桁外れのパワー！

そしてなんなの、このバトル展開は!!

これはスカーレットが繰り返した「二〇八回」の人生。八歳のスカーレットの独白

私は、スカーレット・ルビー・ノエル・リンガード。

リンガード家のヴィルヘルム公爵のひとり娘だ。今年で八歳になる。

私のお父様はヴィルヘルム領をおさめているので、ヴィルヘルム公爵の名を与えられている。

でも、この国では、「常勝公爵」とか「紅《くれない》の公爵」の名前でみんなには知られている。

戦場で敵味方に誰よりも畏怖される存在。国一番の英雄をお父様に持てて、私もとても鼻が高い。

私の紅い髪と瞳はお父様ゆずりだ。

私はお母様に会ったことがない。私が生まれてすぐに、お母様は亡くなってしまった。

屋敷の中に肖像画さえも残っていない。お父様の執務室には、女の人の小さな絵が大切に飾られて

いるけど、あの人はお母様のはずはない。だって、髪を後ろで束ね、物語の中の猟師のような格好をしているもの。美人だけど、きっと貴族ではないわ。

お父様は、お母様のことをたいそう愛していたらしく、いまだに独身を貫いている。

バイゴッド侯爵夫妻は……これはお父様のお父様とお母様、つまり私のおじい様とおばあ様にあたる人たちなんだけど、しつこく再婚を勧めてくる。

お父様は格好いいし、家柄もいいし、この国の英雄だから、王様経由の縁談話だってくるの。

でも、お父様は頑として受け付けない。最初はにこにこ話を合わせてるけど、そのうち押し黙るの。

そんなときのお父様は、ほんとうにおそろしい。いつもは綺麗《きれい》な赤色の目が、暗く暗く沈んだ色になる。冬の夕暮れ時みたいに、空気がしいんと冷たくなるの。そうなると国王様だって目をそらしてしまう。縁談話を持ち込んできた人たちは、みんな蜘蛛《くも》の子を散らすように退散してしまう。しつこいバイゴッドのおじい様おばあ様も、さすがに諦めて舌打ちして立ち去るしかなくなる。

私、あの人たち嫌い。だって、隙あらばすぐにお母様の悪口を、私にふきこもうとするんですもの。

でも、そんなときは、お父様がいつの間にか私の背後に現れる。

おじい様おばあ様からかばうように、私の肩を後ろから抱き寄せてくれるの。

「……コーネリアは、スカーレットの母親として、今もこの愛娘《こ》の中に生きている。あの素晴らしい女性は、スカーレットを通して、ぼくの隣にいつもいる。だから、スカーレットが独り立ちするその日まで、ぼくたちは親子三人でずっと歩いていく。他に家族は不要だ」

おじい様おばあ様だけでなく、あたりに聞こえるように、凛《りん》としたよく通る声でそう告げてくれた。

……私、泣きそうになっちゃった。

お父様は、お母様の実家のメルヴィル家とたいそう仲がいい。メルヴィル家の領地はこの国のはずれにある。山や森ばかりのところで、バイゴッド侯爵夫妻は、辺鄙《へんぴ》なところと馬鹿にしている。私やっぱり、あの人たち嫌い。あの綺麗な新緑の山や澄んだ渓流の価値がわからないなんてかわいそうな人たち。

私もお父様と一緒で、自然豊かなメルヴィル家の領地が大好きだ。

お母様のお墓はそこにある。

森の中心に生えている、びっくりするほど大きな、お家のような太さの樹の下に、ひっそりと建てられている。ここはお父様とお母様がはじめて出会った場所なんだって。そして、お父様がお母様にプロポーズした場所でもあるんだ。二人の思い出がいっぱいの大切なところ。何度もの雪崩にも耐えて生き残ってきた悠久の樹。千年よりももっともっと生きてきた大樹に守られて、お母様は静かにそこに眠っている。

お母様のお父上のオブライエン男爵が、常に気にかけてくれているので、お墓は建てたばかりのようにいつも綺麗だ。お父様と私は、お母様の命日には必ずそこを訪れる。

お父様はお母様の墓の前に跪き、優しくキスをする。

「……コーネリア、ただいま。元気にしてたかい」

生きてる人にするように、額を墓石に押し当て、しばらくじっと目を閉じている。

久しぶりに再会した恋人同士が、静かに熱い抱擁を交わしているようで、見ているこっちまでのぼせてきそうだ。でも、死んだあともそんなふうに愛されるなんて、きっと女の人の夢だと思う。

どうしてお母様のお墓がヴィルヘルムの、お父様の領地にないのか、一度だけ、お父様にたずねてみたことがある。

「鳥は野山の大空を羽ばたいているからこそ美しいんだ。お母様が生まれ育ったこの場所こそ、お母様の魂が安まる場所だと思う」

そう答えたお父様は哀しげだった。お父様は間違ってしまったんだ、そう言った。スカーレットは、お母様の眠るこの場所が嫌いかい、とも言った。

私は、ううんと首を振ってお父様に抱きついた。お父様は私の頭を撫でた。細かい理由はわからないけれど、お父様がお母様をとても愛していて、その想いの強さは伝わってきたので、私は満足した。

ねえ、お父様。私、お父様ほど一途に一人の女性を愛する人を見たことがないの。

そんなお父様が妾宅に入り浸って、お母様を見放したって噂、とても信じられないの。

お父様は今も妾宅と繫がりがあるという噂を否定なさらない。

でも、妾宅になんか行ってる時間があるわけない。

だって、私、お父様が仕事以外のときはいつも私のそばにいてくれてるの、誰よりよく知ってるもの。

本当はあのとき、何があったの？　その何かは今もまだ続いているの？　私がまだ子供だから教えてくださらないの？　……私ね。お母様のお父上のオブライエン男爵が、お父様とお酒を酌み交わしているのをのぞき見たことがあるの。

「今もこんなに愛されて、あの子は幸せ者だ」

「どうして、公爵様の愛を、あの子は最後まで信じきれなかったのか」

「公爵様はありのままのあの子を愛していると、あんなに言ってくれていたのに」

「それなのに、勝手に思いつめて不幸になって……親より先に逝ってしまいおって。あの馬鹿娘が。どうしてみんな、わしを置いていってしまうのか」

そう言って、お父様にしがみついて泣き崩れてたわ。娘の仇にそんなことをする親はいないと思う。オブライエン男爵は家族にみんな先立たれてしまった。孫の私しか残っていないから、私をとても大事に思ってくれる。別れるときはいつも涙を浮かべている。

でも、お父様との再会も、同じくらい一日千秋《いちじつせんしゅう》の思いで待ち望んでいるの。

娘を不幸にした人間に抱く気持ちとはとても思えない。

それにお父様、いつか私の前に跪いて、こう誓っていたもの。

「……スカーレット。君の名前は、お日様の光に透けたぼくの髪の色を見て、君のお母様が思いついた名前なんだ。ぼくの髪の色が好きだと褒めてくれた。いつか娘が生まれたら、その名前をつけよう。そう嬉しそうに笑っていた」

朝焼けで空が鮮やかに染まっていた。昇る太陽がゆっくり雪の残った景色を輝かせていく。

「君の名前はお母様からの贈り物だ。お母様は、コーネリアの命は、今も君の中に受け継がれている。お母様は君と共に生きている」

そして私の手の甲にうやうやしくキスなさって、

「君をきっとこの国の女王にしてみせる。この国の誰もが跪く尊い存在に。どんな汚い手を使ってでも、何年かかってでも成し遂げてみせる。そしてお母様は国母になる。コーネリアの名前は、この国のすべてを照らす太陽になる」

あとの言葉は、亡きお母様に向けたものだった。

「ぼくらの絆《きずな》のスカーレットにかけて誓う。それが君を拒み、ぼくを謀《たばか》った、この国への、ぼくからの復讐。ぼくに唯一できる君への贈り物だ」

これはスカーレットが繰り返した
「一〇八回」の人生。
その裏で起きていた彼女の知らぬ復讐劇

ふふ、私はアリサ。

スカーレットのお友達よ。あの子のことは誰よりもよく知っているわ。笑っている顔。泣いている顔。怒っている顔。殺されるときの最期の顔。ああ、すべて一人占めしてしまいたいくらい……。

あの子の人生ほど私を魅了するものはない。努力して、人のために尽くして、頂点に上りつめ、そして皆に裏切られて孤独に死んでいくの。最期まで諦めずに、自分の罪も抱きしめて。まるで聖女よ。本人は自分が悪女と思っているところが、また素敵……ああ、今度はどうやって殺してあげようかしら。胸がときめくわ。

でも、私は浅薄な人間の生き様も嫌いではないわ。矮小《わいしょう》な小虫が身の程をわきまえず、いきがる様子は滑稽で楽しいもの。私は悲劇だけではなく、喜劇も好きなの。

そうそう、アンブロシーヌという愚かな小悪党の死に様も、なかなかかわいそうでよかったわ。大商会であるシャイロックの娘なのだけれど、本人は着飾ることと他人を侮蔑する才能しかないちっぽけな存在だったわ。なのにお金の力を自分の力と勘違いし、のぼせあがったのね。父親のデズモンド会頭の命令を踏み越え、紅の公爵、スカーレットの父親の愛する妻を独断で毒殺してしまったの。

公爵もやりきれなかったでしょうね。こんな小物に夫人が命を奪われるなんて。

そのぶん「一〇八回」での「紅の公爵」のアンブロシーヌへの報復はなかなかの見ものだったわ。おのれの分をわきまえない小物の末路。虫ケラみたいな最高の道化。何度も見学したけれど、飽きずに楽しむことができたもの。私のお気に入りの、喜劇のロングラン公演というところね。

紅の公爵はね、アンブロシーヌを、シャイロック家の別邸に閉じ込めたの。外に逃げられないよう足首の腱《けん》を切り、助けを求められないよう、水銀で喉を潰してね。

外聞的には、公爵の愛人ということにして、その実ただの囚人ね。

さしものデズモンド会頭も庇《かば》いようがなかった。だって、あの女ったら、母体には最低限の負荷しかかからないはずのデズモンドの処方箋《しょほうせん》を握り潰して、わざわざ堕胎薬の毒性を高め、公爵夫人に盛ったのだもの。公爵夫人がいなくなれば、自分が正妻の座にすべりこめると思いあがったのね。

……なんておかしいの!!　堕ちたとはいえ、弓の天才コーネリアと最初から自堕落なアンブロシーヌでは勝負になんかならないわ。王女の降嫁にさえ見向きもしない一途な公爵が、本気で自分に振り向くと思っていたのかしら。

そもそもデズモンドがシャイロック商会設立の本当の理由を教えていない時点で、あなたとデクスターの器はたかが知れているの。デズモンドは異国で虜囚の同胞数十万人を救うため、心を鬼にして金策に奔走していたのよ。自分のことしか興味のないあなたたちを評価するわけないじゃない。

あなたたちの弟のエセルリードが跡を継ぐことは、とっくに決定ずみだった。だから、デズモンドはやむをえずエセルリードとマリーの仲を引き裂こうとしたの。できるだけ穏便にね。それなのに、あなたたちは自分の欲のため、示談金を横領し独断でマリーまで死に追いやった。あれで次期会頭のエセルリードまで敵にまわしたのよ。

ああ、おかしい!! 愚者は自らの手で、自分を窮地に追い込んでいくものなのねえ。

あなたたちの助かる道は、公爵のお気に入りのエセルリードに取りなしてもらうことだけだったのに!!

それなのに、デズモンド会頭の意向まで無視して、エセルリードを海外に放逐するなんて!! それもご丁寧に奴隷の身分に落として、行方不明にまでして。

命綱を自ら投げだして、崖《がけ》に向かって走っていくのだもの。涙が出るほど笑い転げたわ。

シャイロックの長子だから、長女だから、なにをやっても許されると思いあがっていたのねえ。

デズモンドは血縁の情に流されるほど甘くはないのに。

ふふっ、身の程知らずは喜劇の天才ね。翼もないのに空を飛べると自惚《うぬぼ》れて、崖下にまっさかさま。

公爵のアンブロシーヌへの報復は、それは素敵だったわ。

まず別邸の使用人を総入れ替えしたの。全員を、アンブロシーヌに殺された犠牲者の遺族たちにね。

そのうえで、召使いの全員に毒薬と刃物の常時所持を許した。アンブロシーヌの目につくようにね。

そして屋敷の皆の初顔合わせでは、彼らがどんなふうにアンブロシーヌを恨んでいるか、アンブロシーヌを皆で取り囲んで発表会をしたの。素敵でしょう。皆がお互いの話に共感し、怒りと悲しみは増幅され、心はひとつになり、復讐の誓いはより強固になったわ。盛り上がっていたわよ。わずかな時間だけで、小突き回されたアンブロシーヌはすっかり対人恐怖症になっていたもの。

怯えるアンブロシーヌの寝室や個室の鍵《かぎ》はすべて取り払われていたわ。誰でもいつでも自分を傷つけられる環境だった。喉は潰され、助けを求める声も出せず、逃げる足も失い、周りには自分を恨む視線だけ。いつ殺されても不思議はない。あるいは今も毒を少しずつ飲まされているかもしれない。

アンブロシーヌは寝ているときでさえ、気が休まらなかったでしょうね。毎日死人の顔色で、がたがた震えていた。生きた心地がしなかったと思うわ。食事には針が混ぜられ、水差しの水は濁っていた。

公爵は使用人たちに、勤務中の私語を推奨したわ。

彼らは四六時中アンブロシーヌの耳元で語り続ける。いかに残酷にアンブロシーヌが、自分たちの大事な人を奪い去ったのか。それをどれだけ恨んでいるのか。毎日毎日、寝ているときでさえ。

許しを乞おうにも、アンブロシーヌの声は潰されている。

耳をふさいで逃れようとしても、周囲から伸びた他の人間の手が、それを許さない。

一年が過ぎる頃、アンブロシーヌは舌を噛んで死のうとして失敗したわ。

ずいぶん気の弱い女だこと。お人好しのスカーレットなら、十年だって耐えたと思うわ。

あの子は自分が殺される覚悟で、人を殺す命令を下していたのだから。

私とは方向が違うけど、愚直でいとおしい極悪人よね。ふふ、スカーレットに話が及ぶと、つい熱がこもってしまう。今はアンブロシーヌという虫ケラの話の途中だったわね。

あの女は、以降は自殺しないよう「人道的な処置」で舌を切り取られたわ。自分で自分を追い込む癖はいつになっても治らないものなのね。まあ、どのみち喋《しゃべ》れないんだから、同じことよね。

凍てついた夜にも夜具はなく、暖炉は空っぽのまま。料理は、鍵のかけられた隣室に置かれ、匂いだけが運ばれてくる。もちろん隙間からアンブロシーヌの目にふれるようにしてね。

末期にはアンブロシーヌは死を望んでいたから、毒や刃の脅しでは効かなくなっていたのね。

表向きは屋敷の女主人でありながら、囚人にも劣る生活。

足の腱を切られたのに杖さえ与えられず、誰も手を貸さず、ミミズのように床を這《は》いずる毎日。

でも！　そんな生活が、五年も続いたある日！　ついにアンブロシーヌは許されたの！

まあ、素敵！　神様の祝福が、かわいそうなアンブロシーヌにあらんことを！

その日、屋敷中に、幕をかけられた何かが取り付けられたわ。

そして正装した紅の公爵が、久しぶりに屋敷に姿を現したの。

床に力なく這いつくばり、死んだ目をしたアンブロシーヌを一瞥し、朗らかに笑いかけたの。

「さあ！　舞踏会に出かけようか！」

言葉の意味を理解し、声なき絶叫をあげて逃れようとするアンブロシーヌの髪を引っ掴み、引きずりながら歩き出したの。

「おめでとう！」「おめでとう！」「いってらっしゃい！」

使用人たちの祝福の声と拍手が万雷となって鳴り響いたわ。

幕が一斉に取り払われると、無数の鏡が現れ、醜く老いさらばえたアンブロシーヌの姿を、いろいろな角度から容赦なく照らし、映し出した。

心と体を責め苛まれた五年間は、三十年にも匹敵するダメージをアンブロシーヌに与えていたの。

あはは っ！　あのときのアンブロシーヌの顔の、かわいそうなことといったら！

この世の絶望と、悲痛をすべて詰め込んだら、ああいう表情になるのかしら。

あの顔を見せてくれただけでも、あの虫ケラがこの世に生を受けた意味はあったわねえ。

ふふっ、ほんとうに、ほんとうに、かわいそう!!

この日のために、公爵は屋敷中の鏡を取り払い、アンブロシーヌに自分の顔を見させないようにしていたのねえ。立つこともままならない足と、醜く変わり果てた姿で、華やかな舞踏会場に放り込まれると知ったアンブロシーヌ。

引きずられていく廊下には、失禁のあとが黒々と帯になって続いていた。

屋敷の出口までたどり着いたとき、しゃくとり虫のように弱弱しく抵抗していたアンブロシーヌは、ぐったりしていたわ。痛めつけられた神経には刺激が強すぎたのね。

公爵はつまらなそうに、片手でひきずってきたアンブロシーヌの遺骸を見下ろすと、「死んだか」

と無造作に放り投げたわ。ごろごろとゴミのように階段を転げ落ちていく、かわいそうなアンブロシーヌ。馬鹿みたいにぽかんと開いた口の中を、お日様が明るく照らしていた。

階段の下には、右頬に大きな傷痕のある大男が、ポケットに手を突っ込んで立っていた。

「我が友、エセルリード。復讐はなった。この女の価値はいくらぐらいかね？」

公爵の問いかけに、海外から戻ってきたエセルリードはうなずき、足元の哀れなアンブロシーヌの遺体に、小銅貨数枚を放り投げたわ。ちゃりんと音をたて、一枚がアンブロシーヌの口の中に飛び込んだ。おもしろい！　悪党としては落第だったけど、最期まで道化役を務めたことは褒めてあげる。

「……これぐらいですかね」

ぼそっと呟くエセルリード。

アンブロシーヌは、彼の恋人を殺した際、散らばっていた中銅貨を見て、貧乏人が幸せな死に方をしたと嘲笑ったのよね。小銅貨は中銅貨の十分の一の価値。エセルリードは、あのときの恨みをずっと忘れてなかったのねえ。

「……馬鹿だ。姉さんは……」

それでもエセルリードは、小さく小さく呟く。まだ肉親の情を捨てきれてはいなかったのよね。

恋人を殺され、自分も殺されかけたのに、なんてお人好しなのかしら。

それなのに鬼になれるなんて！　胸が高鳴るわ。優しさを持った復讐鬼、エセルリード。

哀れなアンブロシーヌは最期まで気づかなかったのね。

もしも公爵夫人かマリーのこと、そのどちらかを少しでも気にかけていたのなら、あなたは死なずにすんだのよ。身ぐるみはがされて追放されても、命だけは助かったのに。

でも、アンブロシーヌは、殺した二人の名前すらまともに覚えていなかった。

もちろん他の犠牲者のこともなにひとつ。

大好きな宝石やドレスの生地のことは、一分も漏らさず正確に把握しているのにね。

アンブロシーヌにとっては、他人の命は覚える価値すらないものだったのね。

だから、公爵とエセルリードは、処刑に踏み切ったのよ。

ほんとうに馬鹿ねえ。人の命こそ、最上の娯楽だというのに。命が消える瞬間の、人生が濃縮された輝きは、どんな宝石だって色あせるぐらい。それを今まで見逃し、ただ殺してきたなんて。審美眼のない小悪党は、やっぱりなにをやってもだめねえ。

農具のフォークを手に集まってくる、アンブロシーヌの犠牲者の遺族たち。

「君は相変わらず優しいな。ぼくなら土くれを投げかけるがね」

遺骸を取り囲んで突き刺す音が響く中、公爵がエセルリードに笑いかける。

遺族に串刺しにされるたび、アンブロシーヌの死体が生きているように踊る。

あら、随分斬新なダンスだこと。舞踏会でお披露目できなくて残念ね。はじめて貴女を評価したわ。

でも、大丈夫。みじめなあなたの姿と名前は、私がしっかり記憶しておいてあげる。

私をこんなに愉しませてくれたんだもの。あなたが殺された意味はあったのよ。

それにしても、公爵のいい笑顔といったら。美しい悪魔のようでときめくわ。

アンブロシーヌの串刺しの舞いの奏でを背後にほほえむあなたは、宮廷のどの名画よりも美しく、私の心を惹《ひ》きつける。だから、あなたは、いつも私が自ら殺してあげるの。その価値があるもの。

復讐の鬼となったエセルリードも素敵よ。

悪魔と鬼……私の獲物にふさわしい二人。愛ゆえに道を踏み外した男たち。

この二人を狩るとき、私は興奮を抑え切れない。抱かれてもいいぐらいよ。

大事な大事な私の遊び相手。いなくなるときは少し寂しい。

ずっと戯れていたい、でもだめ。本命はスカーレットだもの。私はこう見えても一途なのよ。

ああ、スカーレット。また生と死のダンスを一緒に踊りましょう。

私の金色の髪とあなたの赤色の髪が、ターンをきるたび、くるくると狂おしく絡み合うの。

闇で輝く金と赤。きっと誰もが見惚れるほど美しい光景だと思うわ。あなたの腕の中で恍惚《こうこつ》として
私はキスを待つの。それとも逆のほうが楽しいかしら。ふふっ、心が弾むわ。

国々を燃やしての素敵な舞踏会をはじめましょう。人々の悲鳴が私たちのための組曲。苦悩と嘆き
はグラーヴェに、断末魔の瞬きはアッレンタートに、復讐にはやる心はプレスティッシモに。

消えゆく命が楽器になって奏でる旋律と和音とリズム。うふふ、昂《たか》ぶるわねえ……！

さあ、お相手してくれるかしら、ねえ、私のかわいいスカーレット。


（下巻へつづく）

あとがき

この作品をお手に取ってくださった皆様、ありがとうございます。

『108回殺された悪役令嬢』の作者、なまくらと申します。

この作品は、小説投稿サイトのなろう様で掲載させていただいたものをベースに、再構成、加筆したものとなります。魔犬との戦闘シーン等、Web版とはかなり異なる部分がございます。なろう様からの読者様がいらっしゃいましたら、どうかご了承のほどを。

この作品を発表する一年ほど前から、なろう様に別作品を投稿しておりました。家族に隠れこそこそと夜間活動しまくっていたのです。まったく鳴かず飛ばずでしたが。たしか総合ポイントは五百ポイント以下でした。三十八万字ほどの作品だったと思います。

まぁ、一年もやったし、もう執筆はやめようかな、じゃあ、最後だからやりたいこと全部ぶちこんだ作品つくって終わりにしよう、と思って投稿したのが『108回殺された悪役令嬢』でした。以前読んだ面白かった作品に悪役令嬢ものが多かったので、自分も一度くらいやってみたかったわけです。

それが予想外に読者様の好評を得て、書籍化の打診までいただき驚愕することに。

もう各方面に感謝の言葉しかございません。人生とは何が起きるかわからないものです。

自分は、なろう様に投稿させていただく前は、執筆経験など皆無でした。

しかも!! 鍋島テツヒロ様という素晴らしいイラストレーター様のお力をもって、文章の中だけだったキャラクターたちが生き生きとした絵として描き出されたのです!! 感動です。自分の送ったわけのわからない設定書きをもとによくぞここまで……。

いかにそれが偉業であるか、読者様に理解していただくために、一例として、この物語で上下巻を通して主人公たちを苦しめる強敵の魔犬ガルムの設定を、ここにあげさせていただきます。ほぼ原文のままです。

〝メジロザメみたいな金壺眼《かなつぼまなこ》。目は緑色の燐火のように光る。牙は大きい。凶悪というより無表情。鼻にしわが寄って歯茎が見えるときは、怒りというより不気味に嗤《わら》っている印象。形は、シッパーキーという小型犬に、漫画、流れ○銀のノ○イというキャラをあわせ、筋骨隆々にしたような感じ。犬種は魔犬。普通の犬よりはるかに大きく強靭な架空の犬種。参考イメージモデルは絶滅動物アンドリューサルクス〟

……あははっ、乾いた笑いしか出ません。犬要素じゃないものがだいぶ混じってます!!

この上巻においては、主人公が魔犬ガルムと初邂逅《かいこう》したとき、狼と勘違いして大騒ぎします。彼女は、狼の姿に詳しい母親とブラッドに、あれは常識的に狼ではなく犬だと教えられ、目を白黒させます。ですが、この設定書きどおりだと本当に犬の姿かどうか大変あやしいです。

「犬……かなあ？」「犬……かも？」

と二人とも自信なさそうに首をひねることになってしまいます。ちなみにアンドリューサルクスとは、体長の四分の一が顔という、いかれた古代生物です。どこが犬……。

ミニチュアダックスフンドを主人公にした名作『犬とハサミは使いよう』のイラストを御担当された絵師様に、神をも怖れぬなんたるご依頼を……。

ですが、鍋島様の魔犬ガルムのイラストは、無茶な設定を落とし込みつつ、それでも犬らしさも感じさせる仕上がりになっています。さすがプロの絵師様!!

主人公の母親コーネリアの戦装束においても、鍋島様の絵力は遺憾なく発揮されています。お渡しした設定を見事に生かしきってくださいました。では設定内容をば……。

〝……胸当てをし、膝上までの半袖上着の腰にサッシュを巻き、横でリボン結び。上着の下裾にはプリーツがたくさん入っているため、まるでミニスカートのように見えます。この世界はロングスカートが基本なので、露出度高めのとんでも衣装になってしまいます。長ブーツをはいています。肩にはフィシュー。弓籠手。頭に……〟

「オアアアーッ!! アオオッ!? アオオオアアッ!!(ちょっと!! 私の話はしないの!? お母様はともかく魔犬の話でどんだけ尺取るつもりよ!!)」

主人公について触れる字数の余裕がなくなってしまいました。

「オアアッ!! オオオッ!!(こら、ふざけんな!! 自己紹介くらいさせなさい!!)」

……彼女の自己紹介については、下巻の告知文にて、思う存分やってもらいます。

書籍化にあたりキャラクターの見せ場と物語の面白さに関しては、自分に出来得るすべてを入れ込んだつもりです。

最後に、イラストを描いてくださった鍋島様、この作品を見出してくださった編集の藤田様、同じく野浪様、山口様。カバーをデザインしてくださった楠目様。校正ご担当の東京出版サービスセンター様、ヒナプロジェクト様、書籍化に関わったすべての皆様、この本を扱ってくださった書店様、そして何よりこの作品を支えてくださった読者の皆様に心より感謝申し上げ、御礼とご挨拶とさせていただきます!!

この作品は上下巻構成になっています。下巻もどうぞよろしくお願いいたします!!

二〇二〇年　六月　なまくら

皆様ごきげんよう。私、『108回殺された悪役令嬢』のヒロインこと、スカーレット・ルビー・ノエル・リンガードと申します。

紅い瞳に赤い髪、まっかなリボンがチャームポイント。もぎたてフレッシュ新生児です。

　残念ながら、この本のカバーは大人の姿の私に乗っ取られ、新生児の私は、帯でひっそり存在を主張するはめに……。でも、大丈夫!!　なんとこの小説、上下巻構成なのです!!

下巻のカバーでついに私の出番が!!　なんてったってBABY編ってわざわざ書かれてる!!　主役、かつ赤ちゃんの私の出番がないなんてありえないのです!!　さあ、おめかしして撮影の準備しなきゃ!!　あ、ブラッド、リボン直して。

準備万端、いざ出陣!!

……へ？　私いらない？　もう下巻のカバーは完成してる？　いったい誰が!?　まさかメイド服ブラッド!?　よもやのお母様？　それとも女王姿の私？　ええっ、全部違うって……。な、なんか、すっごい不吉な予感がするんですけど……!!

……オアアアアッ!?　ホギャアアアアアアッ!!

刺殺!!　斬殺!!　斬首刑!!　絞首刑!!　焼殺!!　溺殺!!　轢殺!!　射殺!!　毒殺!!　絞殺!!　……その他、もろもろ……全部あわせて一〇八回!!

こ、殺されたトラウマがフラッシュバックして思わず叫んじゃったよ。

アリサあっ!?　なんで、あんたが下巻のカバー飾ってんのよ!!

しかも、なに、そのでっかい青い宝石!!　上巻の大人の私がつけてるペンダントの「神の目のルビー」に対抗してんの!?　どうせイミテーションなんでしょ。そんな大きさの宝石、そうそうあるはずが……ええっ、本物のブルーダイヤ!?　あんたの胸も含めて、ますます納得がいかぬッ!!

ううっ、気を取り直して、下巻の紹介を……。

ますます激化する魔犬ガルムとの戦闘。大破炎上する公爵邸。ブラッドとお母様だけでなく、マッツオ率いる王家親衛隊も参戦!! そしてお母様のピンチに颯爽と現れるあの人……え、あんたも来たの!? ぎゃああっ、『108回』のトラウマがあっ!! さらに激闘の裏側で暗躍するソロモン。なんと私も大活躍!! 波瀾万丈急展開!! 乞うご期待!!

え、もう文字数オーバー? はいはい、また帯に行けばいいんでしょ。赤ちゃんだけに這い這いして。……「ぜったいに負けないから!!」、この吹き出し、私の台詞ね。ん? この告知文の流れとこの配置だと、私がカバーのアリサの胸に対抗意識燃やしてるみたいなんだけど!?

108回殺された悪役令嬢

すべてを思い出したので、乙女はルビーでキセキします

BABY編 下 好評発売中!!

108-times- MURDERED VILLAINESS

~The maiden remembered everything so she makes miracles with a shining ruby.~

108回殺された悪役令嬢

すべてを思い出したので、乙女はルビーでキセキします

108-times- murdered villainess
~The maiden remembered everything so she makes miracles with a shining ruby.~

BABY編

上

2020年8月5日　初版発行

著
なまくら

画
鍋島テツヒロ

発行者
青柳昌行

編集
ホビー書籍編集部

担当
藤田明子、野浪由美恵、山口真孝

装幀
arcoinc

発行
株式会社KADOKAWA
〒102-8177 東京都千代田区富士見 2-13-3
電話：0570-002-301（ナビダイヤル）

印刷・製本
図書印刷株式会社

［お問い合わせ］
https://www.kadokawa.co.jp/（「お問い合わせ」へお進みください）
※内容によっては、お答えできない場合があります。※サポートは日本国内のみとさせていただきます。※Japanese text only

定価はカバーに表示してあります。

 Printed in Japan　ISBN 978-4-04-736178-2　C0093